강릉

• 이 도서의 국립중앙도서관 출판시도서목록(CIP)은 서지정보유통지원시스템 홈페이지(http://seoji.nl.go.kr)와 국가자료공동목록시스템(http://www.nl.go.kr/kolisnet)에서 이용하실 수 있습니다. (CIP제어번호: CIP2016007882)

강릉

윤후명 소설

은행나무

차례

눈 속의 시인학교

나이를 먹어 '뜻밖의 일'은 이제 그리 '뜻밖의 일'로서 받아들일 마음이 사그라졌지만 그래도 나는 저절로 걸음이 멈추어졌다. 아. 그리고 일단은 내 눈을 의심했다. 그녀가 맞을까. 그렇다 해도 그녀가 어떻게 여기 왔을까. 도무지 감이 잡히지 않았다.

　"어찌 여길 왔어?"

　나는 평범함을 가장하며 물었다. 오래전에, 아주 오래전에 나는 그녀를 찾아 밤길을 걸어가던 나를 떠올렸다. 어디선가 꽃향기가 풍겨나던 계절이었다. 꽃향기에 묻어 있던 긴장감 때문에 그날의 꽃향기는 내내 잊히지 않았다. 그래서 그 무렵 내 젊음의 특징은 긴장감이 꽃처럼 피어난다는 것이었다.

꽃들이 한꺼번에 무섭게 펴. 무서워.

그러나 그녀는 만날 때마다 말했다. 그 말을 들으며 나는 무섭다는 것도 긴장감의 일종인가 생각하곤 했었다. 아무튼 우리는 꽃들이 무섭게 핀 늦은 봄날부터 사랑하기 시작했고, 이듬해 헤어졌다. 거의 동거라고 해도 좋을 생활이었다.

"여기 동네에 살아. 여긴 문화센터였어. 전시회도 있어서 가끔 기웃거렸지."

나는 그녀의 생활을 염탐하는 듯해서 불편했다. 알고 싶지도 않고 알고 싶지 않지도 않은 심정이었다. 우리는 이미 육십대의 나이에 이른 것이었다. 그녀와의 만남은 벌써 삼십 년 전 과거의 일이었다. 자세히 따져, 삼십몇 년이라니, 이제는 그런 끔찍한 세월이 쉽게 거론되는 시대인 것이다.

"여기가 문학관으로 문을 연다고 해서 구경 왔어. 전혀 감각이 없었는데, 들어오면서 혹시 올지도 모르겠다고……"

"나도 오게 될 줄은 몰랐어."

"넌 시인이잖아."

"시인……"

나는 시인이기보다 소설가라고 말하려다가 그만두었다. 아무 의미도 없는 일이었다. 나는 입구의 벽면에 크게 부조되어 있는 문학관의 주인공 시인을 바라보았다. 잘 알려진, 눈을 날카롭고 외롭게 뜬 사진도 붙어 있었다. 처음 보았을 때는 카뮈를 닮았다고 여겼던 사진이었다. 나는 시인을 직접 두세 번 만난 적도 있었다. 그 이야기는 어디에선가도 잠깐 한 적이 있기에 여기에서는 생략해도 좋을 것이다. 다만 나는 남들은 입에 잘 올리지 않는 시 〈거위 소리〉에 대해서 다시 환기하지 않을 수 없었다.

　거위의 울음소리는
　밤에도 여자의 호마색 원피스를 바람에 나부끼게 하고
　강물이 흐르게 하고
　꽃이 피게 하고
　웃는 얼굴을 더 웃게 하고
　죽은 사람을 되살아나게 한다

　그녀에게 이 시를 이야기한 적도 있었다. 이 시를 처음 대하고 나서의 당혹스러움도 이야기의 주제였다. 여자의 원피스를 나부끼게 하는 것은 바람인가 아니면 거위의 울음소리인가? 원피스가 바람에 나부낀다 해도 그것은 거위의 울음소리에 의

한 것으로 되어 있지 않은가? 게다가 '호마색'이 어떤 색깔인지 알 길이 없었다. 하지만 교묘한 역학의 문법에 나는 그에게 빨려들어갔다. 그전까지만 해도 그는 내게는 멀리 있는 시인이었다. 어린 내게 그의 시는 거칠고 우악스러웠다. 그런데 이 시를 읽고부터 그는 매우 섬세한 시인으로 인식되었다. 지금도 그는 내게는 순수시인으로 받아들여진다. '호마색'이 나왔으니 말이지 나는 드뷔시가 작곡한 〈아마색 머리의 소녀〉라는 작품을 연상했다. 어느 날 그녀의 머리카락이 약간의 갈색을 띠고 있어서 나는 그녀를 '아마색 머리의 소녀'로 부르기도 했음을 이제야 추기한다. 처음 만났을 때, 우리는 삼십 대였다.

시인을 만난 것은 신춘문예 당선을 축하하는 《신춘시》 동인의 모임에서였다. 당선작들을 낭송하는 순서가 있어서 읽은 뒤 자리에 앉자, 초청받아 와 있던 시인이 "어디 좀 보자"고 팔을 뻗었다. 나는 시를 건넸다. 내가 긴장해 있는 것에는 아랑곳없이 그는 겨우 몇 줄 훑어보는가 싶더니, 금세 돌려주었다. 두고두고 그 장면이 생각날 때마다 나는 끝까지 붙들고 놓지 못할 시를 써야 한다고 되새기곤 했다.

행사가 계속되는 내내 나는 그 첫 만남의 장면을 떠올리고 있었다. 그는 내게 시를 계속 말하고 있는 느낌이었다. 행사가 끝나고 바깥으로 나오자 눈이 내리고 있었다. 나는 눈을 맞으며 걸었다. 그녀가 어디로 갔는지는 몰라도 그만이었다. 어디 있겠거니, 했을 뿐이었다. 하기야 삼십몇 년 전에 이미 어디로 간 여자였다. 내가 소설가가 되어서 살아간다고 알려주지 않아도 되는 여자였다. 아는 사람들과 인사를 나누고 가수의 노래를 듣고 축사를 듣고 시인들의 시 낭송을 듣고 전시물을 둘러보는 동안 우리는 헤어진 것이었다.

눈이 내리고 있었다.

시멘트 아파트 사이로 내리는 눈은 그을음처럼 하늘을 맴돌다가 길에 쌓이고 있었다. 나는 어디론가 걸어야 한다고 생각했다. 눈은 내 어깨 위에도 내려 쌓이고 있었다. 삼십몇 년 동안 내 어깨에 쌓이는 눈을 그대로 하고 걷기는 처음이었다. 눈이 내리면서 어둠을 이끌고 있었다. 눈을 앞세운 어둠이 아마 색을 띠고 있음을 나는 보았다. 오래전에, 오래전에 그랬듯이 꽃향기를 맡으며 밤길을 걷고 싶었다. 그러나 꽃이 피는 계절은 아니었다.

눈이 내린다.

시인이여, 기침을 하자.

누군가의 말을 전하며 눈이 내린다.

그날 밤 어디론가 눈 속을 걷다가 집으로 돌아온 나는 혼수 상태에 빠진 듯 잠이 들었다. 그리고 다음 날 자리에 누운 채 다음과 같은 인용글을 읽었다. 창밖으로는 아직 눈발이 날리고 있었다.

카뮈에 대한 이야기였다. 그는 1960년 1월 4일 파리로 가다가 자동차 사고로 그 자리에서 세상을 떠났다고 했다. 그리고 루르마랭 마을의 묘지에 묻혔다. 그 전해의 12월 28일 죽기 전 마지막 편지 글에 자동차를 타고 가던 얘기가 나온다.

"……며칠 전에 어떤 경관이 제 자동차를 세우더니 제게 무슨 글을 쓰냐고 묻더군요(제 직업이 운전면허증에 기록되어 있었으니까요). 전 '소설을 씁니다'라고 간단히 대답했지요. 그랬더니 강조하듯 다시 묻는 거예요. '애정소설입니까, 아니면 탐정소설입니까'라고요. 마치 그 둘 사이에 중간은 없다는 듯이! 그래서 저는 이렇게 대답했습니다. '반반이죠, 뭐.'

(편지 234, 카뮈가 그르니에에게)

저녁이 되어 기신기신 바깥으로 나온 나는 다시 눈길을 걸어야겠다고 마음먹었다. 의사들도, 건강 관리자들도 늙어서는 그저 걷는 게 최고라고들 입을 모았다. 평소에 운동은커녕 걷기조차 싫어하는 나는 아무 데도 갈 곳이 마땅히 없었다. 만나고 싶은 사람도 없을뿐더러 있다고 해도 나는 혼자이고 싶었다. 그러나 오늘은 인왕산 아래 어디로든 모르는 길을 가고 싶었다. 언젠가 밤풍경을 사진 찍었는데, 카메라가 흔들려 먼 가로등 불빛이 백조처럼 보였던 그 길이 있을 것이었다. 백조는 이제 거위가 되어도 좋을 것이었다. 눈이 하루 종일 끊겼다 이어졌다 하겠다고 일기예보는 말했지만 거의 멎어 있었다.

서울성곽을 복원한다고 길은 많이 달라져 있었다. 와본 지도 오래된 길이었다. 어둠이 깔리는 눈길을 더듬거리며 서촌 쪽으로 방향을 잡는 수밖에 없었다. 아파트들 여러 동이 있었으나 말끔히 정비된 동네였다. 눈이 한 송이 두 송이 날리고 있었다. 나뭇가지 위에 내렸던 눈이 뒤늦게 날리는지도 몰랐다. 어떤 눈송이는 불빛을 담아 꽃향기를 품어내려 하고 있었다.

꽃은 절대 무서운 게 아냐.

나는 누구에겐가 속삭인다고 생각했다. 작은 공터에 누군가가 서 있는 모습이 보이는 듯했다. 아마색 머리의 소녀가 틀림

없다는 게 내 판단이었다. 꽃이 삼십 년 전이든 오십 년 전이
든 똑같이 향기롭다면, 모든 게 틀림없다는 내 판단이었다. 나
는 그곳 군인아파트 길 한옆에 군인처럼 서서 세상의 저녁이
아마색으로 어둠을 펴기 시작하는 걸 내려다보았다. 미풍이라
도 일었는지 그녀의 원피스가 나부끼고 있었다.

무슨 소설을 주로 쓰지? 연애소설? 이데올로기소설?

물음이 들려왔다. 나는 내가 쓰는 소설이 무슨 소설인지 순
간 아득해졌다. 나는 하나둘 날리며 아마색 머리카락이 어둠
에 적셔지는 걸 바라보고만 있었다. 그러다가 용기를 내어 들
려주었다.

글쎄, 반반일 거야.

눈이 내린다. 삼십 년 전의 내게도, 오십 년 전의 내게도, 아
니, 태어나기 전의 내게도 눈이 내린다. 나는 눈길에 서서 나에
게 '너는 무슨 소설을 쓰지?' 하고 묻고 있었다.

*

나는 문학관 벽면에 시인의 대표작으로 알려진 〈풀〉의 육필
을 응용하여 만든 조각 작품이 떠올랐다. 내가 시인의 시를 처

음 본 것은 고등학교 3학년 때였다. 그 무렵 나는 이미 시를 쓰는 소년으로서 평생 시인의 삶을 살겠다고 맹세하고 있었다. 그런데 집에 세 들어 사는 자매가 《사상계》라는 잡지를 보고 있어서 잠깐 빌려 보다가 〈만주의 여자〉라는 시를 맞닥뜨리게 된 것이었다. 나는 이런 시도 있구나 하고 놀라지 않을 수 없었다. 길게 이어지는 시의 첫 한 연은 다음과 같았다.

무식한 사랑이 여기 있구나
무식한 여자가 여기 있구나
평안도 기생이 여기 있구나
滿洲에서 解放을 겪고
평양에 있다가 仁川에 와서
六.二五때에 남편을 잃고 큰아이는 죽고
남은 계집애 둘을 다리고
再轉落한 여자가 여기 있구나
時代의 여자가 여기 있구나
한잔 더 주게 한잔 더 주게
그런데 여자는 술을 안 따른다
건너편 친구가 내는 외상술이니까

도대체 나로서는 혼란이었다. 내 머릿속은 박목월, 박두진, 조지훈 선생이 모여서 엮은 《청록집》이 대부분 차지하고 있었고, 여기에 김춘수 선생의 〈타령조〉와 박남수 선생의 〈새〉 등이 뒤따랐다. 〈새〉의 '포수는 한 덩이 납으로/ 그 순수를 겨냥하지만,/ 매양 쏘는 것은/ 피에 젖은 한 마리 상한 새에 지나지 않는다.'는 구절은 얼마나 절대적인가. 이렇듯 뭔가 그럴듯한 문학적 추구 같은 것에 나는 사로잡혀 있었다. 그러니 '무식한 여자'를 앞세운 김수영의 '외상술' 넋두리는 내게서 멀었다. 하물며 시의 본도가 아니라는 생각이기도 했다.

그리고 외국, 가령 영국으로 눈을 돌리면 에즈라 파운드도 있었고 엘리엇도 있었고 예이츠도 있었다. 소네트라는 영시 형식을 배운 다음부터 나는 난데없이 키츠를 들먹거렸다.

"영시에서 제일은 키츠의 시겠지요."

언젠가 영문학자인 L교수에게 나는 말하기도 했다. 그러고 보니 삼십 년 전 그때 '아마색 머리의 소녀' 그녀에게도 그렇게 말했다는 기억이 났다. 소네트라는 시에 대해 처음 들은 건 역시 고등학교 때였다. 내가 학생잡지 《학원》에 내곤 했던 시는 공교롭게 14행이었는데, 그때 뽑은 이였던 박목월 선생은 영시의 14행 형식 소네트와 비교해서 설명을 곁들여 써놓았던 것이다. 그리고 대학에서 영시를 청강하고 나서 나중에 나는 〈채프먼이 번역한 호머(호메로스)를 읽고〉를 최고의 소네트라고 기억하게 되었다. 내가 기억하고 있는 그 시는 대략 다음과 같이 전개되었다.

채프먼이 번역한 호머를 읽었네.
이렇게 호머를 보여준 번역가가 있다니.
나는 얼마나 감동했는지 모른다네.
나는 그를 만나려고 밤새도록 말을 몰아 달려갔네.

여기까지 기억을 더듬어 옮겼으나 더 이상 이을 수가 없었다. 그런데 이게 웬일인가. 책을 들추고 인터넷을 들여다보아도 어디에도 위와 같은 구절은 없었다. 그럴 리가 없는데⋯⋯ 더 열심히 검색했으나 마찬가지였다. 내가 생각해왔던 그 시는 실제의 그 시가 아니었다. 아니, 내가 생각해왔던 시는 어디에도 없는 내 상상 속의 시였다. 키츠의 그 제목 시는 전혀 다른 시였다. 그럴 리가⋯⋯ 그래도 사실이 그랬다. 나는 허구 속에서 나만의 키츠를 만들어 '제일은 키츠'라고 믿고 있었던 것이다. 그리고 나만의 세계에서 말을 몰아 가상의 키츠에게 달려갔던 것이다. 한국 시인들에 대해서도 나는 그랬을 것이었다. 엉뚱한 환상을 사실로 만들어 믿는 나라는 인간의 야만, 야집에 나는 한숨을 쉬었다. 다른 사람은 눈치채지 못했을지라도 나는 나의 나르시시즘에 혀를 찰 수밖에 없었다. 종종 이와 같은 일을 겪는 것이 삶이라고 할 때, 나는 아무것도 자신 있게 말할 수 없다는 무력감에 빠지고 만다.

*

그렇다고 시를 버리진 말어. 난 시를 쓰는 네가 좋아.

어디선가 아마색 머리의 소녀는 속삭인다. 나는 그녀와 어울렸던 오래전 시간을 기억해내려 애썼다. 그러나 시간이라기보다 어떤 공간이 머릿속에 어른거렸다. 나는 내 공간 속으로 나를 숨긴다기보다 내 안의 길로 찾아들기를 원했다. 나는 여러 곳에 나만의 공간을 만들고자 했다. 나만의 공간을 갖고 싶은 열망은 결코 사그라지지 않는다. 고등학교 졸업을 앞둔 어느 날, 집을 나와 독립을 꿈꾸며 길에서 멀리 떨어진 들판 한가운데 얻었던 방. 시멘트 블록의 가건물에는 바람이 슝슝 들어오고 있었다. 눈이 가득한 겨울의 일이었다. 나는 새로운 인생을 시작하기로 하고 눈길을 걸어 그 집으로 갔었지. 사람이 살지 않은 채 비워둔 집을 지키기로 한 것과 다름없었다. 한눈에 보아도 날림으로 지은 방 한 칸짜리 집. 눈 덮인 들판이 아득히 펼쳐져 있는 한가운데 오뚝 서 있는 집. 그 눈 속의 빈 방 한 칸. 슝슝슝, 바람의 소리. 그러나 나는 꿈꾸는 소년이었다. 시를 꿈꾸었으므로 모든 걸 견딜 수 있었다. 그 꿈은 나만의 공간에서야 이뤄질 수 있었다. 오래도록 이어진 그 꿈은 여러 개의 공간을 가진 지금도 여전하다. 나는 그 열망에 시달린다. 병적이라고 할 수밖에 없을 지경이다. 그렇다면 내가 지금 가지고 있는 '나만의 공간'이라는 곳은 내가 바라고 있는 그런 곳이 아니란 말인가. 그럴지도 모른다는 결론에 이르면 자못 어려워진다. 특별히 까다롭게 구는 것 같지도 않은데 나는 여전히 어떤 공간을 염원한다. 넓고 번듯한 곳이 아니어도 상관없다. 아니, 오히려 내가 충분히 관장할 수 있을 정도의 규모만 되면 충분하다. 물론 나는 내가 글 쓰고 웬만한 그림까지 그릴 수 있는 공간을 가지고 있다. 그런데도 나는 어디 다른 데 또 무엇이 있다면 마음이 쏠리고 만다.

　무슨 결핍증이 나를 놓아주지 않는 것인가. 나는 지난 세월을 곰곰 돌아보지 않을 수 없다. 십 대의 어린 사춘기 시절부터 나는 무엇인가 쓰지 않으면 못 배기는 오랜 시간을 지나왔다. 가슴께에 베개를 괴고 엎드려 공책에 쓰기도 했고, 앉은뱅이책상에 조아리고 쓰기도 했다. 어딘가에도 밝혔듯이 마차를 끌던 말이 차지하고 있던 마구간에 들인 방, 어느 셋집 부엌 부뚜막에 이어진 자투리 온돌에 엎드려 있기도 했다. '앉은 자리가 꽃자리'라는 말대로 모두 행복한 내 꽃자리였다. 그러나 나만의 방을 향한 내 탐욕은 만족을 몰라, 이제는 여러 곳이 되기에 이르렀다.

보다 좋은 글은 보다 좋은 장소에서 가능하다고 믿는 것일까. 그렇다면 '좋다'는 척도는 어디에 근거를 두고 있는 것일까. 그 '좋다'라는 게 끊임없이 더욱 나아가 이룩하려는 탐구욕의 다른 표현을 감추고 있는 데에 문제가 있는지도 모른다. 다른 알맞춤한 곳만 찾으면 용약 명작을 쓸 것만 같은 착각이 도사리고 있는지도 모른다.

얼마 전 인천 아트플랫폼의 행사로 백령도의 옛 면장님 집에서 하루를 묵은 적이 있었다. 작업실로 사용하도록 용도가 변경되어 있는 집이었다. 새벽 일찍 일어난 나는 느닷없이 시를 쓰고 있었다. 컴퓨터는 물론 마땅한 종이도 없어서 행사 팸플릿을 펼쳐놓고서였다. 그리고 보니 여행지에서 맞이하는 새

벽이면 몇 줄의 글을 써온 것이 언제부터인가 새로 익힌 버릇
이었다. 그 가운데 가장 뚜렷한 기억은 터키의 이즈미르 호텔
방에서 맞은 새벽이었다. 나는 마치 그 고장 출신 호메로스의
영감에라도 들씌운 것처럼 깨알 같은 글자를 노트에 적어나갔
다. 이 또한 키츠의 소네트에 대한 망령의 그림자 때문이었을
까. 아니면, 문학을 놓치지나 않을까 하는 마음. 아니, 내가 평
생 찾아 헤매던 문학이 구체적 형상으로 옆에 다가와 앉아 있
기라도 한 마음. 나는 제법 영어 문장까지 동원하며 그 호텔방
을 자축했다. 'It's a mir.' 이즈미르는 내 메모에 이렇게 표현
되기도 했다.

열망하면 그 모습이 나타난다는 것은 삶의 기쁨이기도 할
것이다. 나는 그 모습이 나타나는 방을 원하고 있음에 틀림없
다. 그러니까 내가 또 다른 방을 기웃거리는 것은 지금까지의
내 문학에서 또 다른 차원의 글을 향한 염원에 다름 아니라고
나는 믿고 싶은 것이다.

예전 마구간의 추억은 〈모든 별들은 음악소리를 낸다〉라는
소설에 자세히 그려져 있다. 그 시절이 그립다. 내게 문학이 태
동하여 형체를 이루어가던 시절이 그 행간에 스며 있다. 그 방
에 와서 밤새 문학을 이야기하던 문우들이 그립다. 그러나 나

는 늘 다른 방으로 전전하여 오늘에 이르렀다. 하지만 내가 비록 또 다른 방을 기웃거린다 하더라도 나는 지금 내가 글을 쓰는 '이' 방을 나중에 가장 그리워할 곳으로 만들지 않으면 안 된다. 그것은 그만큼의 문학만이 담보할 몫이기도 하다. 내게 모든 것은 문학으로 통하기 때문이다. 예전의 어느 곳보다 많은 글을 쓴 이 방이야말로 내가 이룩한 세계의 산실이니, 이제는 다른 방을 향한 기웃거림조차 이 방의 한구석에 눈 주고 있음이라고 깨달아야 할 듯싶기도 하다.

내가 나만의 공간에서 오로지 시에 모든 것을 바쳐 시인이 되고 싶었다. 시인이 무엇이길래 나만의 공간이 필요했을까. 나는 오로지 은밀하게 집중하여 나 자신을 탐구하며 모든 시의 진수를 내게 담고 싶었다. 그런 다음 나만의 발걸음으로 내 앞길을 걷고 싶었다. 시인이란 이 세상의 모든 존재의 핵심으로 다가갈 자격, 그때 내게는 그랬다.

눈 속의 빈집에 우선 이불을 구해 들여놓고, 며칠 비상식량으로 먹을 만큼의 누룽지도 챙겨놓고 문득 펼쳐든 게 김수영의 시 구절이었다.

'눈은 살아 있다.'

이것이 무슨 뜻일까. 더군다나 그는 '떨어진 눈은 살아 있다'고 강조한다. '마당 위에 떨어진 눈은 살아 있다'고.

나는 작은 슬레이트 집 앞마당의 눈을 바라보았다. 그 집에 이르는 밭과 둔덕 모두가 마당이었다. 그러면서 '살아 있는 눈'을 내게 받아들이고자 했다. 눈은 하늘에서 그냥 떨어져 덮여 있는 무생물이 아니었다. 내게 무슨 말인가를 전하려 하고 있었다. 그러므로 살아 있는 것이었다. 그 눈의 말을 들을 수만 있다면 누구든 진정한 시인일 것이었다. 그런 어느 날 '일 년 중 가장 어두운 저녁'이면 또 다른 눈이 내게 프로스트의 시를 들려주기도 했다.

> 농가 하나 없는 곳에 이렇게 멈춰 서 있는 나
> 말은 방울을 흔든다.
> 무슨 잘못이라도 있느냐는 듯
> 스치고 지나가는 바람과
> 솜처럼 부드럽게 내리는 눈 소리뿐
> 숲은 아름답고, 어둡고, 깊다.
> 그러나 나는 지켜야 할 약속이 있어
> 잠들기 전에 가야 할 길이 있다.
> 잠들기 전에 가야 할 길이 있다.

물론 내게 조랑말 한 마리 있을 까닭이 없었다. 집에 폐마를 들여 먹이며 돼지를 키웠던 일은 〈모든 별들은 음악소리를 낸다〉에 써놓았다고 밝혔지만, 내가 타고 갈 말은 아니었다. 그러나 내게는 '지켜야 할 약속'이 늘 있었다. 그래서 '잠들기 전에 가야 할 길'이 있었다. 흰 눈 덮인 벌판 한가운데 집으로 어서 가서 한 줄의 시를 써야 했다.

그러나 어쩌랴. 그 집 향한 내 길은 얼마 안 가 속절없이 끊기고 말았다. 어느 저녁 조랑말을 앞세워 돌아온 나를 맞이한 것은 아무것도 없는 썰렁한 빈방이었다. 어쩐 일일까 따질 것도 없었다. 알량한 이부자리는 물론 몇 조각 남지 않은 누룽지 부대자루마저 깨끗이 없어져버린 빈방이었다. 세상에 좀도둑 얘기는 숱하게 들었지만 그런 도둑이 있을 줄은 꿈에도 생각지 못한 일이었다. 노엽다 못해 허망했다. 나는 다시 어찌 해볼 엄두를 못 내고 내 젊은 한 시절을 접었다. 그리하여 눈 덮인 벌판의 빈집, 내 작은 오막살이 궁전은 영영 사라져버렸다.

오늘도 눈이 내린다. 나는 하늘과 땅을 가득 채우는 눈을 바라본다. 오래전에 그 빈집은 사라졌어도 그 시절 내 꿈은 그대로 살아 있음을 느낀다. 아름다워서 눈물겨운 삶이다. 그래서 나는 시 한 구절의 깨달음을 다시 읊을 수밖에 없다.

'눈은 살아 있다'고.

그리고 이어서 눈이 '푹푹' 내리는 밤을 맞이하며 백석 시인
의 시 〈나와 나타샤와 흰 당나귀〉를 생각한다.

가난한 내가
아름다운 나타샤를 사랑해서
오늘밤은 푹푹 눈이 나린다

나타샤와 나는
눈이 푹푹 쌓이는 밤 흰당나귀를 타고
산골로 가자 출출이 우는 깊은 산골로 가 마가리에 살자

눈은 푹푹 나리고
아름다운 나타샤는 나를 사랑하고
어데서 흰 당나귀도 오늘밤이 좋아서 응앙응앙 울을 것
이다

순서대로 시를 모두 다 욀 재간은 없었다. 그러나 그것으로
도 충분하다고 생각했다. '마가리'가 오막살이의 평안도 사투

리라는 사실을 안 뒤로 나는 나만의 공간을 찾는 내 성향을 그 구절에 옮겨놓을 수 있었다. 그리고 어느 순간 옛 시간 속으로 돌아갈 수 있었다. 내가 예전 내 '오막살이 궁전'에서 꿈꾸고 싶었던 시의 세계를 맞이하는 듯한 때문이었다.

*

해마다 여름이면 나라 안 여러 해수욕장을 옮기며 '여름 시인학교'라는 행사가 열리던 시절이 있었다. 현대그룹의 정주영 회장이 참석하기도 했다는 기록과 사진도 남아 있었다. 강릉에서의 행사에는 나도 얼굴을 디밀었다. 그러나 나를 강릉과 연결시키는 것이 언제나 불편하기만 했다. 아무에게도 말하기 싫은 비밀과도 같았다. 어머니와 나, 초등학교를 들어가야 할 나이가 되었으나 전쟁이 끝나지 않아 애늙은이처럼 홀로 동네를 맴돌기만 한 나, 아는 얼굴들은 아직 피난지에서 돌아오지 않았는데 미쳤다고 손가락질받던 여자와 그 옆을 따르던 비쩍 마른 개…… 암호 같던 일의 실루엣이 비밀 속을 강시혹은 좀비처럼 우줄거렸다. 강릉의 시인학교는 그 강시들과 좀비들의 축제였다.

그런데 나는 겨울 눈 속에서 여름의 시인학교에 다시 와 있었다. 고향땅에 오막살이 한 칸이라도 마련하려고 연곡면 일대의 변두리 땅을 보러 다니던 일을 포기하고 다만 나그네로서 서 있는 나일 뿐이었다. 나는 비밀을 들춰내고 싶지 않았다. 아버지의 묘지를 답사하여 보내준 여동생의 이메일도 오랫동안 그저 보관만 되어 있었다.

1. 산쪽 하천 옆에 산소 둘이 있지요? 그 산소 같아요. 인공위성 사진이라 100% 확신할 수는 없지만 99%는 확실함.
2. 성산약국와 성산면사무소 사이로 올라가면 갈 수 있습니다.
3. 성산면사무소 맞은편에 성산초등학교가 있고 그 뒷산에 산소가 일직선상에 있습니다.
(인터넷으로 다음 지도에 들어가서 강원도 강릉시 구산리 성산면사무소를 치면 지도와 인공위성으로 사진을 볼 수 있습니다. 영동고속도로를 타고 강릉 들어가기 전에 바로 성산으로 빠지는 길이 있습니다. 이삼 분이면 성산에 도착합니다. 두 갈래 길이 나오는데 좌측으로 성산면사무소, 초등학

교, 경찰서가 나오고 우측으로 조금 가면 오른쪽에 산소가
있는 산이 있습니다.)

　성산이라면 신소설 시대의 《은세계》의 무대이기도 했다. 나
는 경포 바닷가에서 눈에 덮인 마을 '은세계'가 어디쯤일까 가
늠했다. 대관령 아래 성산은 멀리 흐릿한 곳 어디쯤일 것이었
다. 경포대에 새로 짓는 호텔은 이름을 어떻게 지을까 결정하
고 있는 중이라고 했다. 뭐였더라? '경포대'도 후보로 등장하
고 있었다. 호안재라든가 하는 이름도 등장했다. 파도를 머리
에 떠올리고 포르투갈의 '파두'까지 생각이 미쳤다. 진또배기
의 솟대가 개울을 건너 있으니 그 지역으로 호텔을 연결시키
면 얼마나 좋겠느냐고 누군가 의견을 내놓았다. 아무려면
어떠랴 싶었다. 그곳 일대는 벌써 여러 날째 눈이 퍼부어 '멋진
은세계'가 아니라 도무지 갈피를 잡기도 힘든 판국이었다.
　난 언젠가 돈 많은 늙은이와 한 일 년은 살아봤으면 하고 꿈
꿨었지.
　눈 속에서 아마색 머리의 소녀는 속삭인다.
　돈 때문에?
　나는 속절없이 그 옆을 걷고 있는 내가 고달프다.

아냐. 돈이 아냐. 그건 어떤 여유 때문이야. 나무 밑에 앉았어도 나뭇잎을 못 보고 살아가는 게 아닐까……

이 여자의 어디에 이런 구석이 있었을까, 나는 옆얼굴을 슬쩍 훔쳐보았다. 그렇게 여러 번 본 옆얼굴일 텐데 내가 처음 본 옆얼굴이어서 나는 놀랐다. '사랑'이라고 한 말도 그냥 상투어였던가. 나무 아래서 잎사귀를 못 본 나날들만 여기저기 널려 있었다. 나는 그렇게 말하는 아마색 머리의 소녀와 함께 머나먼 강원도 길을 가고 있다.

최준집이 집 알지요?

어? 최준집이 집?

네. 그 동네에 오막살이를 얻을까 하고요.

나는 알고 있다. 강릉 사람치고 그 전설적인 부잣집을 누가 모르랴. 그 집이 떠오르면 어머니가 '최준집이 집 앞마당에 잠자리꽃이 가득 피었더라'고 이야기해주던 어린 날이 함께 붙어 온다. 부잣집 옆에 오막살이라도 얻어 나하고 한 일 년 살아보자고 나는 소녀를 붙잡는다.

마당에 엉겅퀴꽃들을 잔뜩 심자고.

나는 겨우 이렇게 말해줄 수 있을 뿐이다. 겨우 그게 약속이냐고 소녀가 눈을 흘길까봐 가슴을 졸인다. 그리고 남들은 일부러 심지 않는 꽃이라고 덧붙일 수 있어서 다행이라고 여긴다.

지난겨울 그 고장에는 일 미터가 넘는 눈이 내려 쌓였다고, 눈은 또 올 거라고 연일 뉴스에서 말하고 있었다. 지겨운 눈이로군. 쌓이고 그 위에 또 쌓이는 눈을 치우는 사람들과 차량들을 보며 나는 눈 속으로 길을 뚫고 나온 옛일을 연상했다. 말이 좋아 '은세계'지 정말 막막한 나날이었다. 이웃집으로 줄을 매어 잡아당겨서 길을 뚫는 것도 어느 정도까지의 일이었다. 지붕 위까지 덮인 눈더미는 불가능이라는 말을 새삼 떠오르게 했다.

간신히 열린 눈길을 나는 소녀와 함께 걷는다. 옛 피난길과 다를 바 없는 길이다. 대관령에서 내려오는 호랑잇길은 아버지가 묻혀 있는 성산을 지나고 외할아버지가 일했다는 옥계탄광에서 묵호 바닷가로 향한다. 헌화로라는 새 이름이 붙은 바닷가 벼랑길이다. 헌화로란 《삼국유사》에 나오는 옛 설화에서 따온 이름이라고, 강릉에서 배달되어오는 작은 책자인 《제일강릉》에 설명되어 있었다. 신라 시대에 벼슬을 살러 오던 순정공의 아내 수로부인이 이 길에 이르러, 벼랑 위에 핀 꽃을 꺾어다줄 사람 누구 없느냐고 돌아본다. 그때 암소를 끌고 가던 노인이 자기가 꺾어 오겠다며 노래하는데, 그 노래가 〈헌화가〉

였다. 나는 소녀에게 눈 속의 꽃 이야기는 하지 않는다. 그러나 어느덧 나는 노인이 되어 그게 바로 내 노래가 될 수도 있겠다 싶었다.

어디 마가리라도 찾아봐야겠어.

나는 뜻하고 있었다는 듯이 말한다.

어디? 마가……

오막살이 집 한 채.

삼십몇 년 전 소녀와 처음 만나서도 나는 똑같은 말을 했었다. 고향에 방 한 칸이라도 마련하고 소녀와 살림을 차릴 수 있다면, 하고 나는 꿈꾸었다. 그러니까 백석의 시에 맞춘다면, 나타샤가 옆에 있는 상황에서 같이 산다는 상황으로 발전해간 것이었다. 하지만 나는 그 삶이 외로운 삶이리라 미리 짐작되었다. 웬일인지 나는 소녀에게서 내 외로움을 발견하는 삶을 살고 싶었다. 외로움을 불러일으키지 못하는 만남은 진정한 만남이 아니라는 게 그때의 깨달음이었다. 사랑의 실루엣은 기쁨이 아니라 외로움이었다. 그래야만 형태가 갖추어진다고 나는 믿었다. 그것이 삶의 온모습이라고 나는 믿었다. 사랑에 빠져서 나는 그때는 거위를 키우려는 계획은 미처 하지 못했던 것 같다.

함께 걷는 우리의 어깨 위에 눈이 한 송이 두 송이 날린다.

저녁 어스름이 다가오고 있지만 어디에도 화톳불 하나 없다. 아니, 화톳불이라니? 언제 그런 불도 다 있었나? 그런 게 있다는 건 박목월 선생의 〈도마뱀 삼형제〉든가 하는 동시에서였을 뿐이다. 처음에는 화톳불이 아니라 화롯불이 아닐까도 했었다.

저 검은 바다 파도에 어머니가 묻혀 있지.

나는 손가락으로 바다를 가리킨다. 어머니의 뼛가루를 고향 바닷가에 뿌리던 기억이 살아난다.

알고 있어요.

소녀는 며느리처럼 다소곳하다. 소녀는 말없이 나를 따른다. 그러나 이쯤해서 나는 밝히지 않으면 안 된다. 나를 말없이 따르는 소녀를 나는 그냥 소녀라고 해선 안 된다. 소녀는 소녀가 아니라 소녀의 머리통이라고 해야 한다. '소녀와 함께'가 아니라 정확하게 말하면 '소녀의 머리통과 함께'로 바꿔 밝혀야 한다. 소녀도 처녀라고 해야 한다. 무슨 소린가 할지 모른다. 그러나 나는 한번 말한 대로 따르고 있다. 소녀는 오래전에 호랑이에게 물려 간 몸이었다. 그리고 이제 몸뚱이도 없이 머리통만 남아 있다. 나는 소녀의 머리통에 팔을 둘러 받들고 어디론가 가고 있다. 마지막 남아 있는 고향길이다. 그게 고향으로 가는 뜻이었다. 아주 옛날 어느 저녁답에 소녀는 뒤란에서 호랑이에게 물려 가서 머리통만 바위 위에 남겨져 있더란 그 소녀였다. 나는 소녀의 머리통을 팔에 안고 마가리를 찾아가고 있다. 그러므로 '나타샤가 아니 올 리 없다.' 나타샤는 이미 내 팔에 안겨 있는 것이다.

우리가 어떻게 다시 만났지요?

소녀의 혀가 움직이는 소리를 나는 듣는다.

그야 김수영문학관에서 만났지만 그건 그리 중요한 게 아냐. 만나게끔 돼 있었으니까.

하기야 저 역시 예전에도 헤어질 생각은 별로 없었어요.

그렇겠지. 인생이란 살아보면……

'살아보면' 뭐가 어떻다는 것인지 이어야 할 말은 아예 흔적조차 없다.

그래요.

소녀의 혀가 강릉관노가면놀이의 탈 속에서 달그락거리는 것만 같다.

그러면 머리만으로 살아 있었단 말인가?

나는 바위 위에 얹혀 있는 머리통을 보고 있는 듯했다. 그리고 나는 지금 그 머리통을 팔에 안고 눈길을 가고 있는 것이다.

바위 위에 올라 기다리기만 했어요.

뭘?

사랑을요.

나는 알고 있다. 강릉단오제는 머리 감는 여자를 물어가서 장가를 든 호랑이가 산신이 되어 해마다 한 번씩 찾아오는 행사가 아니던가. 그런데, 호랑이의 아내가 된 소녀가 내 팔에 안겨 '아마색 머리의 소녀'로 둔갑을 한다. '둔갑'이라면 소녀는 섭섭해할지 모른다. 본래 그대로라고 그녀는 말한다. 저는 예전과 똑같아요. 천년만년 변하지 않아요. 내가 꼭 끌어안을수록 머리통은 따뜻해지며 내 몸까지 녹여준다. 눈을 깜박이는 그녀에게 나는 얼마 전에 쓴 시 한 편을 들려주겠다고 제안한다.

어려서부터 거위를 키우고 싶었다
시골장에서 거위병아리를
멀거니 쳐다보다가 돌아온 날
거위가 비워놓은 거위우리에 들어가
날갯짓하는 꿈을 꾼다
왜 내가 하필이면 거위를

날지 못하는 거위를

날갯짓 우스운 거위를

꿈꾸는지 모르겠다고 투덜대다가

잠에서 깬 새벽녘

시는 미완성으로 멈춘 듯하다. 그러므로 제목은 '날개 달기'라고 붙여져 있다. 나는 평생을 '날갯짓하는 꿈' 속에서, 미완성일 수밖에 없는 숙명 속에서 오늘까지 살아왔다는 이야기에 다름 아니다. 누구는 '흰 당나귀도 오늘밤이 좋아서 응앙응앙 울' 꿈을 꾸지만 나는 '날지 못하는' 꿈에서 깨어나 투덜댈 뿐이다. 나는 거기서 멈춘다. 어떤 결론도 없다. 나는 눈길을 걸으며 결론 따위는 일찍부터 내게 없었다고, 그래서 다행이라고 나를 위로한다. 단지 '아마색 머리의 소녀'이며 또한 '나타샤'인 여자와 함께 있으면 되는 것이다.

우리 집에 거위도 키우기로 해요.

내 미완성의 소박한 꿈은 아울러 그녀의 꿈이 된다. 우리가 나란히 누워 거위를 꿈꿀 수만 있다면 그것으로서 내 삶은 완성이 되리라. 나는 결단코 투덜거리지 않으리라.

눈이 내린다. 삼십 년 전의 내게도, 오십 년 전의 내게도, 아니, 그보다 더 예전 태어나기 전의 내게도 눈이 내린다. 우리가 가고 있는 길 위에 눈은 흰 비로드처럼 깔린다. 거위와 조랑말과 당나귀가 있는 시인학교 쪽으로 나는 한 여자의 머리통을 안고 밤길을 하염없이 걷는다. 눈도 하염없이 내리는 강릉 가까운 어느 골짜기에서의 일이다.

알타이족장께
드리는 편지

족장님, 알타이어족의 족장께 이제야 글을 올림을 헤아려주
시기 바랍니다. 지금의 이야기이긴 해도 어쩔 수 없이 새삼 옛
우리의 발자취를 더듬게 됨도 역시 헤아려주시기 바랍니다.

　우리가 쓰는 말이 알타이어족이라고 배운 것은 오래전 일
입니다. 그 알타이가 오늘날 러시아의 한 자치공화국의 이름
으로 남아 있다는 것만으로도 흥미로운 사실이었습니다. 그런
데 그 알타이에서 온 음유시인의 행사에 초청을 받고부터 이
편지를 드릴 마음은 커져만 갔습니다. 텔레비전에서 시베리아
알타이 지방의 음유시인의 다큐멘터리를 본 적이 있기에 이번
에 초청된 사람이 그 사람인가 했지만, 다른 사람이었습니다.
그곳 말로는 음유시인 혹은 유랑시인을 '카이치'라고 불렀습

니다. 초청되어 온 음유시인은 나이조차 어린, 청년이라고 부
를 수 있는 젊은이였습니다. 몽골의 '흐오미' 같은 노래를 읊조
리나 했지만, 이 또한 달랐습니다. 하지만 다큐멘터리를 보았
을 때 확실히 나타나지 않아서 아쉬운 부분, 알고 싶었던 부분
이 이번에 어느 정도 해결되는 느낌이었지요.

본 행사가 끝나고 관심 있는 사람들이 남아서 얘기를 나눌
때 음유시인은 한국에 와서 바다와 숲이 가장 눈길을 끌었다
고 했습니다. 바다야 유라시아의 시베리아에는 없는 것이기
에 그럴 만했습니다. 그러나 숲은 좀 뜻밖이었습니다. 알타이
지방이 황량한 민둥산으로 을씨년스러운 풍경이라고 해도 곳
곳에 깊고 너른 숲이 있는 걸 알고 있기 때문이었습니다. 그곳
은 침엽수들이 울창하기도 했습니다. 그러다가 그가 다른 무
슨 시베리아 계통 핏줄 사람이 아니라 한국의 직계 혈통이라
는 사실을 알고 놀랐습니다. 그가 고려인이며, 그의 할아버지
가 우리 땅을 떠난 지 5대가 된다는 것이었습니다. 그를 초청
한 단체에서는 알고 있는 사실을 뒤늦게 안 나는 좀 머쓱하기
도 했습니다.

"거기도 고려인들이?"

나는 중앙아시아 각지에 흩어져 살고 있는 우리 민족 사람들

을 만났었습니다. 일찍이 쓴 소설 〈하얀 배〉는 그 기록이기도 했습니다. 그러나 알타이는 훨씬 북쪽 러시아의 영토, 지금은 알타이 자치공화국이라고 불리는 곳입니다. 그곳에도 우리 민족이? 나의 궁금증에 그는 '꽤 있다'는 대답을 들려주었습니다.

"우랄 너머에도 살고 있다 말이요."

놀랄 일이 아닐 수 없었습니다.

"예카테린부르크 같은 곳 말이요?"

에카테리나 여황제의 이름에서 딴 이름이라는 그 도시는 우랄의 서쪽 기슭에 있는 대표적인 곳으로 언젠가 한번 가보고 싶은 곳이었습니다. 그녀가 인상주의 그림을 좋아하여, 뜻밖에 러시아 미술관에 반 고흐를 비롯한 많은 인상파 소장품들이 전시되어 있다는 사실만으로도 내게는 관심을 갖게 하는 사람이었습니다.

'고흐가 여기에?' 하고 나는 언젠가 에르미타주 미술관에서의 반갑고 경이로웠던 순간을 되돌아보았습니다.

그러자 그는 '노래 부르는 고려인 빅토르 초이'를 아느냐고 되물었습니다. 내가 안다고 머리를 끄덕이는 걸 본 그는 바로 빅토르 초이가 그곳에서 태어났으며, 그곳에는 강 밑을 지나는 지하도가 있는데 온통 빅토르 초이의 모습이 어지럽게 그려져 있다고 설명했습니다. 오래전에 나는 빅토르 초이의 이름을 들었고 그는 우리나라에도 소개되었습니다. 젊어서 교통사고로 요절한 그를 러시아 젊은이들은 우상으로 받들고 있다고도 했습니다. 그는 김광석처럼 끓는 목청은 아닌데 어딘가 닮은 노래를 들려주고 있습니다. 전혀 다른 노래를 부르는 음유시인이 빅토르 초이를 말하는 것은 고대 알타이의 유목민족이 21세기의 랩을 이야기하는 듯했습니다.

"그렇단 말입니다."

나는 알타이에서 음유시인의 길을 가려고 전수를 받고 있다는 우리 청년을 다시 보았습니다. 청년은 알타이 산맥의 동쪽 기슭에서 똡슈르라는 두 줄 악기를 울러메고 노래를 부릅니다.

　　잣나무 껍질을 만든 똡슈르야
　　말의 털로 만든 똡슈르야

널리 알려진 게세르 신화가 그의 목울대에서 흘러나옵니다. 그런 우리 청년을 나는 만났습니다. 그러자 내가 아는 바다와 숲을 그에게 보여주어야겠다는 생각이 울컥 가슴을 쳐올랐습니다. 이제 새로운 이 시대에 민족, 민족, 하다가는 세계 속의 경쟁에서 낙오되고 만다는 이론도 어딘가 뒷전으로 밀려가버렸습니다. 나는 내 나름대로 그를 우리 핏줄 동아리의 일원으로 받아들이는 의식을 갖고 싶었습니다. 그것이 우리 땅과 강, 바다를 그에게 보여주는 것이라는 생각이었습니다. 가장 먼저 떠오른 곳이 남해 한려수도의 한 섬이었습니다.

그 섬은 이제 꽤 많이 알려진 섬이 되었습니다. 가볼 만한 섬을 꼽는 데도 들어가 있어서 나는 반갑기보다는 서운한 마음이 들었습니다. 널리 알려진다는 것은 그만큼 오염된다는 것. 나만이 특별한 의미로 오롯이 간직하고 싶은 심정을 잃는 것입니다.

오래전에 처음 거제도에 글을 쓰러 간 나는 부둣가로 발길을 옮겼다가 그 작은 섬으로 가는 배를 타게 되었고, 아무런 기대 없이 도착한 순간부터 놀라지 않을 수 없었습니다. 우리나라에 이런 섬이 있다니! 동백나무가 우거진 숲으로 컴컴한 길을 올라가자 그야말로 원시 그대로인 듯 섬은 깊고 그윽했습니다. 집 몇 채가 있는 마을을 지나고 그 등성이에는 학생이 한 명밖에 없는 초등학교 분교가 있었습니다. 그리고 아래로는 대한해협의 푸른 물결이 비늘을 반짝이며 빛났습니다. 나는 바위벼랑을 내려가 그 푸른 물결을 손바닥에 담기도 하면서 미지의 섬을 돌아보았습니다. 그곳에는 뜻밖에도 일본군이 만들어놓은 포대도 방공호와 함께 남아 있었습니다. 그야말로 천혜의 요새가 틀림없었습니다.

그날은 돌아오는 뱃시간에 맞춰 섬을 떠나왔지만 나는 그 섬의 이름 지심도를 잊을 수 없었습니다. 그곳을 내 마음의 섬으로 삼으리라. 내가 세상살이에 시달리거나 때 묻게 되었을 때, 그곳에서 나의 초심을 되찾을 수 있다고 믿었습니다. 그해 여름, 거제도에 머무는 동안 나는 몇 번 더 섬으로 가서 나 혼자만의 시간을 갖곤 했습니다. 거제도 선착장에서 불과 삼십 분 정도 배를 타면 갈 수 있는 곳이지만 그곳은 멀고 먼 저쪽에 신비하게 숨어 나를 지켜주는 초심의 섬이었습니다.

그로부터 삼십 년 가까이 지난 몇 해 전, 나는 화가 몇 명과 지심도에 다시 갈 기회를 얻었습니다. 지심도에 대하여 글을 쓰고 그림을 그린다는 기획이 있어서였습니다. 포구에서 바라다보이는 그 섬은 순식간에 나를 예전 그 시절로 데려가려고 손짓하는 것 같았습니다. 나는 섬을 좀 더 자세히 보려고 언덕길을 올라갔었고, 나중에 쓴 '비스듬히'라는 제목의 시는 그 장면을 소재로 한 것입니다.

지심도를 멀리서 보려고

포구 끝으로 갔다

기슭 위쪽으로 비스듬히

비스듬히 바다는 기다리고 있다

섬도 수평선도 비스듬히

숨이 가빠온다

아직 마를 새 없는 옷을 걸치고 달려오는

섬은 수평선에 걸려 있는 약속인가봐

하나, 둘, 셋, 잊지 않으려고

맺어놓은 약속

새가 파도를 타고 기다리는 사이로

새가 구름을 타고 기다리는 사이로

가장 멀고 빠른 몸짓이

비스듬함의 간절함을 배우고 있다

　여기서 '비스듬히'라는 언어는 무엇일까. 나는 써놓고도 고
개를 갸우뚱하지 않을 수 없었습니다. 그러나 '섬도 수평선도
비스듬히' 보이지만 섬은 역시 '수평선에 걸려 있는 약속'임을
확인하는 눈이 있다고 믿는 마음이었습니다. 그러기에 '비스

듬함의 간절함'을 말하고 싶었다고 해석합니다.

다시 가본 섬에서 초등학교는 이미 사라져버렸고 관광지로 발돋움하기 위해 군데군데 사람의 손이 닿고 있음을 보았습니다. 지금 이 땅 곳곳에서 개발이 이루어지며 벌어지고 있는 일들이 그곳까지 밀려온 것이었습니다. 나는 오래전에 간직한 그 섬의 모습을 떠올려 내 마음에 고스란히 간직하려고 애썼습니다. 그것을 또 한 편의 시 '지심도, 사랑은 어떻게 이루어지나'라는 제목으로 남겼습니다.

사람들은 사랑을 알려고 섬에 온다

마음의 속삭임에 귀기울여

처음이며 마지막이 무엇인지

배워야 하리라고

처음과 마지막이 동그라미가 되어

하나가 되는 동안이

우리가 사는 동안이 되도록

이루어야 하리라고

세상에서 가장 외로운 건 섬이니까

마음이 섬이 되리라고

그대와 나의 동그라미를

만들어야 하리라고

　이 시는 사랑이 '동그라미 그리기'라는 규정 아래 씌어졌다
고 하지 않을 수 없습니다. 섬은 바다의 동그라미 한가운데 자
리 잡고 '그대와 나의 동그라미를' 마음에 들어앉힌다, 나는 그
'하나'를 얻어야 한다, 고 말하고 있는 것입니다.

　지심도를 알게 된 것은 행복이었습니다. 비록 먼 남쪽 바다
에 있다 하더라도 그 섬은 여전히 내 마음에 살아 있습니다.
지금도 나는 그것을 '섬이 내 마음에 들어와 동그라미를 그리
고 있다'고 표현하지 않을 수 없습니다. 그러므로 시베리아의
황막한 자연 속에 살고 있는 우리의 청년 음유시인에게 그 섬
부터 겪게 하고 싶었습니다.

　동그라미, 라면 나는 오래전부터 웬일인지 우리의 글자 한
글을 떠올리게 되며 청년에게 한글도 얘기하고 싶은 욕심이
생겼습니다. 문득, 바람의 불망비(不忘碑)라는 말을 들려주고
싶기도 했습니다. 웬 뜬금없는 '바람'인지는 모르겠습니다. 아
마도 시베리아 광야를 불어오는 연상을 했는지도 모릅니다.

　한글에 내 영혼을 담는 과정을 알려주고 싶었습니다. 모든

한국인의 글은 단순히, 그러므로 강렬하게도, 한글이라는 이 불가사의한 글자를 갖게 된 우리가 감은(感恩)의 꽃을 그려 바치는 것이기도 할 터입니다. 그래서 오체투지로 멀고 먼 순례를 거쳐 마침내 이루리라 하는 가장 원초적인 기도를 올리는 것입니다. 저의 모든 글자들이 기도가 아니면 안 되겠다고 여긴 이래 청년에게 또 하나의 한글 기도를 전해줄 길을 말하고자 했던 것입니다.

오래도록 문학 한 가지, 한글 문장 한 줄을 붙들고 이 나이까지 여기까지 온 한 작가는 비로소 한글의 한 획 한 획에 삶의 내력을 새겨 바람의 불망비 하나를 저 텅 빈 들판에 세울 수 있지 않을까 희망하게도 된 것일까요. 비록 실낱같다고 해도 그 기도는 어느 바람결엔가 묻어 있을 수 있겠기에 말입니다. 어릴 적부터 이 작업밖에 모르고 살아온 일생이 희미한 그림자일지도 모르고 흩날리는 검불일지도 모르지만 그 사랑은 바람결 어느 후미진 언덕일지언정 새겨져 있으리라 믿기 때문입니다.

한글은 바람결의 내 기도를 한 획 한 획 ㄱ, ㄴ, ㄷ, ㄹ, 받아 적습니다. 아무 이야기가 없어도 마음은 있습니다. 그것만으로 나는 이미 거대담론 속에 있습니다. 인류학의 거대담론입니다. 나는 해독이 불가능한 고독의 문자로 싸워야 합니다. 인류사의 잊어버린 고리를 찾는 일과도 같습니다. 태어나면서부터 실존으로 견디어온 탐구의 길입니다.

언제나 새로이 광야로 나갑니다. 청년의 노래 앞에서 나는 다시 마음을 가다듬습니다. 늘 초발심으로 살고자 붙들어온 이 세계, 삶이 무엇인지 내가 누구인지 알고자 한 이 세계를 그에게 옮겨주고 싶을 뿐이었습니다. 그러자 그 북방의 바람 속에 '유라시아의 실크로드'라는 말이 들려오는 듯싶었습니다. 러시아를 거쳐 유럽에 이르는 길을 이어놓겠다고 정부에서 발표한 바로 그 계획이 청년의 등장과 함께 가까이 다가온 듯싶었습니다.

나는 청년과 함께 거제도를 한 바퀴 돈 다음 다시 동해안으로 향하는 길을 택했습니다. 그러나 거제도까지는 청년과 나 둘이만이 아니라 몇 사람의 주최 측 사람들이 함께했습니다.

"알타이는 옛날 흉노족의 땅이라 하지만 그 흉노족 역시 우리 민족으로 보아야 합니다."

나는 조금은 알고 있는 역사를 일행들에게 조심스럽게 말할 기회도 있었습니다. 알타이는 몽골의 서쪽 끝에 자리 잡고 있습니다. 몇 해 전 몽골의 흡수굴 호수로 해서 알타이까지 여행

을 계획한다는 후배의 말에 따라나설 생각을 한 것은 우리와
의 가까운 관계를 볼 수 있지 않을까 하는 기대 때문이었습니
다. 계획이 다음으로 미뤄지기는 했으나 그들 중 하나는 나중
에 그곳에 가서 요즘 흔한 게스트하우스를 하겠다는 꿈도 털
어놓았습니다. 내가 '흉노족 역시 우리 민족'이라고 내세우는
것은 얼마 전에 경주에서 발견된 비석을 근거로 했습니다. 거
기에 '문무왕은 흉노왕 김일제(金日磾)의 후손'이라고 씌어 있
다는 것이었습니다. 그래서 지난해 내가 경주에 가서 발표한
'신라의 화살'이라는 강연 글도 흉노 여인 왕소군의 시로부터
시작하고 있습니다. 옛날 중국 한나라 때 흉노의 왕에게 시집
간 그녀가 봄을 맞아 쓴 시 말입니다.

  봄은 왔으나 봄 같지를 않네(春來不似春)

오랑캐의 땅은 풀 한 포기 제대로 자라지 않는 황무지(胡地
無花草), 봄이 와도 쓸쓸하기 그지없었습니다. 그래서 지은 이
시는 지금까지 남아 있습니다. 어찌나 어여쁜지 날아가는 기
러기가 떨어졌다(落雁)는 미모로 중국 4대 미녀에 꼽히는 왕소
군의 이야기는 그 뒤로도 꾸준히 문학에 오르내려 두보와 이

태백의 작품에도 나타나며, 둔황에서 발견된 전적에서도 읽을 수 있다는 것입니다.

처음 언제인가 이 구절을 보았을 때, 봄이면 으레 다가오는 그러한 날씨를 읊은 것이로구나, 대수롭지 않게 여겼습니다. 그러나 그것이 점점 단순한 날씨뿐만 아니라 그 여인의 스산한 신세를 말하고 있음이 옷깃을 파고드는 이른 봄 황사바람처럼 느껴져 왔습니다. 오랑캐의 추장에게 정략적으로 시집온 아름다운 공주는 아득한 들녘에 서서 고향의 봄꽃 흩날림을 보고 있으니, 삶이란 이토록 무비(無比)한 것인가······

그런데 왕소군의 이야기가 둔황의 책에서도 발견되었다는 내용이 눈길을 끌었습니다. 하기야 둔황에서 발견된 책과 유물, 유적 들은 어느 한 종교나 문명에 국한된 내용들이 아님을 알고는 있었습니다. 신라의 승려 원효의 《대승기신론》도 발견되었듯이 주로 불교를 위주로 한 것만은 틀림이 없으나 여러 종교와 문명이 섞여 있다는 보고서를 읽었던 것입니다. 《대승기신론》은 투루판의 유적에서도 발견되었다고, 며칠 전 신문은 전하고 있습니다.

나는 경주에서 발표한 강연을 알타이의 음유시인 청년에게 어떻게든 전하고 싶었습니다. 그러나 그럴 방법은 없었습니다.

그러므로 언젠가를 기약하며 다음에 옮겨놓기만 할 뿐입니다.

*

앞의 왕소군의 시에서도 알 수 있듯이 중국에서 실크로드의 문화는 '호풍(胡風)'이라 하여 널리 알려졌다. 시대에 따라 흉노로, 속독(束毒; 소그드)으로 대표되는 북방 유목민의 문화를 일컬었다. 소그드란 오늘날 우즈베키스탄의 사마르칸트를 중심으로 하는 지방을 가리키며 중앙아시아, 인도, 중국의 교역을 담당했던 민족이었다.

4세기, 북방의 유목민이 강성해져 내려오자 아프간과 인도 서북부 지방이 짓밟히는 혼란과 함께 소그드의 상인이 무역의 중심에 나타났다. 중국 상류층은 이들이 가지고 온 이국풍의 교역품과 문화에 빠져들었고, 즐기고 모방하는 '호풍'이 바람을 일으켰다. 이름난 도자기 당삼채에는 낙타에 비단을 싣고 장사하러 떠나는 모습, 낙타 위에 앉아서 음악을 연주하는 이민족의 모습과 함께 이들의 풍습을 모방한 중국인도 보인다. 이백(李白)과 백거이(白居易) 같은 시인들의 시에도 이민족 무희들이 춤추던 '호선무(胡旋舞)'가 등장하고 있다. 술을 좋아한

중앙아시아 출신 이백은 포도주를 마시며 시를 남겼다.

　　부슬비 내리고 봄바람에 꽃잎 지면
　　말채찍 날려 호희(胡姬)에게 가서 한잔하려네
　　호희가 흰 손을 내밀어
　　금술잔에 취하게 하네.

　백거이 역시 〈호선녀〉라는 시를 남겨 당시의 풍습을 알려주
고 있다.

　　마음은 비파소리 따라 움직이고
　　손은 북소리에 따라 움직여
　　비파소리, 북소리 하나로 어우러지면
　　날렵하게 양쪽 소매 올려 감으며
　　바람에 날리고 눈이 구르듯
　　들판 쑥대머리 흐트러지듯 춤추니
　　왼쪽 오른쪽 돌며 지칠 줄 모르네
　　수없이 돌아도 그칠 줄 모르네.

유목민의 정서를 듬뿍 가져온 소그드인은 여러 지역의 특산품을 중개하고 판매하여 거대한 부를 일구었고, 그들 문화로 중국을 매료시켰던 민족이었다. 이렇게 소그드 상인들의 활약이 커지면서 위구르문자가 생기고, 이 문자는 뒤를 이은 몽골인에 의해 몽골인의 문자로 채택되어 광대한 지역에 쓰이는 문자가 된다. 한글에 대해 공부하는 학자들은 여기 어디에서 그 연원을 발견하려는 노력도 보이지만, 이에 대하여는 아직 확정된 바가 없어서 안타까운 실정이긴 하다. 다만 훈민정음의 창제에 밝혔듯이 우리의 민족적, 언어적 갈래가 '중국과 달라' 우리가 중국에서 불러온 것처럼 '호(胡)'의 줄기라는 사실을 잊을 수는 없다. 이것이 한계이자 특징이라는 뜻이다.

몽골족에 속하는 우리는 알타이어와 퉁구스어를 쓰는 두 계파 가운데 알타이어의 족속으로 분류된다고 한다. 퉁구스어의 투르크어가 터키의 언어가 되는데, 이들의 친연관계에 대해서는 보다 폭넓은 연구가 있어야 할 것이다. 다만 이들 몽골 여러 종족들에 대한 섬세한 연구가 있기 전에 뭉뚱그려 북방민족으로 부른다면, 이들은 역사에 명멸한 여러 이름들을 아우르고 있다고 할 것이다. 흉노, 선비, 여진, 거란, 오손, 말갈, 예맥 등등이 모두 그들이었다. 크게 말해 이들은 모두 우리 족속

의 동아리라 할 것이다. 지역적으로 본다면 오늘날의 중국 본
토를 제외한 그 북방을 중심으로 일본, 한국, 몽골, 중앙아시
아, 터키(혹은 헝가리까지)를 잇는 거대한 초승달 벨트이다. 중
국 사서에 흔히 동이(東夷), 서융(西戎), 북적(北狄) 등 오랑캐라
는 뜻을 담은 이름으로 나타나는 족속과 나라들이다. 인류학
자들은 분류방법에 자주 '초승달 지대'를 쓰고 있지만 이 거대
한, 중요한 지역은 하나로 묶을 방법을 모르거나 잊어버리고
있었다. 따라서 굳이 '초승달 지대'라고 무리하게 묶을 필요도
없을 것 같기도 한데, 어쨌든 중국의 역사서에 따라 북방민족
의 역사와 문화는 소외되고 말았다. 가까운 장래에 괄목하게
세계사를 이끌어가리라 기대되는 이 북방 초승달 지대는 사실
하나의 정서, 하나의 문화를 속 깊이 이어내리고 있었다. 소외
가 오히려 그 뿌리를 북돋는 힘이 되었다. 이를테면, 흉노의 다
른 표기라고 하는 훈족의 이동이 게르만족을 압박해 남하시켰
고 마침내 로마의 멸망으로 이어지는 역사의 지각변동을 일
으켰다고 할 때, 이들 북방민족의 인류사적 주체 역할에 대해
서 다른 각도의 연구가 있어야 하겠다. 또한 이를테면, 카라키
타이(西遼)의 역사가 북방민족의 또 하나의 영욕의 역사라고
할 때, 실크로드가 중국과 로마의 두 축 선상의 회로라는 사

실에 다양한 접근이 필요하다는 것이다. 아울러 오늘날 새로이 주목되는 북극항로 카라 시(Kara Sea)의 등장은 장자(莊子)의 '북명(北溟)'을 뒷받침해주는 사상적 배경이라는 사실, 오랜 베링 해 문화의 아메리카 발견의 문제도 북방 초승달 지대가 더욱 심도 있게 연구되고 규명되어야 하는 까닭이라 하겠다. 발견과 정복과 소멸의 역사는 이 문화의 속성이다. 소멸의 인자 또한 DNA라는 철학적인 명제가 이들 민족의 운명이기도 했다.

서양 쪽에서 보면 마르코 폴로의 《동방견문록》은 매우 두드러진 기록이 된다. 아쉽게도 마르코 폴로가 직접 쓰지 않고 구술을 통해 대필했다고 밝혀진 이 책은 세계 3대 여행기라는 자리매김에도 불구하고 과연 실제로 겪었을까 하는 의구심을 갖게 만든다. 1254년 베니스에서 출생한 그는 15세에 아버지를 따라 중국 원나라 태조인 쿠빌라이 칸의 나라로 들어갔으며, 그 무렵 원나라 영역이 얼마나 컸던지 41세에 돌아올 때까지 그 세력권을 벗어날 수 없었다고 한다. 그는 낯선 동방의 여러 지역을 지나며 본 것들을 기록해놓았는데, 소략한 부분이 많아 주석을 달지 않으면 받아들이기 어려운 부분이 많아서, 정말 그 자신의 경험담인지 다른 사람들의 경험담을 재구성한 것인지 분간할 수 없을 지경이다. 그러나 그 무렵 동양과

서양을 왕래했다는 바탕 사실만은 부인할 수 없으므로 동서교섭사의 중요한 기록으로 평가된다.

실크로드는 중국을 거쳐 중앙아시아로 넘어오면서 카자흐스탄, 우즈베키스탄으로 갈래를 뻗는다. 이쯤에서 아랄 해를 향한 아무다리야 강 유역에 자리 잡은 탈라스를 바라보는 것은 고구려의 유민으로 당나라의 장군이 되어 안서사진 절도사를 지낸 고선지(高仙芝)라는 이름을 기억하기 때문이다. 그의 역정을 자세히 살피는 작업은 여기서는 적절치 않은 일이지만, 그의 군대가 아랍 아바스왕조의 세력과 맞싸운 기록만은 되돌아보아야 할 것이다. 이 결전에서 그는 패배하고 곧이어 역사에서 불우하게 사라진다. 그런데 이 전투야말로 개인의 운명이 아니라 인류의 전체의 운명을 바꾸는 일이 되기에 충분했다. 즉, 중국에서 발명한 제지술이 아랍 세력으로 전해지게 되었던 것이다. 가부간에, 이로써 종이는 서양으로 전파되어 새로운 문명을 펼치는 큰 역할을 했으니, 이 또한 실크로드의 역할이었던 셈이다. 아랍의 위대한 문학 유산인 《아라비안나이트》가 산스크리트 문학의 방법론과 일맥상통하는 것도 실크로드의 종이 전래에 이어진 영향이라고 유추된다.

한국은 세계에서 손꼽히는 둔황 유물 보유 국가에 든다. 주로 벽화인 이들 유물이 어떻게 여기에 있게 되었는지는 이미 밝혀져 있다. 이 유물들을 현지에서 가져온 사람은 일본 교토 니시혼간지(西本願寺)의 오타니(大谷)였다. 그의 실크로드 탐험대가 둔황에서 가져온 것이 그 무렵 일본의 식민지였던 우리나라에 오게 되었던 것이다. 그를 비롯하여 여러 나라의 실크로드 탐험대는 둔황의 박물관에 '도둑'으로 전시되고 있지만, 그는 한국에 중요한 유물을 가져다준 사람이 되었다. 유물들은 오랫동안 창고 속에서 잠자고 있다가 요즘에 들어서야 뒤늦게 연구가 진행되어, 그 결과가 책으로 만들어지고 있다.

일본은 일찍부터 실크로드에 눈을 뜬 나라였다. 특히 일본의 소설가 이노우에 야스시는 《둔황》이라는 소설로써 독보적 경지를 개척했다. 《둔황》은 주인공 조행덕이 중국과 그 변방을 무대로 펼치는 파란만장한, 순애보적 행적을 그리고 있는 소설이다. 그가 불경을 서하어로 번역하며 위구르인 여인에게 바치는 사랑은 둔황 석굴에 간직하여 지키려는 염원으로 작품화되어 있다. 중국, 서하, 위구르 등 실크로드를 둘러싼 국제무대를 소재로 한 점도 기념비적이려니와 이미 오래전에 일본에 '둔황학'이라는 분야를 정착시킬 만큼 중요한 위치를 갖는 작가이자 작품이다.

한국에 실크로드가 일반적으로 알려진 것은 일본 NHK가 현지로 가서 보여준 놀라운 다큐멘터리 시리즈를 한국 KBS가 방영하면서였다. 말했다시피 실크로드의 훌륭한 유물들을 간직하고 있는 데 비하면 매우 소극적인 태도였다고 할 수 있다. 국제 정세가 어려워 한국인으로서는 중국의 장벽이 너무 높았던 탓이었는지도 모른다. 그러나 이노우에 야스시가 《둔황》을 쓰고 막상 현지에 직접 가본 것은 그로부터 이십 년 뒤의 일이었다고 한다. 한국은 전쟁과 분단으로 세계무대에서 고립된 채 갇혀 있었다.

내가 둔황에 눈길을 주고 집착한 것은 1970년대의 일로서, 나름대로의 갈증과 동경이 부추긴 결과였다. 한국인의 삶처럼 문학의 무대 역시 갇혀 있다는 의식에 견딜 수 없게 어느 날, 혜초의 길을 바라보게 된 것이었다. 출구는 닫혀 있었지만 어제와 오늘을 잇는 가교로서 역사를 차용할 수는 있었다. 실크로드는 중국으로, 인도로, 서양으로, 세계로 향한 새로운 길이었다. 현실적으로 밀치고 나갈 수 있는 다른 길은 현실적으로 닫혀 있었다. 그러므로 현실적으로 닫혀 있는 길로 나갈 수 있는 방법을 찾아야 했다. 실크로드의 역사성, 상징성은 문학에 와서 현실성을 획득할 수 있을 것이었다. 그러나 애초부터 나

의 방법론은 '지금, 여기'에 있는 나를 추구하는 문제였으므로
큰 문제가 되지는 않았다. 나는 그 이야기를 통하여 우리들 삶
의 원류를 말하고 싶었다.

실크로드는 오래전에 한 주간 신문사에 근무하며 공부하게
된 한국학의 영향으로 내게 다가왔던 세계였다. 나는 북방 유
목민에 뿌리를 둔 우리의 역사를 만났던 것이다. 음악학자 이
혜구 박사는 '고구려악(樂)은 구자악(龜玆樂)'이라고 명쾌하게
규명해주었다. 구자는 실크로드의 도시 쿠차를 말한다. 그리
고 사자가 없는 나라인 한국에서 인도의 사자춤이 북청사자무
같은 전통 연희로 자리 잡았다는 사실은 실크로드를 통한 직
접적인 왕래가 없고서는 설명하기 어려운 일이다. 실크로드는
먼 이면도로가 아니라 직접적인 통로로 '북방 초승달 지대'를
이어주고 있었다.

언제부터인가 일본에서는 실크로드가 옛 도읍 나라(奈良)까
지 이어진다고 말하고 있다. 그렇다면 신라의 도읍인 경주까
지 이어진다는 사실은 새삼 강조할 필요조차 없을 것이다. 경
주의 고분에서 출토된 푸른 유리잔이 로마의 것임을 증거 삼
아 앞에서도 말했지만 그것은 조그만 일례에 지나지 않는다.
무엇보다도 뚜렷함을 넘어 우뚝하다 할 석굴암 불상이 이를

웅변하고 있다. 그리스의 인물 조각이 멀고 험한 길을 와서 드디어 완성을 보았다는 평가와 함께 유네스코 세계문화유산으로 등재된 이 불상이야말로 세계사 속 실크로드의 승점이기도 하다.

그러므로 새로이 북방의 실크로드를 실현시키려는 오늘에, 새로운 문화/문학 또한 단순한 세계화를 말하기 전에 잊어진 길을 되살리는 방법에 대한 연구가 뒤따라야 할 것이다. 일찍이 바이칼과 그 언저리에 게세르 신화로 널리 음유되었고 한국에서도 책으로 나온 샤머니즘에 대한 탐구 역시 세계사의 새 동력이 될 문화/문학으로 포함시키기에 소홀해서는 안 된다. 이것이 오늘날 실크로드에 살고 있는 우리의 사명이며 새로운 시대의 소명이 되리라 믿어 마지않는다.

한국의 서울 한복판에 세워진 세종문화회관 앞에 서서 앞면의 부조를 바라본다. 피리와 생황을 부는 비천녀(飛天女)가 옷깃을 날리고 있다. 한국 동종의 무늬에서 흔히 보아온 모습이며 둔황 시가지에 세워진 비천녀 조각상과 같은 모습이다. 이처럼 우리는 서울에서도 실크로드의 삶을 옆에 하고 있다.

중국에서 이루어진 중국 불교의 대표적 선서(禪書)인《벽암록(碧巖錄)》에 거두절미 씌어 있기를 '화살은 이미 신라를 지났다'고 했다. 난데없이 신라라니? 무슨 연유이며 무슨 뜻인가. 알 수 없다. 그러나 고승대덕들도 대수롭지 않은 듯 지나치는 구절이 이 순간 예언처럼 살아난다.

화살은 이미 신라를 지나, 실크로드를 날아, 세계로 향하고 있다!

*

상당히 긴 이야기가 끝났습니다. 아니, 이 이야기는 아직 끝나지 않았습니다. 얼마 전 세종문화회관에서 백남준에 관한 전시회가 열려서 웬일인가 했더니, 그가 저세상으로 간 지 십 년이 되었다는 것이었습니다. 벌써 10주년 기념 전시회. 그리고 현대화랑에서 우편으로 보내준 안내장을 받았습니다. 동료이자 선배인 요제프 보이스의 죽음에 '알타이의 꿈'이라는 굿판을 벌인 그때의 사진이었습니다.

알타이를 '비디오아트의 창시자'인 백남준에게서 다시 본다는 것은 가슴 떨리는 일이었습니다. 그는 자기를 '황색의 재앙'이라고 부르며 서양 예술의 중심부에서 굿판을 벌였다고 합니다. 어렸을 적 서울의 집에서 자주 보았던 굿판인 그것은 우리 민족인 알타이를 위한 길을 여는 행위예술이기도 했습니다. 그가 '시베리아 샤먼'을 자칭하는 까닭인 것입니다. '시베리아 샤먼' '알타이 샤먼'이 하늘에 기도를 올리는 행위가 굿입니다. 현대 과학의 우주 비행체와 한국 굿판을 한 장면에 '비벼놓는' 스케일이 그의 안목이었지요. 그런 백남준을 보면서 예전에 안산에 살았던 어려운 시절에 전국의 굿하는 사람들 모임인 경신회에서 큰 굿을 올리던 장면이 머릿속에 나타났습니다.

"돼지를, 돼지를 등에 진다."

작두를 타겠다는 일본 유학생 사오리의 말이 들렸습니다. 구경꾼이었던 나는 그녀와 분명히 한패였습니다. 신내림이니 하는 알 수 없는 작용을 내가 말할 계제는 아니라 해도, 나 역시 말하자면 '알타이 샤먼'이 아닐까 생각해보기도 했습니다. 용기 없는 내가 기껏 말하는 게 '생각'이라고 해도, 사람은 생각하는 순간 이미 행동한다고 나는 내게 힘을 실어주고 있었습니다.

백남준 사십구재 때 봉은사 행사에 가기도 했고, 인사동의 1주기 김금화 굿 행사에 가기도 했었습니다. 그러고 보니 꽤 여러 번 그의 전시회를 기웃거렸습니다.

"티베트, 몽골, 타타르, 모두들 한뜻으로 알타이의 길을 열어야 해."

그는 우리네 강성한 북방민족의 사라진 시절의 부활을 꿈꾸는 사람이었습니다. 타타르가 어디인지 확실히 모르지만, 시베리아 호랑이가 백수의 왕이라는 사실처럼 우리 민족의 새로운 등장을 세계사에 알리고 싶어 했다고 합니다. 그것이 그의 예술의 넋이었다고요. 세종문화회관에서 나는 그가 꿈꾸었던 힘찬 부활의 소리가 가까이 들리는 듯해서, 가슴 벅찼습니다. 그리고 아울러 그가 자기 세계를 소개하는 책 이백 권의 제1권에 《삼국유사》가 꼽혀 있는 걸 보았고, '일연의 위대한 판타지'라고 평가한 그의 말을 배웠습니다.

"이런 것도 있었군."

나는 전시장에 세 번을 갔고, 그때마다 새로이 눈길을 끄는 게 있어서 멈춰 서곤 멈춰 서곤 했습니다. 세종문화회관 바깥에는 정지용 시인이 긴의자에 기대앉아 책을 읽고 있는 모습의 동상이 있는데, 백남준이 그의 시를 꼽는 구절도 다시 눈에 들어왔습니다. 그리고 그의 사십구재 때 봉은사에서 있었던 '촛불 랩소디' 장면과 바이올린을 끌고 가는 그 유명한 퍼포먼스를 회상하며, 알타이를 떠올렸습니다.

이 장면들을 알타이의 청년에게 부탁하여 영원히 노래로 이어야 할 것 같기도 합니다. '실크로드의 문학'이라는 항목의 글은 영어로 번역되어 '인문학축전'의 책자로 발간되었는데, 거기에는 흉노를 'Asian Hun'이라고 부르고 있었습니다. 유럽의 역사학자들은 'Europian Hun'이 따로 있다고 보는 모양입니다. 그러나 흉노는 흉노인 것입니다. 얼마 전 아바스 팔레스타인 자치정부 수반이 터키 앙카라 대통령궁에서 에르도안 대통령과 찍은 사진이 화제라고 했습니다. 악수하는 두 지도자 뒤로 고대 · 중세 시대의 전사 차림을 한 남성 열여섯 명이 두 줄로 도열해 있었습니다. 이들은 1923년 터키 공화국이 수립되기 전까지 터키 역사에 등장했던 16개 제국을 상징한다고 했습니다. 16개 제국에는 흉노와 같은 이름인 훈 제국을 비롯하여 고대에서 근대까지 존재했던 나라들이 포함돼 있었습니다. 중국 · 중앙아시아 일대에서 건립돼 흥망했던 나라들까지 아우르며 터키 역사의 유구함을 강조하려는 것이라고 했습니다. 터키 대통령의 표장 역시 16개 제국을 상징하는 열여섯 개의 별로 이뤄져 있었습니다. 1세기 중국 한나라와의 세력 다툼에 밀려 서쪽으로 쫓겨 간 흉노의 일부가 '훈'이었습니다. 터키 역사가들도 '훈'과 '흉노'를 같다고 했습니다. 훈족이 중앙아시아

일대에 제국을 세웠고 주로 서쪽으로 계속 이동했다는 점 등으로 터키에서는 훈 제국을 '사료에 기록된 첫 튀르크 국가'로 가르친다는 것입니다.

앞에서 봄노래를 부른 왕소군이 신라왕의 할머니였음을 말씀드렸던가요? 앞에서 말한 비석 이야기, 얼마 전에 경주에서 발견된 비석의 '문무왕은 흉노왕의 자손'이라는 구절을 다시 기억해야 합니다. 그렇다면 흉노와 함께 나오는 선비족은 또 누구겠습니까? 한마디로 이 모두가 북방민족인 몽골족의 갈래들입니다. 잘게 나누어서 그렇지 그들 유목민 모두는 부여족과 함께 우리의 동아리인 것입니다.

부여의 활잡이 주몽은 남쪽으로 내려와 고구려를 세웁니다. 그가 남쪽으로 내려올 때의 일화는 그가 샤먼이며 주술사임을 말해줍니다. 화급히 쫓기던 그는 하늘에 기도하여 강물의 물고기들을 부릅니다. 물고기들은 다리를 만들어 그를 건네줍니다. 산천초목을 움직이는 능력의 소유자임을 말해주는 이야기입니다. 그리고 그 아들 유리는 떠나간 아버지 주몽이 남기고 간 부러진 칼을 간직하고 뒤를 따릅니다. 드라마나 만화에서도 본 장면입니다. 그리하여 서로 가지고 있던 칼 동강을 맞추어보고 왕자가 됩니다. 엑스칼리버 전설의 한 원형이기도 한

이야기는 변형되어 옛 정복자들의 모습을 전해줍니다. 위대한
게세르 또한 그 모습입니다. 그러므로 흉노와 선비는 원래 부
여의 갈래들로서 그것이 중국어 표기상 슝누(匈奴)로 읽히든
센피(鮮卑)로 읽히든 상관할 바 없이 하나로 묶어 몽골족, 즉
알타이족이 되는 것입니다. 우리 한국인도 물론 그러합니다.
'물론 그러'한 게 아니라 오늘날 우리는 세계사에 우뚝할 만한
나라를 만들고 있기에 알타이의 여러 갈래 가운데 첫손가락을
꼽아도 좋을 것입니다. 만약에 머지않아 '유라시안 실크로드'
가 열린다면 그 북방의 실크로드를 우리가 주도하는 알타이로
드로 불러도 좋을 것입니다. 이 역시 백남준의 '알타이의 길'과
연결되는 것이겠지요.

"아침에 일어나서 창밖을 보았나요? 뭐가 보였나요?"
　나는 고향 나라에서 거제도를 거쳐 내 고향까지 와 밤을 보
낸 청년에게 물었습니다. 일행들도 떨어져 나가고 나서 이제
야 둘만이 있게 되어 숙소까지 그를 안내하는 역할을 맡았던
것입니다. 갑자기 던진 물음이 좀 모호하다는 생각은 들었습
니다만, 다행하게도 그는 간단하게 받았습니다.
　"산이 좋아요. 나무들이 좋아요."

나는 그에게서 '아름답다'라는 말을 듣고 싶었는지도 모릅니다. 그러나 '아름답다'는 표현이 그에게는 어렵겠다고 금세 느꼈습니다. 러시아에서 예쁜 여자를 보고 서투르나마 '오첸 하라쇼' 혹은 '오첸 크라스나야'라고는 말할 수 있겠지만, '아름답다'는 우리말을 대신할 말은 어디에도 없다는 게 내 주장이기도 합니다. 산도 좋고, 나무도 좋다. 그가 말하지 않아도 당연히 나는 그에게 우리의 산, 우리의 숲을 보여줄 계획이었습니다. 내가 갈 곳은 또한 당연히 내 고향의 산이어야 했습니다. 거제도의 섬도 그렇지만 거기에 바다, 바다가 있는 것입니다.

어느 날 지난밤에 도착한 낯선 여행지에서 아침 창문을 열었을 때, 처음 나타나는 풍경에 설렙니다. 더군다나 그 풍경이 바다 물결의 수많은 거울처럼 반짝이고, 낯선 꽃잎이 얼굴을 스치면 아름답다는 말도 부족합니다. 저쪽 집의 창문에서 비쳐 나오는 반사햇빛인가 하였으나, 잎사귀 사이로 나타난 꽃잎이었던 순간을 나는 잊지 못합니다. 나는 바다가 보이는 산속 숙소에 그를 데리고 가서 그에게 물었습니다.

"저 바다가 보이나요?"

바다는 으레 보이기 때문에 뜻은 다른 데 있었습니다. 내가 그에게서 끌어내고 싶고 마침내 끌어내 가르치고 싶은 말은 '아름답다'였습니다. 그것은 놀랍고 고결하고 신비한 마음의 물결, 숨결을 일으킵니다. 아, 름, 답, 다. 알타이의 숨결이기도 한 말일 것입니다. 그리고 그에게 보여주고자 작은 여행 가방에 챙긴 서정주 시인의 시 한 편도 그에게 줄 심산이었습니다. 새해를 맞아 신문에 났기에 '옳다구나' 오려둔 것을 우리의 음유시인과의 여행에 다시 '옳다구나' 넣어온 것입니다. '바이칼 호숫가 돌칼'이라는 제목의 이 시를 그가 읽을 수는 없더라도 그건 상관없는 일이었습니다. 바이칼 호수 또한 알타이 사람들의 고향으로 알려져 있고, 그곳 샤먼이 한국에 와서 굿을 하는 것도 나는 가서 보았습니다.

내 전 재산 중에서
그래도 아무래도 가장 나은 건
1742미터 깊이의
시베리아의 바이칼 호숫가의
바이칼 산맥의 비취 옥으로 만든
10만 년 전의 구석기시대를 본 딴
모조품의 초록빛 돌칼 하나이로다.

이 세계에서 제일 깊고도 맑은

바이칼 호수를 닮은 내 이쁜 돌칼로

나는 내 글 쓰는 종이도 자르고,

꼭 먹고 싶은 과일도 벗겨 먹으며,

10만 년 전의 한 샤만처럼

아침이면 아침보고

"내 젊은 어머니 아침"이라고

소리 밝혀 부르며 살다 가리로다

　나는 그와 함께 고향에 가서 돌칼은 아닐지라도 과도로 '과일도 벗겨 먹으며' 밤을 보내고 '내 젊은 어머니 아침'을 맞이했습니다. 다시 말하거니와 '아름답다'를 다시 배우며 그에게 마음이나마 전하고 싶었습니다. 그것이 고향의 뜻을 테니까요. 아침 해가 떠올라서야 나는 그와 함께 바닷가의 카페를 찾아갔습니다.

　언젠가부터 내 고향에서 '커피 축제'를 한다고 해서, 의아했었습니다. 커피가 유행한 지는 꽤 되었지만, 그곳에서 '축제'까지? 그러다가 그 축제의 여러 행사에 문학 행사도 들어 있어서 참가하게 되었습니다. 정말 예상할 수 없었던 일이었습니다.

때때로 고향에 갈 일이 생겼으며, 올해에도 몇 차례 갈 기회가 있었습니다. 독자들과 함께 가서 그곳에 얽힌 내 글을 들려주는 시간들이었습니다. 나는 소설가가 되기 위해 내 경험을 녹여나간 경험을 이야기하곤 했습니다. 시인으로서 오래 활동하다가 소설가가 된 과정은 지금 돌이켜보아도 스스로 새로웠습니다. 그만큼 쉽지 않았다는 방증입니다. 도저히 되지 않아 나중에 고향의 내 이야기에서 실마리를 잡고서야 써내려갈 수 있었다는 '시작, 출발'의 뜻이 그곳에 있었습니다. 고향은 또 한 번의 다른 시작이었습니다. 내가 음유시인 청년에게 들려주고 싶은 그 이야기에 바다가 있었습니다. 다음과 같은 문장이었습니다.

문득 바라보니 뜻밖에도 바다가 보였다. 그것은 삼각형 쐐기처럼 앞의 산협(山峽) 사이에 박혀 있는 꼴이었다.

어떻게 '쐐기'라는 단어가 생각났을까, 신기했습니다. 그러자 작품은 풀려나가기 시작했습니다. 나는 산언덕에 올라 바다를 바라봅니다. 그러자 산들 사이로 나타난 바다. 그것은 역삼각형의 쐐기꼴. 옆의 산들도 어쩌면 유영국 화백이 그린 선명한 세모꼴이라고 해도 좋을 것입니다. 그러나 내 고향 어디에서 볼 수 있는 풍경인지 나는 정확히 말할 수 없습니다. 실제로 어디인지 모를 이 구도는 다만 그렇게 보임으로써 어떤 발견을 강조하고 싶은 순간적인 풍경이라는 것만 말할 수 있습니다. 그래서 나는 언젠가 다음과 같이 쓸 수 있을 것을 믿습니다.

　　고향 바다는 세모꼴이었다.

　내게 남아 있는 그 바다의 추억은 육이오 때 피난선을 탔던 일과 어머니의 뼛가루를 뿌린 일, 두 가지로 요약됩니다. 이미 소설의 여기저기에 썼던 이야기들입니다. 어릴 적 살았던 그곳은 바닷가 도시라기에는 무리가 있었습니다. 바다로 가는 길은 어린 내가 걷기에는 너무 멀었습니다. 나는 큰 아이들이 자기네들만 몰려가는 바다로 가고 싶었습니다. 그곳은 언제나 무엇인가 알 수 없는 감추어진 세계였습니다. 그러면서 고향을 떠나고 말았습니다. 오랜 시간이 지난 뒤, 소설가가 될 무렵 바다는 쐐기꼴의 세모꼴로 모습을 나타냈습니다. 그래서 바다는 누구에게나 하나의 모습이 아니라 각각의 도형을 그린다는 사실을 나는 경험했습니다. 개개인의 자기만의 사랑의 경험을 담은 도형이라고 나는 이름 짓겠습니다. 사랑이란 이름 짓기에 다름 아니기 때문입니다.

그런 강릉을 커피가 대표하고 있다니. 말로만 듣던 커피 축제에 내가 직접 참가한 것부터가 믿기지 않았습니다. 기껏해야 군것질거리인 꽁치구이만 연기를 피우던 바닷가 길에는 카페가 즐비했는데, 다 둘러보면 더욱 놀랍다고 했습니다.

"쿠바라는 이름의 카페도 있는데 가볼래요?"

지난번에 왔을 때, 누군가가 말했습니다.

"쿠바?"

나는 흥미를 보였습니다. CUBA, 예전에는 금기의 이름이었습니다. 나는 세월은 변했음을 실감하고 있었습니다. 언젠가 멕시코에서 쿠바로 가서 아바나에 머물렀던 며칠이 떠올랐습니다. 어디엔가 썼던 구절들을 다시 돌아봅니다.

배를 타고 아바나를 떠날 때

마음 슬퍼 눈물을 흘렸네.

고등학교 때 음악책에 있던 노래였습니다. 그것이 무슨 뜻일까. 왜 아바나를 떠났으며, 왜 눈물을 흘렸을까. 오랫동안 의

문이었으나 막상 그곳 사람들은 잊고 있는 노래인 듯싶었습니다. 음식점에 온 악단은 부탁을 받고 이리저리 뒤져내서 그 노래를 어렵게 연주해주었습니다. 노래의 주인공은 아마도 혁명으로 아바나를 떠났다고 짐작되었습니다.

고향 바닷가, 아바나의 풍경과는 거리가 먼 쿠바카페에 앉아 '아바나의 방파제'를 회상했습니다. 에메랄드빛 카리브 해를 회상했습니다. 고향의 바다 멀리에도 에메랄드빛이 섞여 있었습니다. 예전 전쟁이 한창일 때 함선에 실려 피난을 떠났고, 나중에 어머니의 뼛가루를 안고 와서 뿌린 저 바다가 지금 내게 있었습니다.

바다가 보이는 언덕 위에 살고 싶었습니다. 드넓은 바다를 한껏 바라보자는 것도 아니었습니다. 다만 한 조각 작은 파도라도 창문처럼 내다보이는 곳이면 더 바랄 것이 없었습니다. 바다를 향해 눈을 열고 바닷바람으로 숨을 쉴 수만 있다면…… 그러면 바다 멀리 어떤 꿈이 내게 손짓하며 다가올 것만 같았습니다. 창문으로 내다보는 바다를 향해 방파제가 빨강과 하양의 등대를 세우고 있었습니다.

"여기가 쿠바의 방파제 풍경과 닮았나요?"

누군가 물었습니다. 나는 건성으로 머리를 끄덕였습니다.

전혀 닮지 않은 풍경인데도 말입니다. 이제는 배를 타고 떠나면서 눈물을 흘려서는 안 되는 곳이어야만 한다고 나는 속으로 굳게 말했습니다. 내 소설가로서의 생애가 시작된 바다이므로 더더구나 그러했습니다. 이제 피난을 갈 배는 타지 않을 것이며, 어머니는 다시는 모습을 나타내지 않을 것입니다. 그리고 나는 이미 눈물을 흘릴 수 있을 만큼 다 흘렸습니다.

나는 카페에 앉아 바닷가 언덕의 내 집에 있는 느낌이었습니다. 그러므로 전혀 닮지 않은 풍경을 닮았다고 머리를 끄덕일 수 있었습니다. 비록 한낱 희망으로 간직될 뿐 지금까지 실현되지 않은 언덕 위 보금자리일지라도 나는 드디어 지어 가진 것 같았습니다. 지금까지 살아온 그것만 해도 나는 충분히 보상받았으며, 내 꿈은 이루어졌습니다. 나는 살아 있는 것입니다. 살아 있음이 아름다움이라고 말할 수 있는 바닷가 카페. 죽을고비들을 어찌어찌 넘기고 여기까지 살아온 인생. 전쟁과 혁명과 이별을 겪으면서 오직 글 하나를 나침반 삼아 일찍이 내가 보았던 도형인 바다의 세모꼴을 그리지 않았던가. 카페에서 내다보는 저 바다를 보며 세모꼴 속에 다시 펼쳐지는 삶을 나는 오래도록 느껴보고 있었습니다.

"바다…… 따라 말해볼래요?"

나는 청년을 바라보았습니다.

"바다."

"바다."

"아름답다."

"아르……"

나는 알타이족의 음유시인에게 '아름답다'는 말을 새겨주고 싶었습니다. 그가 쑥스럽다고 웃음을 지었습니다. 그렇게 내 고향에서의 하루가 지나고 있었습니다. 그리고 그는 떠났습니다.

족장님, 알타이어족의 족장께 드리는 이 편지는 오직 한국어 '아름답다'를 말하려는 것일 뿐입니다. 우리의 오랜 역사를 굽어보신 족장께서 청년 음유시인과의 만남을 기억하여 살펴주시기 바라는 뜻을 '아름답다'고 여겨주시기 바라오며, 이만 줄입니다. 알타이와 함께 영원할 모든 만남을 두 손 모아 받드는 마음, 누리에 깃드소서.

—

방파제를 향하여

나는 아까부터 입안 어디엔가 무엇이 자꾸만 차오르고 있다고 느껴졌다. 그러나 신경을 써서 그 무엇을 알아보려 하면 역시 아무것도 없다는 걸 알 수 있었다. 그러나 다른 생각을 하다가는 곧 그 느낌에 걸음을 멈추곤 했다. 혹시 먹은 게 잘못되었는지 곰곰 돌이켜보아도 뭐 하나 걸리는 게 없었다. 혀끝을 긴장시켜 입안을 굴려 더듬어도 마찬가지였다.

그러나 내 입안에는 무엇인가 있음에 틀림없었다. 이게 뭐람? 나이를 먹으면서 입안에 무슨 병이 생기지나 않았나, 하는 못된 생각도 들었다. 그것은 정확하게 말해 입안 어디가 아니라 입안의 살 속 어디엔가 숨어서 자라는 종양 같은 것인지도 모른다.

나는 어젯밤에 방파제에 나갔다가 그곳에서 본 환상을 되돌아보았다. 그곳에서 내가 찾던 것을 보았다는 건 역시 환상임에 틀림없었다. 아침 일찍 잠에서 깬 나는 그곳을, 그것을 다시 확인하고 싶었다. 이번의 짧은 여행을 정리해보면, 하나의 돌을 찾아 나선 것으로 요약되었다. 돌이라고 해도, 바위라고 해도 상관없었다. 그리고 애초에 그런 따위는 없을 것이 너무나 당연했다. 그 위에 처녀의 머리가 얹혀 있었을 돌, 혹은 바위.

그러자 옛날 바위 위에 핀 진달래꽃을 꺾어다 여인에게 바치겠다는 노인의 이야기를 노래한 〈헌화가〉가 떠오르기도 했다. 그 노래는 그곳의 도로 이름을 새로 짓는 데도 등장하고 있었다. 헌화로라고 했다.

자줏빛 바위 가에 잡은 암소 놓으시고
나를 부끄러워하지 않으면 꽃을 따서 바치리다.

강릉에 갈 때면 노래가 떠오르고 남쪽의 바닷가에 새로 이름지어놓은 길인 헌화로를 가보고 싶었다. '아름다운 길 100'에도 이름을 올리고 있는 길이었다. 인터넷으로 보면 바닷가에 바짝 붙어 굽어진 길 옆으로 정말 쉽게 오를 수 없을 바위

벼랑이 솟아 있었다. 진달래꽃을 꺾어주기를 바란 여자. 수로 부인이 다시 떠올랐다. 저곳에 멈춰 서서 꽃을 올려다보고 있는 여인, 그녀가 있었더란 말인가. 꼭 짚어 어디인지는 몰라도 하여튼 그런 일이 있었다고 적혀 있었다. 이제 그곳에 가면 나이 먹은 나는 영락없이 그 노인의 행색일 것이었다. 그러나 그렇게 행동할 수 있을까 의문이 들었다. 웬 아낙에게 꽃을 꺾어 바치는 노인? 내가 과연?

그러나 내가 그 노인의 행색을 했다 하더라도 나는 지금 바위 위에 머리만 동그마니 얹혀 있는 처녀를 마주하고 있어야한다. 아니, 몸뚱이는 호랑이밥이 되고 머리만 남아 있는 처녀인 것이다. 예전에 어머니나 할머니에게 들은 이야기가 아직도 내 머리에 생생하게 살아 있다니 놀라운 일이었다. 나는 늙어서 그 이야기 속의 처녀를 찾는 셈이었다. 내가 처녀의 머리가 얹혀 있었을 만한 바위를 찾아보고자 한 것부터 누가 쉽게 받아들일 수 있단 말인가.

그러자, 강릉과 함께 처녀 머리는 몇 번씩 말해온 바 있지만, 막상 그 주인공은 호랑이가 아닐까 하는 생각이 들었다. 그런데도 호랑이는 항상 엑스트라에 지나지 않게 처리되었다. 게다가, 그렇게 처녀를 머리만 남겨놓은 다음부터 호랑이는 처녀의 집을 처갓집으로 여겨 매년 찾아온다고 하지 않았던가. 호랑이는 결코 단역으로 처리될 성질의 캐릭터가 아니었다. 전래동화인 〈곶감과 호랑이〉에서도 마찬가지였다. 그 동화가 강릉지방 이야기라는 걸 최근에야 알았고, 예전에 출판사에서 먹고살자고 만든 그 동화책이 새삼 머리에 떠오르기도 했다. 제목이 〈곶감과 호랑이〉인지 〈호랑이와 곶감〉인지 몰라도 본래 지어져 있던 건 아니었을 것이다.

오누이를 집에 두고 시장에 떡을 팔러 간 어머니는 돌아오는 길에 호랑이를 만난다. 호랑이는 어머니의 떡을 다 빼앗아 먹은 다음 어머니마저 잡아먹는다. 오누이에게 온 호랑이는 둘을 노린다. 그러나 울고 있던 동생이 호랑이 자기보다도 곶감 소리에 울음을 멈추자 곶감이 더 무서운가 보다고 놀란다. 이런 틈에 오누이는 뒤란으로 도망쳐서, 하늘에서 내려온 동아줄을 타고 올라간다.

이 이야기가 내 고향 것이어서 내게 익숙했던가. 하지만 나는 '동아줄'이 어쩐지 쉽게 잊히지 않았다. 하늘에서 내려온 동아줄. 그런데, 그래서인지, 동아줄을 타고 있는 한 소년의 모습이 내 그림에 등장한다. 오누이가 아닌 나였다. 나는 동아줄을 붙잡은 채 어머니에 꽃 한 송이를 바친다. 그림은 내가 처음으로 버젓한 기획전에 내놓은 것이기도 했다. 어떤 사람은 내 데 뷔작이라고도 한 이 그림에 나는 '흐릿하고 또렷하게, 비밀 속으로'라는 '화가의 말'을 붙였다.

*

어머니는 열아홉에 나를 낳았다. 그 어머니가 암으로 투병 중이다. 연세가 든 탓에 의사도 더 이상 무슨 조치를 하려 하지 않고 그저 진통제로 버티라는 처방 아닌 처방을 내린 상태. 빨리 죽고 싶을 뿐이라는 말을 듣고 나는 대꾸할 말이 없었다. 그래도 여동생네 집 옆에 홀로 살면서 그 익숙한 손놀림의 살림살이도 여전한 모습이다.

이제 와서 지난 세월을 어찌 이런 글 몇 줄로 갈무리할 수 있으랴. 우리에게는 도저히 필설로 다 말할 수 없는 전쟁, 전쟁이라는 것이 있지 않았던가. 그것이 나라의 전쟁, 세계의 전쟁이었다면, 그에 따라 마음의 전쟁도 당연히 치를 수밖에 없지 않았던가. 어릴 적의 바닥이 그와 같으니, 살아 있는 동안 지금도 그 상처가 아물었다고 장담할 수 없는 나. 어머니와 함께 내 한계는 결정되어 있다.

어린 어느 날, 어머니가 나를 꼭 끌어안고 있는 장면이 흐릿하고 또렷하게 뇌리에 남아 있다. '흐릿하고 또렷하게'라는 말이 어떤 것인지, 어떻게 설명해야 할까. 우선 그 앞뒤 이야기를 전혀 모르기 때문에 '흐릿하'다고밖에 말할 수 없을 것이다. 그럼에도 불구하고 그 상태의 짧은 한순간은 사진처럼 '또렷하게' 떠오르는 것이다. 여기서 어머니와 나는 아무도 없이 둘만 남아 있는 상황이 강조된다. 이 세상에 누구 하나 의지할 사람 없이 우리는 천애(天涯)에 둘뿐이었다!

'흐릿하고 또렷하게' 남아 있는 그 장면이 강원도 강릉 읍사무소 앞집에서의 일인지도 나는 기억할 수 없다. 내가 태어나서 여덟 살에 떠나올 때까지 살았던 그 집. 그 무렵에는 강릉이 읍에 지나지 않았기에 '읍사무소'는 오늘날의 시청에 해당한다. 그러니까 우리 동네 임당동은 가장 중심가였다. 일본식 '적산' 가옥이었으나, 마당에 파놓은 방공호도 기억에 남아 있다. 그 집에 이십 대 초반의 어여쁜 어머니가 있었다.

소설가가 되려고 했을 때, 나는 그 집을 무대로 이야기를 꾸미고자 했다. '가장 잘 아는 이야기를 쓰라'는 명제에 따르려고 한 것이었다. 그래서 쓴 것이 데뷔작 〈산역〉과 첫 단편 〈높새의 집〉이었다. 두 편 다 전쟁이 배경이었다. 물론 그 집과 어머니는 소설로 만들어지느라고 각색된 탓에 본래 모습 그대로 드러나지 않지만, 어디가 어떻게 변형되었는지 나는 나만의 비밀로서 잘 알고 있는 것이다. 소설은 소설로서 성립하기 위해 현실의 집을 작품의 집으로 다시 조립하지 않으면 안 되는 것이다. 그런 점에서 그 집은 내게는 '비밀의 집'이 된다.

어머니와 내가 둘이 남았던 공간인 그 비밀의 집은 오래전에 이미 헐려서 넓은 길에 포함되었다. 그럼에도 집 뒤쪽 중앙시장이나 남대천으로 향하는 길이 어느 골목들에는 옛날 흔적들이 지워지지 않고 남아 있었다. 살구나무와 골목집 담벼락의 낙서도 그런 가운데 하나였다. 아니, 살구나무도 새로 심은 것이며, 낙서도 새로 덧칠한 것일까. 그러면 옆길 건너 소방서의 망루와, 한참 올라가 임당동 성당의 성모상은?

그러나 이 모든 '비밀'들은 내 소설 어딘가에 들어가 나름대로의 모습으로 살아 있다. 나는 결국 내가 살아온 발자취를 어디엔가 남기려고 애쓰는 소설을 쓸 수밖에 없는 부류의 소설가인지도 모른다. 하기야 정도의 차이일 뿐이지 어느 분야 어느 누구라도 그렇지 않은 사람 있으랴.

그런데 어머니를 그린 그림에서도 여전히 나는 같은 일을 하고 말았다. 내 생일은 음력으로 정월 대보름 바로 뒤에 해당한다. 바로 그래서 음력을 그대로 쓰는 데 흔쾌히 동의하고 있기도 하다. 나는 어머니를 그리면서 보름달을 그리는 게 마땅했다. 나는 나의 탄생을 어머니 옆에 놓고자 하는 작의(作意)를 품고 있었던 것이다. 그렇건만 막상 그려놓은 것은 커다란 초승달. 아무런 저항감 없이 나는 그렸다. 그럼 이것도 현실의 달이 작품의 달이 되기 위해 둔갑한 결과, '비밀의 달'이 되었단 말인가. 게다가 어머니도 열아홉의 어여쁜 모습이 아니다. 베옷을 걸친 어머니는 늙고 거친 얼굴이다. 그리고 동아줄을 타고 내려온 아이. 어쩌면 '유아독존'을 외치는 듯한 신화를 잘못 그린 그림이 아닐까, 동아줄은 생뚱맞기도 하다. 그러나 옛날 이야기의 동아줄을 타고 내가 어머니에게 내려온다는 설정을 생각해내고 나는 기뻤다.

그리고 여기에 찌그러진 대야가 있다. 아마도 알루미늄 재질인 듯한 이 대야는 평상시에는 세숫대야였을 것이다. 그러나 나는 그 세숫대야가 전쟁 때 부산 피난지에서 쌀 씻는 대야의 역할을 함께 했음도 기억하고 있는 것이다. 이 대야는 물을 쓰는 데 따라 두루 쓰임새가 바뀌는 '비밀의 대야'였다. 어쩌면 내가 태어났을 때, 여기에 몸이 담겨 씻겨졌을지도 모를 일이다. 나 대신 감자를 씻어냈을 수도 있었다. 감자부침개는 멀쩡한 감자를 갈아 만드는 게 아니라 상한 감자를 물에 울궈 감자가루를 내어 만들어 먹는 음식이었다.

또한, '나'라고 여겨지는 인물이 손에 든 빨간 꽃. 백일홍이 아닐까 싶은 이 꽃은 어머니가 해마다 꽃밭에 꽃씨를 뿌려서 꽃피운 여러 꽃들 가운데 대표가 될 만하다. 그 꽃을 왜 내가 들고 어머니에게 전하려는 것처럼 그려졌을까. 오히려 현실은 반대가 되어야 하지 않겠는가 말이다. 이 또한 위에서 말한 바와 같은 틀에 속한다고 보면, 이젠 뭐 특별한 건 아닐 듯싶다. 어머니는 꽃을 가꿔 피워내는 데는 남다른 솜씨가 있었다. 시대가 그래서 그랬지 지금 같으면 훌륭한 원예가나 식물학자가 되었음에 틀림없다.

그러니까 오리무중, 엉망진창인 질서는 겉으로 본 풍경에 지나지 않는다. 보름달 아래 태어난 어떤 존재는 초승달 아래 꽃을 들고 동아줄을 타고 내려와 어머니에게 바친다. 모든 존재의 탄생은 역사적인 탄생이며, 그 역사를 만든 환경의 한 표상으로서 나타난다. 이 존재는 '나'로서 그려질 수밖에 없다. 따라서 어머니는 열아홉의 어여쁜 얼굴이 여든 넘은 얼굴을 하고 이른바 전 존재를 표상한다. 초승달 역시 보름달에서 그 믐달로 변해가는 모든 달의 전 존재이다.

더 이상 어렵게 이야기를 포장해서 무엇하겠는가. 어머니는 비록 암으로 고생하면서도 늘 맑은 목소리로 건강을 알렸다. 나야 잘 있어. 그리고 열심히, 건강하게 잘 살라고 당부했다. 어머니가 화분에 소중하게 가꾸어온 꽃을 볼라치면 한 뿌리라도 캐와야겠다고 다짐하고 했었다. 하지만 그 행위가 곧 세상을 떠남에 맞춘 것으로 두드러질까봐 나는 저어했다. 그래서 나는 저렇게 새 탄생으로 꽃을 어머니에게 바치고 있는 모습인지도 모른다. 어머니……

*

전시회에 가서 내 그림을 보는 것은 마치 내 탄생을 보는 것 같았다. 전시회에 온 어느 누구도 동아줄의 생뚱맞음에 대해 묻지 않았다.

"이건 뭘로 그린 거요?"

다만 세숫대야를 그런 재질이 무엇인지 궁금해하는 화가가 있었을 뿐이었다. 재료로 그림의 승부를 걸기도 하니까 탓

할 일은 아니었다. 어느 화가는 소뼈다귀를 갈아 재료로 쓰게 되면서 화가로서 자신감을 얻었다고 했다. 세숫대야를 그리려고 구겨 붙인 것은 두루마리 휴지에 지나지 않았다. 왜 하필이면…… 나 역시 당혹스러웠으나 순간적으로 그렇게 된 결과를 뒤바꿀 생각은 없었다.

동아줄을 타고 내려온 나는 지금 방파제로 가고 있었다. 지난밤에 그곳에 가서 겪은 일이 도대체 어떤 과정이었는지 알고 싶었다. 내가 방파제에서 머리만 남은 처녀를 보았다고 믿은 근거는 어디에 있었을까. 하루 종일 돌을 찾아다닌 결과 엉뚱하게 그런 결론을 바란 것일까. 호랑이에게 물려 가서 머리만 남은 처녀의 모습을 갈망한 나머지 희망사항이 환상으로 나타났을 수도 있었다. 처녀의 이야기는 바닷가의 방파제와는 아무런 연관이 없었다. 그런데 어느 순간 방파제는 바위가 되었고, 처녀는 어머니와 겹쳐지기도 하면서 그 위에 모습을 나타냈던 것이다.

"방파제는 어디로 가나요?"

"방파제요?"

"예. 방파제지요."

"그런 건…… 몰라요."

나는 지나가는 여자에게 길을 물었으나 오리무중의 대화가 되고 말았다. 여자가 모른다는 건 무엇일까 싶었다. 방파제를 모른다는 건지 길을 모른다는 건지 더 이상 물을 수가 없었다. 간밤에 승용차를 타고 숙소에 오면서 쉬운 길이다 싶었는데 막상 새벽에 찾아나선 길은 쉽지 않았다. 사실 나는 '태평양을 향한 방파제'라고까지 하고 싶었다. 동해안에서 태평양을 운운한다는 건 도무지 어림도 없는 노릇이었다. 그것은 제주도에서도 마라도나 가파도 정도에서야 나옴 직한 말이었다. 흔히들 방파제란 파도를 막아주는 둑에 지나지 않다고 하겠지만, 내게는 바다로 나아가는 길처럼 여겨졌다. 그것은 어디쯤 나아가다가 멈추는 제방이 아니었다. 그것은 바다 멀리 어디까지나 뻗어나가는 길이었다. 길이 있는 한 나는 어디론가 갈 수 있었다. 어디 멀리 가서 나만의 세계를 찾을 수 있었다. 그것은 내게는 또 다른 동아줄이었다.

방파제에 대해서라면 강릉에서 태어나 살고 있는 임만혁 화가의 그림도 빼놓을 수 없었다. 그의 목탄 작업들은 새로운 기법으로 박여숙 화랑을 기억하게 하기도 했다. 나는 그 그림들에 '부드럽고 날카로운 사랑의 변주'라고 이름붙이고 나서, 내 그림에 '흐릿하고 또렷하게'라는 상반된 수식어를 쓴 것과 비슷한 방법이 아닐까 마음에 걸렸었다. 내가 써놓은 소감은 다음과 같았다.

*

사랑은 늘 위태롭다. 방파제를 다녀온 뒤, 그러므로 우리는 사랑을 변주하기 시작한다. 어느 날 먼 바다에서 가슴속으로 순식간에 파도가 밀려와 삶을 다시금 생각하게 했다. 바다 밖으로 나아가려던 방파제는 마음속으로 파도를 받아내고 있었다. 아직도 그의 그림에는 방파제가 완강하다. 그러나 이제 방파제는 더 외로워졌다 육지와 바다의 경계 혹은 매개로서의 의미를 넘어 사랑의 곡마(曲馬)가 되어 있다.

내가 그의 그림을 처음 본 것은 몇 년 전 고향에의 상실감에 유난히 시달릴 때였다. 나는 무엇에겐가 '그립다' 하고 고백하기 직전까지 몰려 있었다. 어릴 적 방파제에서 바닷물에 빠져 문어와 놀았던 기억이 무섭게 새로워질 무렵, 내 고향 사람인 그가 나 대신 나의 고백을 들려주고 있었다. 그 바다/방파제는 내게는 전쟁의 그늘이 어려 있는 곳이었다. 그의 그림의 황색은 모노톤이 아니라 삶의 삼라만상, 희로애락이 어우러진 공

간으로 다가와 내게 속삭였다. 나는 왜 여기 와 있지요? 당신
은?

인물들은 한결같이 동떨어져 있다. 누구하고도 소통하지 않
으려는 몸짓이 노랗게 물들다 못해 말 없는 항변 속에 존재를
예각(銳角)으로 드러낸다. 그럼으로써 동떨어진 존재는 그 자
신 속에, 우리들 속에 고독으로 동참한다. 진실을 향한 몸부림
이다.

이번 그림들 가운데 바다/방파제의 인물은 얼마쯤 극복을
외치는 것처럼 보인다. 그리하여 가족이 등장하고 짐승까지도
대화에 끌어들인다. 여러 포즈의 여자들은 또 어떤가. 현실에
적극 개입하는 능동적인 탐구가 펼쳐진다. 소통 없는 가족에
는 어떤 활력이 필요하다. 그리하여 다시 등대가 있다. 그에게
등대란 어두운 바닷길에 뱃길을 알려주는 신호 체계로서만 서
있는 게 아니다. 이를테면 방파제에 서 있는 빨간 등대는 우체
통과 같다. 어느 미지의 세계로 보내는 엽서를 넣으려고 그는,
그녀는, 우리는 그곳으로 간다. '가족 이야기'의 서커스나 모임
의 탁자에 놓여 있는 빨간 주스 깡통도 등대/우체통이 되어 안
부를 묻는다. 'GIRL'에서 그것은 휴대전화가 되기도 한다. 그
래서 주스 깡통/등대/우체통/휴대전화를 통해, 방파제의 다른

모습인 교각 위에 외로움을 반추하는 남자와 여자가 서로 뒷모습이지만 같은 시선으로 안부를 묻는다. 우리는 왜 여기 와 있지요?

그 안부의 물음은 단순한 물음이 아니라 우리 존재의 심연에 던져지는 삶의 진단이다. 인물들이 어떠한 모습을 하고 있든 의혹과 호기심의 표정으로 우리를 응시하는 까닭을 이제야 알 듯하다. 여기에, 그의 그림이 재료와 기법에서 동양과 서양 것을 함께 사용한다는 특성도 깊이를 담보한다. 외로움에 그어진 부드러운 목탄, 그러나 유클리드 기하(幾何)가 정말 '몇, 어찌'냐고 폐부를 찌를 듯 날카로운 목탄으로 변하는 순간, 누구든 존재의 위기감에 사로잡히지 않을 수 없는 것이다. 존재의 위기감에는 외로움과 그리움이 절규처럼 교차한다. 그 순간을 그는 '부드럽고 날카로운' 선묘(線描) 속에 감춘 집요한 눈(眼)으로 포착한다.

그는 변모하고 있다. 겉으로 보아, 푸른색의 등장도 눈에 띄지만, 내면에의 응시가 더욱 대담해진다. 그러나 무엇보다도 대상에의 접근이 비근해진 점을 간과해선 안 될 듯싶다. 방파제/등대를 우리와 멀리 떼어놓고 그 사이에 비집고 들어오게 한 새로운 사랑의 모습일 것이다. 그 앞에서 나는 어떤 영매(靈

媒)를 발견할 것인가. 우리는 왜 여기 있는가. 그는 근본적인 물음을 여전히 던지며 자신의 변모를 바라보고 있다.

*

화가의 그림을 머릿속에 떠올리며 나는 아침 산책을 앞세워 방파제를 향해 가고 있었다. 간밤의 방파제와 화가의 방파제가 헷갈려서는 안 되었다. 화가의 구도가 '방파제/등대/바다' 위에 그려져 있다면 내 구도에는 거기에 '돌/바위'가 더 얹혀 있었다. 게다가, 말했다시피 바위 위에는 처녀의 머리도 더 얹혀 있는 것이었다. 여기에 새로운 길 '헌화로'의 수로부인까지 끼어들어 한목소리를 내고 있는지도 모른다.

아주 어릴 적 피난길에 어느 돼지우리에 엎드려 있었던 기억이 살아났다. 피난길이라야 남쪽으로, 남쪽으로 향한 길일 수밖에 없었으니 그것도 헌화로 근처 어디이기 십상이었다. 그때 저 멀리 대열을 지어 가고 있는 인민군들을 보았다. 그들을 본 것은 그때가 처음이자 마지막이었다. 전쟁이 막바지로 치달을 무렵, 한밤에 집 앞에서 시가전이 요란했어도 그들을 직접 본 건 아니었다.

"쉿, 아무 말 말고 가만히 있어야 해."

누군가의 목소리가 나를 지그시 눌렀다. 나는 시키는 대로 따랐다. 그 뒤로 나는 두고두고 그 말을 강릉이 내게 물린 재갈처럼 여겼다. 고향 앞에서 아무 말 없이 눈 슴뻑 감고 살아가라는 말씀. 나는 순종했다. 아버지의 죽음에 대해서 별 따짐 없이 살아온 것도 그런 뒤끝이었을 것이다. 일본이 손을 든 다음 아버지는 만주에서 온갖 고초를 겪으며 고향 땅으로 돌아왔다고 했다. 그만이 그랬는지는 몰라도 생사를 건 귀환이었다고 했다. 강릉의 성산면. 눈이 많이 내리는 '은세계'의 마을이었다. 고향에는 나를 배 속에 가진 아내가 있었다. 그러니까 생일을 계산해보면 나는 해방 전에 만주에서 잉태한 생명이었다. 그리고 머지않아 전쟁과 죽음이 닥쳐오고 있었다. 이 부분에서 나는 그만 쉿, 하고 입을 닫기로 하고 있었다. 침묵이 시작되는 순간, 웬 사내가 연미복 차림으로 보리밭 사잇길을 가는 풍경이 눈에 어리는 것을 느낀다. 장욱진 화백의 그 그림 이미지 속 사내는 갈래진 콧수염이 양쪽으로 멋들어지게 뻗쳤고 맑은 날 우산까지 접어들었다. 그것이 전쟁 때였고, 전쟁의 풍경이었다. 그런 풍경 속에서 경찰이었던 아버지는 총을 맞아 죽었다. 그리하여 아무도 없는 보리밭, 감자밭, 옥수수밭 사이에 동아줄을 타고 내려온 내가 있을 뿐이었다.

간밤에 방파제에서 한 처녀를 보았다. 정확하게는 한 처녀
의 머리였다. 강릉, 하고 말하면 어김없이 떠오르는 처녀의 머
리였다. 그 처녀는 물론 환상이었을 테지만 무슨 꼬투리가 있
기에 그곳에 나타났을 것이다. 처녀가 나타난 게 아니라 내 상
태 때문에 나타나게 되었을 환상의 꼬투리는 무엇이었을까.
그리고 궁금한 건 처녀의 입속에 들어 있을 혀였다. 나는 처녀
의 혀만은 그 입속에 고이 간직되어 있으리라는 상상을 해보
곤 했었다. 그 혀는 입속에서, 감이 곶감이 되면서 오랫동안 마
르지 않듯이, 마르지 않고 빠알갛게 젖어 있었다. 밤의 환상 속
에서 혀는 어떻게 되었느냐는 것이었다. 환상조차 근거 없는
도덕률에 얽매여 그 혀를 나무뼈다귀처럼 처리하고 있었다면,
다시는 고향에 오고 싶지 않았으리라. 다행히 처녀의 혀는 어
디에서도 나타나지 않았다. 아직은 때가 아니라고 처녀는 말
하고 있었던 것이다. 호랑이에게 물려 가 머리만 남기고 죽었
어도 현명한 처녀임에는 틀림없었다. 모든 현명한 처녀는 혀
를 감춘다. 나는 감춰진 혀를 찾아 어디론가 가고 있었다. 머리
가 없어졌던 바위를 찾고 싶었던 엉뚱한 생각도 거기에 매여
있었다.

인사동의 화랑들을 기웃거리다가 젊은 화가의 유작전이라고 해서 일부러 들어가본 적이 있었다. 언덕 위의 집이 보였는데, 집의 문으로 무슨 시커먼 것이 길쭉하게 뻗어나온 그림이 눈에 들어왔다. 저게 뭘까? 떨쳐내기 힘든 의문이 나를 사로잡았다. 그러나 뒤이어 따르는 해답은 그게 뭐든 상관없다는 것이었다. 내가 그걸 본 이상 그것은 세상의 존재 양식이었다. 나는 그 집에서 흘러나온 긴 혓바닥에 대해서 알고 있었다. 사랑을 갈구하는 혓바닥이었다. 그것은 살아서 꿈틀거리며 캔버스 위에 놓여 있었다. 혓바닥의 끈끈한 점액에 붙어 집 안으로 끌려들어갔다가는 그 집의 비밀들에 얽혀 평생을 그러고 살아야 할 것이었다. 그 혓바닥을 해결하자면 그림을 사는 수밖에 없었다.

"얼마지요?"

나는 카운터의 여자에게 물었고, 그녀는 사무실에 알아보았다.

"작가가 제일 좋아한 그림인데요……"

그녀는 돌아와서 말했다. 가격이 비싸다고 전제하고 있는 것이었다. 지금은 얼마인지 잊어버린, 그러나 썩 비싼 편은 아니라고 기억되었다. 집에 가지고 와서도 결코 걸어놓을 수 없다는 걸 알면서도 나는 배달을 시키기에 이르렀다. 이제 세월은 흘러 그 그림이 어디에 처박혀 있는지도 모르게 되었다. 애초부터 혓바닥이 부담스러워서 잘 보이는 자리에 놓을 생각은 없었다. 그렇다고 해서 그 그림이 잘못되었다거나 모자란다는 건 아니었다. 그림의 혓바닥을 나는 내내 의식하고 있었다.

새벽에 방파제로 나서기 훨씬 전에 일찌감치 눈을 뜬 나는 의식적으로 처녀의 머리나 혀를 잊기라도 하려는 듯 급히 노트를 펼쳤다. 무엇인가 끄적거려야 될 듯싶었다. 감자가루를 울궈내는 구릿한 냄새에 나는 그만 바깥으로 나가 이리저리 살피기까지 한 터라 감자에 대해 몇 줄이라도 써놓자는 것이었다. 감자야말로 익숙한 고향을 말하는 것이었다. 여행지의 생소한 새벽, 시를 쓰는 버릇은 언제부터인가 생긴 것이었다. 그러나 그게 시가 아니어도 어쩔 수 없었다.

　　새싹 난 감자를 땅에 묻었다

　　새싹이 무섭게 나를 본다

　　감자는 무섭다

　　끼니마다 감자를 먹던 시절이 나타난다

　　그 시절을 살아남아 여기까지 온 것

　　감자 같은 과거

내가 아닌 나를 보는 두려움

그리움으로 위장한 나는

변복을 하고 그 시절로 간다

들키는 순간 나는 스캔되어

과거에 남고 원본은 폐기될 터

주문진 가는 길 감자밭 가에 서서

흰꽃 보라꽃을 헤아려본다

빡빡머리 의용군들이 지나가던 길에 핀

흰꽃 보라꽃

　도무지 아리송한 내용이었다. 내가 써놓고도 나 자신 막힌 느낌이었다. 내게 감자는 '끼니'였으며, '흰꽃 보라꽃'과 더불어 전쟁에 연결되어 있었다는 사실은 알 만했다. 그런데 나는 감자를 무서워한다. 왜? '내가 아닌 나를 보는 두려움' 때문이다. 왜? '감자를 먹던' '그 시절을 살아남아 여기까지 온 것' 즉 '감자 같은 과거' 때문이다. 그래서 나는 '변복을 하고 그 시절로' 간다. 그러나 '들키는 순간' 나는 '스캔되어 과거에 남고 원본은 폐기될 터'이다. 아리송하다 못해 난해한 구절이었다. '스캔'은 뭐며, 그러면 왜 나는 '과거에 남고 원본은 폐기'된다는 것일까. 지금의 나는 내가 아니라는 사실이 들통날까봐 무서울 수밖에 없다는 것일까. 추적을 해봐도 아리송하기는 마찬가지였다.

감자를 먹던 시절을 나는 왜 이토록 피하려 하는가. 나 역시 굳이 과거를 들추고 싶지 않은 사람이었다. 그런데 어머니와 내가 피난길에 돼지우리에 엎드려 있다가 벗어나와 본 '흰꽃 보라꽃'의 감자꽃은 사실이었을까. 감자는 실하게 달리게 하려면 꽃을 따줘야 한다고 했다. 그렇다면 전쟁이 감자꽃을 그냥 놔두지 않을 수 없게 한 것이다. 반 고흐의 〈감자 먹는 사람들〉에 대해 그는 다른 작품들은 몰라도 이것만은 언제까지나 남는 불후의 작품이 될 거라고 동생 테오에게 말했었다. 그 예측이 어찌되었든 간에, 어두컴컴한 실내에 모여 있는 사람들은 감자 말고도 뭐 다른 먹을 게 있다는 여유를 보인다고 받아들여졌다. 어릴 적의 내게는 오로지 감자만 담긴 밥그릇 하나가 전부였고 빡빡머리인 내가 그 앞에 앉았을 뿐이었다. 그게 다였다.

집들을 지나 바다가 멀리 보이는 곳에 이르자 방파제가 모습을 보였다. 어딘가 감자밭이 있었으면, 하고 나는 두리번거렸다. 감자밭들은 이제 모두 택지로 변한 모양이었다. 감자밭이 있다 한들 꽃까지 피어 있을 까닭이 없었다. 언젠가는 감자 꽃을 그림으로 그릴 날이 올 것이라고 나는 믿었다. 그때가 되면 나는 감자를 먹던 날을 자랑스럽게 말할 수 있으리라 여겼다. 곧 방파제에 도착하리라 싶었는데 막상 구부러진 길은 작은 동산을 돌아가고 있었다. 버스를 타고 대관령을 넘으며 강릉 시가지를 내려다보던 시절처럼 바다는 저 멀리 있는 느낌이었다.

언젠가 대관령 숲 속으로 들어가서 만난 나무는 내게 물었다. 강릉단오제에 쓰이는 단풍나무 신목이었다.

"너 처녀머리를 아니? 머리, 머리통 말야."

나무는 어머니의 떡을 받아먹는 호랑이처럼 보였다.

"아뇨. 아무것도 몰라요."

나는 실제로 아무것도 몰랐다. 폭설이 내린 지난겨울을 더듬으며 지구온난화를 탓하다가, 그 지방이 본래 눈의 고장이라는 사실을 상기했다. 어느 해는 눈 속으로 터널처럼 길을 뚫어 이웃집을 오갔다고도 했다.

"어머니는 어디 계시나요?"

오히려 내가 나무호랑이에게 묻고 있었다.

"그야 '비밀의 집'에서 잠을 잔단다."

나무호랑이의 대답에 나는 놀랐다. 그것은 어머니가 세상을 떠났다는 것을 말해주고 있었다. 대관령의 나무는 모든 걸 알고 있었다. 어머니가 눈을 감기 며칠 전, 나는 병원 일이건 집안일이건 자질구레한 일들을 정리하고 어머니에게 말했다. "다 잘됐어요." 그때 어머니의 눈빛이 내게로 쏟아졌다. "뭐가 잘돼? 응? 잘돼긴 뭐가 잘됐느냐고." 나는 아차 했다. 어머니는 마지막 삶을 다투고 있었다. 눈을 감으면 세상과 하직하는 판에 잘될 것이 무엇이란 말인가. 어떠한 가치도 한낱 초개 같은 것이었다. 죽음을 앞둔 어머니에게조차 평생 동안 그렇게 자잘한 것들에 칭찬을 받고 싶어 했던 나의 단면이 초라하게 드러나 있었다. 나는 삶과 죽음의 경계에서 마지막 담배 한 모금을 빨고 있던 어느 사형수처럼 서 있었다. 어머니의 목소리가 다시 한 번 먹먹하게 울려왔다. "뭐가 잘됐어, 응?"

장례식을 치르고 나는 고향에 내려가 카페를 차리고 살고 싶다고 누구에겐가 말했다. '비밀의 집'이나 '신목' '곶감과 호랑이' '헌화가'도 카페 이름의 후보작이었다. 카페 이름으로는 모두 신통찮았다. 예전에 지은 이름으로는 '농애(農愛)'라는 것도 있었는데…… 그러다가 아예 '처녀의 머리'라고 했으면 좋으련만…… 하고, 상상은 과도하게 뻗어나가는 경향이 있었다.

강릉이 어찌어찌 커피로 유명한 도시가 되고 커피 축제까지 열린다는 사실은 왠지 어리둥절한 노릇이었다. 그러자 후보작이 또 하나 떠올랐다. '강릉 바다에는 루왁이 산다'였다. 그러면서도 고양잇과의 그 동물이 커피 열매를 먹고 싼 똥에서 걸러낸 루왁 커피도 취급할 것인지는 미지수였다. 고향의 바닷가에 살면서 바람 같은 무슨 생각을 하고 싶을 뿐이었다. 모든 걸 뚜렷하지 않게 하는 게 목표였다. 나는 루왁이 정말 살 것만 같은 동산을 돌아 바다 가까이 가고 있었다.

방파제보다도 바다가 먼저 보였다. 아니, '보였다'보다는 '열렸다'로 다가왔다. 다소 희끄무레한 빛깔이었다. 좁은 창문을 열고 내다보고 있다고 말하고 싶었다. 강릉 바닷가에 오면 전쟁 때 모래톱으로 밀려오던 귤을 건지던 기억이 되살아나곤 했다. 바다 한가운데 떠 있던 병원선에서 먹다 남아 버려진 귤이었다. 나는 귤을 찾기라도 하려는 듯, 루왁을 찾기라도 하려는 듯 바다에서 눈을 떼지 않고 걸어갔다.

희끄무레 오르내리는 너울이 보통 때보다 한결 굽이쳤다. 한 줄기 푸른 바다가 너울 속에 오르내리기도 했다. 그 한 줄기가 뭉쳐졌다가 사라지기도 했다. 나는 방파제가 시작되는 곳에서 심호흡을 했다. 이제부터 무엇인가 겪어보리라, 하는 심정이었을까. 그러나 실은 나는 아침 산책을 하고 있는 데 불과했다. 바다의 푸른 물결이 인디고빛으로 변했다가 흑청색으로 짙어지고 있었다. 저 빛깔은…… 하는 순간 물결은 긴 방추형으로 방파제에 닿고 있었다. 어디서 본 것 같은 장면이었다. 저것은…… 긴 혓바닥처럼 생긴 푸른 물결이 바다를 가르고 방파제에 부딪치고 있었다. 바다의 혓바닥? 어쩐지 긴장되었으나 바다에도 혀가 있다고 믿고 싶었다. 어릴 적 바다에 들어가 헤엄칠 때 무엇인가가 온몸을 핥고 지나가는 느낌에 놀란 적이 여러 번이었다. 커다란 두렁허리 같은 물고기가 몸을 휘감고 지나간 것일까. 물에서 허겁지겁 나와 뒤돌아보면 아무 것도 달라진 것은 없었다.

너울이 밀려와 사람을 휩쓸어가는 위험이 있을 법하지도 않았다. 다만 푸른 물결이 어떤 변화를 보이며 그림자놀이처럼 혓바닥을 그려 보였다고나 할까. 아니면 내 눈의 착시였는지도 모른다. 그러나 나는 그 순간, 간밤의 처녀를 다시 본 것 같았고, 그와 함께 속이 메슥거린다고 여겼다. 아까부터 입안과 목구멍을 거북하게 했던 무엇인가가 되살아났다. 게다가 방파제 끝에 처녀 머리다 싶은 무엇이 놓여 있는 듯도 싶었다. 그러자 바다의 혓바닥이라고 보였던 그것이 실은 방파제 끝에 놓인 무엇으로부터 오히려 바다로 길게 뻗치고 있는 것 같았다. 나는 눈까풀을 깜박거리며 자세히 보려고 애썼다. 그러나 그뿐이었다. 모든 것은 순간적으로 평온해지고 바다는 단지 희끄무레하게 오르내리고 있을 뿐이었다. 방파제 끝의 처녀머리도 온데간데없었다.

"어머니, 저 얘길 해줘요."

나는 애원하듯 중얼거렸다. 실제로 나는 말을 하고 있었다.

"그래, 오냐, 그러마."

어머니의 목소리 같기도 했고, 처녀의 목소리 같기도 했다.

"이젠 모든 게 잘됐구나. 모오든 게."

"아, 예."

"단옷날 얘와 그네를 탈게. 와서 보렴."

누구를 가리키는가 돌아보았으나 다른 사람은 없었다.

"그래요. 그래야죠."

나는 고마움을 마음에 가득 품고 방파제 끝을 향해 걸어갔다. 모오든 건 잘됐다고 전해준 어떤 혀를 보기 위해서였다. 이윽고 방파제 끝에 이른 나는 삐죽거리는 시멘트 기둥들 사이로 몇 걸음 내려가, 아까부터 메슥거리며 입속을 거북하게 하던 그것을 토하듯이 뱉어냈다. 무엇인가 낯익은 모양이 파도 속으로 사라지고 있었다. 눈으로 자세히 확인할 수도 없이 일어난 일이었다. 막상 그러고 나자 나는 밤새도록 그것을 입속에 넣고 이상한 욕정에 사로잡혀 있었음을 알 수 있었다. 이상한 욕정이란 무엇일까. 피곤함에도 불구하고 일찍 눈이 떠진 것도 그래서였다. 그리고 곧이어 나는 그것이, 바위 위에 놓여 있던 처녀의 입속에 말라가던 빠알간 혀 때문임을 알 수 있었다.

아침 해를 봐요

묘향산을 보여줘야 하는데, 하고 생각했던 것은 오기였을까. 오기라고 굳이 말하지 않더라도 여기에는 분명히 상대방을 약간 얕잡아 보고 있는 심사가 있었다. 그러나 묘향산은 뜬금없는 생각이었다. 상대방이 일본인이라서 불쑥 솟은 발상 같은 것인지도 모른다. 일본인인 그로서는 가려고 한다면야 못 갈 곳도 아니었다. 그러나 그는 내게 안내를 부탁하고 있는 것이다. 한국 어디에 가면 그걸 잘 볼까요? 그는 담당자인 여자를 통해 내게 물었다. 처음에 나는 그의 말뜻을 헤아리기 어려웠다. 뭘 잘 본다고? 나는 그녀에게 되물었다. 그제야 그녀도 그의 말뜻을 다시 짚어보겠다는 눈치였다.

"곰의 나라를 보고 싶대요."

"무슨 나라? 곰의 나라요?"

"곰의 나라라고 해서 저는 그런 게 어디 있는가 하고……"

그녀는 말꼬리를 흐렸다. 아마도 쉽게 생각한 모양이었다. 나 역시 그를 따돌릴 생각으로 묘향산을 소개하겠다고 했던 건 아닐까 싶었다. 그러나 그녀의 말을 듣다 보니 묘향산은 아니었다. 쉽게 갈 수 있다고 해도 아니었다. 나는 묘향산에 있다는 단군굴을 생각해내고 있었는지도 모른다. 단군신화에 나오는 그 곰과 호랑이의 굴을 말하는 곳이었다. 그러나 아무리 책에 그렇게 씌어 있다고 해도 나는 선뜻 믿기지가 않았다. 단군신화는 신화의 영역이지 실제의 영역이 아니었다. 묘향산에 있다는 그것은 나중에 만들어낸 것에 지나지 않을 것이었다. 곰의 나라를 보고 싶다고? 나는 그런 일본인의 심정을 조금은 헤아려야겠다는 마음이 일었다. 그러고 나서 강원도의 어느 산을 짚어보아야 한다는 데에 생각이 미쳤다. 오래전에 쓴 시를 다시 꺼내 읽은 것도 그래서였다.

눈 속에서도 싹을 내는 곰취

앉은부채라고도 부른다

겨울잠에서 갓 깬 곰이

어질어질 허기져 뜯어 먹고

첫 기운 차린다는

내 고향 태백산맥 응달의 곰취 여린 잎

동상 걸려 얼음 박힌 뿌리에

솜이불처럼 덮이는 눈

그래서 곰취는 싹을 낸다

먹을거리 없는 그때 뜯어 먹으라고

어서 뜯어 먹고 힘내라고

파릇파릇 겨울 싹을 낸다

눈 오는 겨울 밤 나도 한 포기 곰취이고 싶다

누구에겐가 죄 뜯어 먹혀 힘을 내줄 풀

요즘에는 산야초다 효소다 뭐다 해서 널리 알려진 곰취를 잘 모르던 시절에 쓴 시였다. 곰취를 쌈밥으로 많이들 먹는 풍조는 요즘 들어서의 일이었다. 이 시를 잡지에 소개한다고 해서 준 적이 있는데 곰취가 바다생선인 곰치를 말하는 거냐고 묻는 사람도 있었다. 겨울이 아직 물러가기 전에 동해안 어느 마을에 가서 곰치국 한 그릇을 먹고 와야 할 텐데요, 하면서.

그래서 곰치를 더 알고 싶어서 여기저기 검색해본 결과 우리가 알고 있는 바다생선 곰치도 실은 곰치가 아니었다. 처음 속초의 동명항 부근에서 먹은 기억이 나는 곰치는 물메기라고 하는 또 다른 이름으로도 알려져 있었다. 메기처럼 미끌거리며 구불거리는 모양에서 얻은 이름인 모양이었다. 또 얼토당토않게 물곰이라고 써 붙여놓은 곳도 있는데, 물곰은 천연기념물에 속하는 포유류 동물인 것이다. 백령도의 두무진에서는 유람선을 타고 물곰을 보기도 한다. 그러나 곰치의 정확한 원이름은 꼼치였다.

어쨌든 그게 곰취든 곰치든 상관없이 시의 내용이 피상적이라는 점에서 내게는 불만이었다. '앉은부채라고도 부른다'는 어디선가 베껴 쓴 구절이었고, 겨울잠에서 깨어난 곰이 정말로 그걸 뜯어 먹는지 내 경험 안에서는 확인이 안 되기 때문이었다. 더군다나 시를 쓸 무렵에는 앉은부채란 본 적이 없는 식물이었다. 단지 그때 찾아본 바에 따르면 곰취와 앉은부채는 이른 봄에 눈을 뚫고 싹이 나오는 식물들이라는 공통점이 있었다. 난데없이 부채는 무슨 부채냐고 물을지 모른다. 게다가 앉은부채라니. 이 요령부득의 이름은 본래 앉은부처라고 부르던 게 변한 것이었다. 싹이 어느 정도 자라면 안쪽에 적자색의 또 다른 싹이 제법 큼직하게 자라는데 그걸 불염포(佛焰

苞)라고 했다. 부처의 뒤에 불꽃 모양으로 나타나는 광배가 불염(佛焰)이었다. 식물의 꽃을 감싸서 받치고 있는 게 포(苞)였다. 아무튼 흔히 볼 수 있는 식물은 아니었다. 보도 듣도 못한 풀을 책에서 옮겨 와 썼으니 내 마음이 움직였을 리가 만무했다. 나중에 꽃시장을 쏘다녀서 구해다 심고서야 나는 시를 완성한 느낌이었다. 그러나 '완성'이라는 말 앞에서 나는 또다시 방점 찍기를 머뭇거린다. 나는 과연 '누구에겐가 죄 뜯어 먹혀 힘을 내줄' 뜻이 있는가, 희생의 자비심이 있는가. 없다고 대답할 수밖에 없다. 시는 나와는 상관없이 희생의 덕목을 내세우는 이데올로기에 사로잡혀 있었다. 따라서 '나도 한 포기 곰취이고 싶다'는 구절에는 아무런 진정성이 없었다. 그래서인지 이 시를 써 놓고 나는 껄끄럽고 부끄러운 마음이었다. 그러면서도 고치거나 구겨 버리지 못한 것은 왜였을까. 어쩌면 모자란 나 자신을 꾸미고 있는 그 자체가 나였음을 버리지 못한 것이었을까. 한 줄의 시에도 허식(虛飾)을 해야만 했던 나를 나는 기억해야만 했다. 그 결과, 한 일본인을 '내 고향 태백산맥 응달'로 데려가기 위해서 나는 이 시를 끌어오게 되었다. 그런데 또 한 가지, 왜 양달이 아니라 응달이란 말인가. 알 수 없었다. 이른 봄눈 속에서 뾰족 싹을 내미는 새싹이라면 응달이 아니라 양달이어야 할 것이었다. 응달의 눈은 봄이 다 가도록 깊이 쌓여 녹지 않는 경우가 많았고 거의 얼음에 가까웠다. 하지만 나는 겨울의 삼엄함 속에서도 싹을 내는 생명력을 강조하려면 응달이어야겠다고 여긴 듯싶었다.

이렇게 이야기는 그 일본인이 '곰의 나라'를 보고 싶다는 데서부터 시작된다. 나도 그런 게 어디 있을까 싶은 그곳을 쉽게 포기하지 못한 나부터가 문제이기는 했다. 그렇다고 해서 곳곳에 들어서 있는 여러 형태의 펜션이나 놀이동산을 가리키는 것은 아니라고 받아들여졌다. 어딘가 있음 직한 곳을 찾아가 보여 달라고 한 점, 거기서부터 그의 진심을 뿌리치지 못하게 된 것이었다.

'곰의 나라'는 어디일까. 이야기의 첫 부분에 다음과 같은 메일이 있다.

선생님, 안녕하세요.

방금 전화드렸던 담당자입니다.

말씀드린 대로 일본 발제자 분이, 선생님께서 '곰'에 대해 말씀하신 부분 중 궁금한 것이 있다며 메일을 보내 왔습니다. 아래 내용이 그분의 질문인데요, 간략히 제가

아는 선에서 번역하여 보내드립니다. 질문과 관련하여
해주실 말씀이 더 있을 경우 저한테 보내주시면 제가 일
본인 선생님께 보내겠습니다. 그리고 혹여 직접 선생님
께 이메일을 보냈는데, 영어여서 번역이 필요할 경우 말
씀해주세요.

그럼, 청명한 가을 하늘 무한히 즐기시는 하루 되시길
바라며…… 이만 줄입니다. 감사합니다.

There is one ask for discussion of novelists held in
the first day.

(첫날 나눈 이야기들에 관해 질문이 있습니다.)

I was interested that one novelist regarded bear as
the symbol of black color.

(저는 곰을 검은색의 상징으로 얘기한 소설가에게 관심이
있는데요.)

We do not understand the etymology of "God"
(KAMI) in Japan,

(우리는 신(KAMI)의 어원을 알지 못합니다.)

but some region in Japan, it is called "Kuma" which

is resembles to your country's pronunciation
"Kuma" or "Kom" for bear.

(하지만 몇몇 지역에서 그것을 'Kuma'라고 하며 그것은 한
국에서 얘기하는 'Kuma' 또는 곰을 의미하는 'Kom'과 유사
합니다.)

In Japan hypothetically "God"(Kami) exists in the
dark.

(일본에서는 가설로 '신'(Kami)을 어둠이라 봅니다.)

because "Kuma" means dark space. So I am
concern about novelist opinion.

(왜냐하면 'Kuma'가 의미하는 것이 어두운 장소이기 때문
입니다. 그리고 이와 관련하여 의견이 궁금합니다.)

　　메일을 보내오기 전에 먼저 전화가 걸려 와서 이러저러한
설명이 있었다. 내가 발표한 내용에 대해 그날 세미나에 참석
했던 일본인 아무개가 알고 싶어 한다는 것이었다. 나는 받아
보고 적당히 답장을 보내겠다고, 일본어를 잘 모르기 때문에
도와달라고 부탁했다. 그 세미나에서는 그런 일본인이 있었다
는 것조차 몰랐었다.

"일본인은 나고야의 도서관 사서(司書)로 곧 퇴임하신다는데요, 이번에 한국 문화와 일본 문화의 뿌리를 좀 더 깊이 알고 싶어졌다고 해요."

나는 전화를 받으며 또 '동조동근(同祖同根)' 이야기인가 하고, 도쿄대의 에가미 교수가 말한 게 도대체 언제인데 아직도 원론에 맴돌고 있다니, 하면서 낡은 이론에 대한 식상함을 곱씹었다.

국립극단에서 세미나를 한다고, 담당자라고 밝힌 여자로부터 참석할 수 있겠느냐고 문의가 왔을 때, 나는 내가 해낼 수 있을까 걱정스러웠다. 그러나 《삼국유사》를 집중 조명하는 한편 몇 편의 연극을 만드는 작업을 기획했으며, 내가 《삼국유사》를 소재로 《삼국유사 읽는 호텔》이라는 소설을 썼다는 사실 때문에 연락을 했다는 것이었다. 나중에 그녀는 자기가 이번 세미나를 위해 채용된 사람이라고 다시 밝혔다.

"담당자가 아니라 알바라 하겠지요."

그녀의 신분이 어떻든 상관없는 일이었다.

"나 역시 학자는 아니라…… 세미나…… 어려운 일이군요."

솔직한 심정이기는 했다. 그러나 《삼국유사》에 관해서라면 무슨 역할을 맡을 수 있겠다는 게 평소의 생각이었다. 그 책에 대해서는 모르는 사람이 없을 정도로 알려져 있는 듯한데 막상 제대로 아는 사람은 드물었다. 이것 또한 내가 그 글을 쓴 계기였다.

"학자로서가 아니라 소설가로서 선생님이 얘기하고 싶은 것만 하시면 됩니다. 한마디라도요."

그녀는 쉽게 물러서지 않았다. 그리고 특히 극장장님이 꼭 선생님을 모시라고 한다는 것이었다. 학창 시절에 연극판에 몇 번인가 휩쓸렸다가 여관방에 몰려가 쓰러져 자면서 만난 적 있는 S가 어느새 '장'이 되어 있었다. 좁은 나라에서 소문은 듣고 있었지만 몇십 년 동안 직접 만날 기회는 없었다. 나는 곧 승낙을 하고 세미나에 참석하기에 이르렀다.

"그때 그 홍안의 소년도 나이를 들어……"

세미나를 주최하는 사람이 된 S는 입구에서 서서 웃음을 띠고 나를 맞이했다. 그건 내 쪽에서도 똑같은 감회였다. 그들과의 어울림은 연극패와 달리 살아가겠다는 깨우침에 힘이 되었다. 나는 다른 길을 가는 사람이로구나. 다른 사람들과 뒤섞이지 않고 어떻게든 혼자서 살아가는 길을 가고 싶었다. 글을 택한 나는 그들과는 다른 쪽을 바라보고 있었다. 사람들과의 어울림은 어색하기만 한 노릇이었다. 수많은 연극지망생 남녀들이 몰려다니고 있는 가운데 기억에 남는 대사 하나가 지금도 머리에 남아 있었다. 낮에는 댄스를 추고 밤에는 소동파를 읽어요. 나는 놀라서 그 '모던 걸'을 빤히 쳐다볼 수밖에 없었다. 소동파 시절의 시대극을 준비하는 극단의 단원이라고 했다. 낮에는 춤사위, 밤에는 소동파의 〈귀거래사〉. 멋진 대비였다. 당나라 시대에 호선무를 추는 이국 무희 같은 인상을 풍기는 여배우였다. 그 시절을 뭉뚱그려 내게 이야기해주는 말로서 그래도 고마움을 전하지 않을 수 없다. 이제는 비록 댄스를 못하게 되어 쓸쓸한 〈귀거래사〉만 남은 신세가 되었다 하더라도.

세미나는 순조롭게 진행되어, 나는 《삼국유사》를 소설로 쓰게 된 배경을 이야기하고 내가 오랫동안 파고들었던 곰에 대한 생각으로 내 차례를 마무리 지었다. 연출가 L은 고등학생 때 《삼국유사》를 이백 번이나 읽었다고 하면서, 그러고도 실제로 내용은 잘 기억하지 못한다고 고백했다. 놀라운 경험담이었다.

"흔히들 우리 역사에서 곰을 말하곤 하는데 단군신화의 곰은 실제의 짐승 곰하고는 관계가 없지요."

나는 '곰'에 대한 내 오랜 생각을 단숨에 말했다. 그때까지 나는 일본인이 옆에 있음을 알지 못했다. 아니, 그는 분명히 세미나에 참석했다니까 무엇인가 발표까지 했을 텐데 그가 말하는 장면이 떠오르지 않았다. 그럼에도 불구하고 그는 내 발표를 귀담아들었다는 것이었다. 그래서 나는 담당자든 알바든 그녀가 대신 보내온 그의 물음에 이메일로 답장을 보냈던 것이다.

카미(上, 神)에 대한 질문이군요.

일본 어느 곳에서는 카미를 쿠마라고도 한다는데 이는 같은 어원에서 나온 것이라고 봅니다. '카미'는 한국어 '감'이며 '감'은 '검'과 같은 말입니다. '검정'은 '감장'–'깜장'입니다. 천자문 읽기에서도 '감을 현'이었습니다.

'검'–'감'–'곰'–'굼'은 모두 같은 말입니다. 이 변형 '가마'–'고마'–'구마'도 모두 같은 말입니다. 모두 '검다'는 뜻입니다. '가마'가 알타이어의 ㅁ과 ㄹ 드나듦 법칙에 의하여 '가라'로도 됩니다. '가라–카라(Kara)'는 알타이-북방민족 언어에 '검다'라는 뜻으로 폭넓게 사용됩니다. 일본어에서 '흑(黑)'을 '카라'라고 읽듯이 말입니다. 그리고 무엇보다도 산이나 사막이나 호수 같은 크고 넓고 위대한 자연에 많이 붙여져 있습니다(참고로 터키의 고대 왕궁터를 '카라 테페(검은 언덕)라고 불렀습니다). 그 예

122

는 우리의 감악산 개마고원 가마미해수욕장 가마뫼 거
문도 곰나루 등등 헤아릴 수 없이 많으며 일본의 쿠마
모토 카라쓰 등등도 이에 해당합니다. 일본 고대어에서
'한(韓)'이 '가라'로 읽힌다는 점도 특기할 만합니다.
'곰'은 동물 곰으로 의인화되어 있는데, 이것은 사람뿐
만이 아니라 자연에 더 널리 적용되는 말인 것입니다.
우리의 단군왕'검'과 같이 '곰'은 '검'이며 이는 곧 '카미'
가 됩니다. 그리고 '카미'는 어두운 곳보다는 일본어에
서 높다는 상(上)을 썼듯이 '아득한 높은'이 됩니다. 임
금이기도 하고 신이기도 합니다.

　나는 요점만 쓰고자 했다. 그녀가 곁들여 온 글에는, 도서관
을 곧 물러나는 그가 우리나라로 올 기회를 만들어 나를 만나
볼 수 있기를 바란다고 했으므로 더 이상 길게 쓸 것도 없다는
심정이었다. 거기에다 이 문제에 대한 열정은 내게는 이미 오
래전에 휩쓸고 지나간 바 있었다.
　그녀로부터 다시 연락이 온 것은 불과 며칠이 지나서였다.
나고야의 사서 선생이 한국에 와서 좀 더 알아보고 싶다고 하
니 도와줄 수 있겠느냐는 것이었다. 이 사람, 여간 집요한 게

아침 해를 봐요　123

아니군. 나는 귀찮은 마음을 누르고 감탄하지 않을 수 없었다.

"그분이 부탁해서 제가 차를 가지고 두 분을 모시기로 했어요"

모든 게 정해진 스케줄처럼 다가왔다. 이야기가 꽤 진행되었음을 알 수 있었다. 앞에서 밝혔다시피 '곰의 나라'를 보겠다고 그는 말하고 있었다. 나는 강원도를 말하지 않을 수 없었다. 강원도를 곰과 연관 짓는 것은 시 〈곰취처럼 살고 싶다〉에 전적으로 매달려서는 아니었다. 예전에는 많이 살았다는 반달가슴곰의 연상 작용도 있었을 것이다. 하지만 우리나라 어디든 곰이 살고 있다는 흔적은 사라진 지 오래되었다고 했다. 그래서 지리산에 반달가슴곰 몇 마리를 놓아 자연 상태에서 살게 하는 계획이 몇 년 전부터 계속되고 있었다. 지리산에 놓여진 곰들은 매스컴의 추적 아래 겨울잠을 자며 봄이면 깨어나고 있었다. 그러나 그에게 보여주고 싶은 '곰의 나라'는 지리산이 아니었다. 나는 '내 고향 태백산맥 응달'을 보여주고 싶었다. 그곳에 지금은 곰이 한 마리도 살고 있지 않다 하더라도 그곳이야말로 '곰의 나라'라는 믿음 때문이었다. 곰이란 현실적인 짐승으로서의 곰이 아니라고 나는 말했다. 곰/검의 영험이 깃든 세계가 '곰의 나라'였다. '터널을 지나자 설국(雪國)이었다'는 문장처럼 '고개를 넘자 웅국(熊國)이었다'라고 그에게 말해도 되겠다고, 곰이 곰취를 뜯어 먹는 내 시를 말하며 강원도를 보여주어도 되겠다고 생각했다. 그러자 곧 '보여주어도 되겠다'는 '보여주어야 하겠다'로 바뀌어 내 마음을 다지고 있었다. 물론 그곳에서 '곰의 나라'를 보여주자면 단군신화도 이야기해야 할 것이며, 따라서 호랑이의 역할도 빠트릴 수 없을 것이다.

"어디로 해서 어떻게 다녀올지는 전적으로 선생님 뜻대로예요. 정해지면 제가 음식점이나 숙소를 예약하도록 하겠습니다."

전화 속에서 그녀가 가벼운 인사를 하는 모습이 보이는 듯했다. 어쨌거나 나도 그러리라고 결정하고 있는 참이었다. 나는 대관령을 중심으로 아래쪽 묵호에서부터 옥계, 망상, 주문진, 양양으로 이어지는 길의 로드맵을 그려보고 있었다. 오랜만에 나도 한번 돌아보고 싶기도 했다. 대관령이며 한계령, 미시령 등 고갯길도 빠트릴 수 없었다.

어렸을 적부터 강원도 길은 그냥 길이 아니었다. 그런데 이 말이 도대체 무슨 뜻일까. 길이 길이 아니라면 무엇이란 말인가. 나 자신도 갑자기 어려워진다. 분명히 '길 도(道)' 자인데 길과 도가 다르듯이 그런 느낌이 끼어들었다. 그러나 나는 '도'가 아니라 '길' 그 자체를 말하고 있었다. 어렸을 적 고향의 집 앞 하얀 신작로 끝을 바라보며 저곳으로 가면 어디가 되는 것일까, 무엇이 있을까 마냥 알고 싶었던 마음. 햇빛에 눈부셨던 그 어느 날의 하얀 길의 그리움 같은 의문은 나중까지, 나중까지 이어졌다.

언젠가 문득 예전 다니던 초등학교를 찾아갔던 적이 머리에 떠올랐다. 시외버스를 타고 제법 가야 하는 곳이었다. 발걸음은 내가 다니던 학교와 호롱불을 켜 밝혔던 셋집을 향해 가고 있었다. 학교야 그 자리에 있었지만 동네는 전혀 다르게 변해 있었다. 다행히 '뽕나무밭이 푸른 바다로 바뀐' 정도의 큰 변화는 아니어서 여기가 거기였구나, 하고 가늠해볼 수는 있었다. 무엇보다도 길들이 옛 흔적을 간직하고 있지 않았다. 수업이 끝나면 몇몇이 이웃 동네로 넘어가곤 했던 그 붉은 황톳길은 어디를 보아도 보이지 않았다. 나는 그 시절 유난히 붉다 못해 빨갛기까지 한 그 길을 기억하고 있는 것이다. 그 빨간 고갯길을 넘어 다니던 소녀가 초등학교를 졸업하자마자 시집을 갔다는 사연 때문에 내 기억에 더욱 선명하게 남아 있는지도 몰랐다. 조회 때마다 앞에 나와 박자를 맞추는 일을 하던 소녀였다. 양팔을 벌리고 머리 위로 쳐들었다가 내리고 하는 4분의 4박자 동작을 자기보다 더 크게 느끼게 보여줄 수 있어서 기억은 더욱 생생하다고 나는 뒤돌아보곤 했다.

하얀 길, 빨간 길만이 아니었다. 기억에 남아 있는 길의 색깔은 여러 가지로 또렷했다. 누군가와 헤어져 돌아오던 까만 밤길도 물론 있었다. 어떤 풀밭 사이의 초록 길은 어디였는지도 잊어버렸지만 내 머릿속에는 여전히 남아 있다. 몽골의 노란 길, 중앙아시아의 갈색 길, 실크로드의 회색 길도 있었다. 그러니까 이 세상의 모든 길은 저마다의 색깔로 내 어릴 적 크레용 상자 속에 들어 있는 크레용들과 같았다. 중앙아시아의 이식쿨 호수로 가는 길은 갈색을 지나 초록의 오아시스 회랑을 달려갔었다. 그 길이 실크로드의 한 갈래라고 할 때, 자못 환상적이 되었다.

뒤늦게 그림과 만나게 되어 붓에 물감을 묻힐 때마다 나는 길을 떠올렸다. 새를 그리든 꽃을 그리든 산을 그리든 나는 길을 그리는 것이라는 생각이었다. 나는 결국 어떤 길을 가야만 그 새, 꽃, 산 들과 만나는 것이다. 여기에 내가 지나온 그 여러 색깔의 길들이 놓여진다. 나는 그림을 그리는 게 아니라 길을 간다. 그림뿐만이 아니라 글도 마찬가지였다. 나는 글을 쓰는 게 아니라 길을 가고 있었다. 저곳으로 가면 어디가 되는 것일까, 무엇이 있을까. 알고 싶다. 호기심은 그리움으로 익어간다. 나는 그리움을 쓰고 또 그린다. 내가 작품으로 옛길을 가는 것은 나로 하여금 그 길이 이어지는, 가보지 못한 길에 대한 그리움을 나타내는 일이다. 그러므로 나는 새로운 길을 가며, 아직도 '먼 길을 가야만 한다'는 시 구절을 다시금 적어놓을 수 있다. '먼 길을 가야만 한다/ 말하자면 어젯밤에도/ 은하수를 건너온 것이다/ 갈 길은 늘 아득하다'고.

그렇다면 나는 왜 아직도 '먼 길을 가야만' 하는 것일까. 나는 다시 어릴 적 하얀 신작로를 내다본다. 빨간 길, 까만 길, 노란 길……을 내다본다. 그 길들은 어디로 가고 있는가. 길은 움직이지 않고 그대로 있을 뿐인데 '어디로 가고 있는가'의 주어가 된다. 거기에 호기심에 뿌리내린 내가 서 있다. 모든 삶의 원동력이 호기심에서 비롯되고 있었다.

나는 아직도 그 길 위에 서 있기 때문이다. 언제 그 길이 끝날지는 모른다. 길은 내가 가는 한 계속 이어질 수밖에 없다. 내가 언제 걸음을 멈출지는 알 수 없기 때문에 나는 앞으로도 어떤 색깔의 길이 열릴지 걸어갈 뿐이다. 길은 어떻게 막다른 길이 되고 마는가, 이조차도 내 호기심을 자극하기 때문이다. 나는 태어나서 지금까지 '곰의 나라'를 가고만 있다는 생각이었다.

그러나 단군신화를 들먹이지 않더라도 곰과 더불어 나타나는 또 하나의 짐승, 호랑이를 빠트릴 수 없다고 나는 이미 말했다. 일본인에게 강원도의 길들을 보여주리라 했던 순간 내 머리를 스쳐가는 그림자가 그것이었다. 그것은 마치 살아 있는 호랑이가 획 하고 몸을 날려 앞을 달리는 느낌이었다. 굴속에 들어앉은 곰과 호랑이는 여러 날 동안 쑥과 마늘을 먹으며 견뎌야 한다. 곰은 견디어 마침내 사람이 되고, 견디지 못한 호랑이는 뛰쳐나간다. 호랑이가 어떻게 되었는지 궁금했지만, 굳이 궁금해할 것은 없었다. 호랑이는 우리 옆에서 호랑이로서 떳떳하게 살아간 것이다. 우리 강원도 감자바위들과 어울려 어느 날은 곶감이 무서워 도망치기도 하다가 드디어는 산신이 되지 않았는가. 호랑이가 처녀를 물어간 것은 아내로 삼기 위함이 아니었던가. 그리하여 맺어진 날을 사람들은 단옷날이라 하게 되지 않았는가. 나는 바위 위에 얹혀 있는 처녀의 머리를 보았고, 그 입속에 감춰진 빨갛고 마알간 혀를 보았다.

"도쿠가와 이에야스가 아낀 책 중에 《삼국유사》가 있어서 관심을 갖게 되었다고 해요."

운전자이자 안내자인 그녀가 내게 말했다.

"그렇습니까."

그녀의 말에 나는 사서 선생을 쳐다보며 놀랍다는 표정을 지었다. 사서 선생의 말다웠다. 나도 그 막부 장군의 도서 목록

윗자리에 《삼국유사》가 있다는 사실을 고운기 교수의 글에서 읽고 놀란 적이 있었다. 그러나 이미 알고 있었다는 내색은 하지 않았다.

강원도 길에 접어들자 이미 가을 해는 기울고 있었다. 김포 공항에 내리자마자 서울에도 들르지 않고 달려온 게 그랬다. 우리는 그녀가 잡은 일정에 맞춰 움직이면 그만이었다. 그날 은 동해안에 닿아 저녁을 먹고 쉬기로 되어 있었고, 다음 날 아침부터 서두르기로 했다는 것이었다. 서두른다고 해도 '곰 의 나라'를 본다는 알 수 없는 여행을 어떻게 서둘러야 할지 아무도 모를 수밖에 없었다. 내가 그들에게 보여줘야 하겠지 만, 나인들 확실한 무엇을 가지고 있지 않았다. 게다가 막상 강원도에서 호랑이의 역할이 뚜렷해지면서 곰은 뒷전에 물러나 있는 형국이었다. 아니, 나는 결국 '곰의 나라'에 이르려면 '호랑이의 나라'를 거쳐야 한다고 여기고 있었다.

고향이라고 해도 그곳은 이제 나하고는 먼 곳이었다. 일가붙이는 물론 먼 친척도 친구도 없었다. 무슨 연고라도 만들어 둘 요량으로 집 한 칸 장만하려던 계획마저 오래전에 흐지부지되고 말았다. 초등학교에 들어가야 하는 그해에도 전쟁이 끝나지 않아 학교가 문을 열지 않았지요. 그래서 그곳을 떠나서야 초등학교에 들어갔어요. 학교 친구들이 없는 까닭이지요.
구차한 설명이 내 입에 붙어 있었다. 그러면서 나는 캄캄한 밤
마다 딱따깨비 소리처럼 들리던 딱콩총 소리, 바닷가 모래톱
으로 이따금 떠오던 귤 한 알, '아침은 빛나라, 이 강산……' 이
제는 이녘에선 부르지 않는 노랫말을 기억해내곤 하는 것이었
다. 집 한 칸이 아니라 방 한 칸이 더 맞을 것 같았다. 나는 진
리 바닷가 마을에서부터 과즐마을까지 이리저리 기웃거렸다.
아마도 허균과 난설헌과도 멀리 연결되어 있을 허씨들이 간간
이 살고 있어서 내 발길이 걸음마다 길에 새겨지는 느낌이었
다. 방 한 칸은 옛날 옛적에 곰과 호랑이가 들어가 앉았을 굴
속 정도면 되는 것이었다. 아니면 호랑이를 피해 오누이가 부
둥켜안고 떨고 있는 방이었더라도 괜찮았다. 햇볕이 한껏 쏟
아지는 봄날, 뻐꾸기 소리 고갯길을 넘어 꺾여 들려오면 나는
그저 하염없이 누군가를 기다리고 싶었다. 그러기 위한 방 한
칸이었다. 마땅한 방 한 칸을 찾지 못한 날 돌아와 메모한 시
가 있었다. '뒹벌'이라는 제목이 붙어 있었다.

　　뒹벌이 날아드는 집에 살며
　　뻐꾸기를 기다린다고 하였다

하루 종일 하루 종일

봉창 귀퉁이 오려 붙인 유리조각창

바투 내다보며 기다리는 게 일이었다

뒝벌이 벽을 돌며 웅웅거려도

뻐꾸기를 기다린다고 하였다

아무도 오지 않는다고

오뉴월 볕 익어가는 하루 종일

곧 보리누름이었다

뒝벌 날아드는 집에 하염없이 있었다

기다리는 게 일이었다

태백산맥 응달이든 양달이든 그쪽 강원도 땅에 가면 나는 기다리는 사람이 되고 말았다. 누구를, 무엇을 기다린단 말인가. 모를 일이었다. 내가 지금 왜 안절부절못하지? 하면, 나는 기다리고 있는 것이었다. 누구를, 무엇을? 뻐꾸기를? 하다 못해 호박꽃에 날아드는 뒝벌을? 일일이 꼽는다는 건 호사스러운 일이었다. 구체적인 것처럼 초조한 것은 없었다. 하지만 나는 마음 깊이 속 졸여 기다리고 있었다. 태어남은 기다림을 안긴 일에 다름 아니었다.

"아침 해를 봐요. 어디가 좋은지, 네?"

저녁을 먹은 뒤 각자 자기 방으로 들어갈 때, 그녀는 말했다. 그렇다면 그녀는 아침 해를 기다리고 있는 것이었다. 아침 해니 동해 일출이니 할 때마다 나는 아무 감흥이 없었다. 왜 그럴까, 내가 무딘 탓일까, 달리 생각하려 해도 소용없었다. 우람한 새 날을 맞이하는 벅참을 가져야 하지 않겠느냐고 나를 다그쳐도 소용없었다. 동해 일출이란 그저 파도 한 이랑 밀려오는 정도의 일이었다. 빨갛고 동그란 느낌이나마 온전히 마음에 품고 싶어도 어느덧 심드렁해지기만 했다. 그녀가 예약한 숙소는 붐비는 바닷가에서 멀리 떨어진 곳에 있었다. 어디든 너무 많이 변해서 어디가 어딘지 모를 곳들이었다. 방에 들어와 침대 속으로 들어가자마자 나는 곯아떨어졌다.

어떻게 잠들었는지 아리송한데 눈을 떠보니 희부윰한 하늘이 창문에 어리고 있었다. 나는 침대에서 일어나 한옆에 놓인 작은 의자에 가서 앉았다. 오래전부터 내가 사용해오던 의자처럼 편안했다. 캄캄한 공간에 깨어나 사방을 더듬으며 시간을 기다리지 않아도 되어 다행이었다. 고향은 내게는 편한 곳이 아니었다. 어쩌다 가서 아침에 잠 깰 때마다 알 수 없는 불안감이 밀려왔다. 성산에 눈사태가 났대요. 모두들 꼼짝없이 갇혔다지 뭐유. 큰 눈이 오거나 홍수가 지거나 바람이 거센 새벽이면 옛사람들이 어디선가 긴 곰방대를 두드리며 나무라는 듯해서 나는 벌을 서듯이 조아리곤 했었다. 곰방대를 두드리지 않는다 해도 우두커니 앉아 무엇인가 회상에 젖어 있는 나는 어김없이 옛날 잘못을 저지른 사람이었다. 무슨 잘못을 회상하는가. 아니, 회억이라는 말이 적당할 듯싶었다. 무슨 잘못을 회억하는가. 과거의 무수한 내가 희끄무레 얼굴을 웅크리고 있었다. 나인지도 불확실했다. 그러나 그 얼굴이 내가 아니라면 지금의 나도 내가 아닐 듯싶었다. 나는 언제까지나 쑥과 마늘을 먹으며 사람 되기를 꿈꾸는 '곰의 나라'에 있는 것 같았다. 한순간 한순간 속을 태우며 사람이 못 될까봐 조바심치던 내가 차곡차곡 겹쳐 쌓여 있었다. 나는 마리오네트 같은 그들을 하나하나 꺼내놓고 싶었다. 나는 이제 사람이 못 되려나봐. 너희 모두들 자유를 주마. 어디로든지 가서 나를 잊어주렴.

어둠이 채 걷히지 않은 바다가 일렁거렸다. 무엇인가 작은 마리오네트처럼 움직인다 했더니, 바닷가 가까운 조그만 시멘트 건물 위로 올라가는 사람이 눈에 들어왔다. 건물 바깥의 가파른 철제 계단을 밟는 몸짓이 위태롭게 보였다. 저런 게 있었구나. 예전 같으면 군대의 해안막사라고나 하겠지만 잘 정돈된 바닷가에 무슨 건물인지 알 수 없었다. 그리 높지 않은 건물이어도 바다를 향한 망루 역할을 한다고 믿고 싶었다. 여전히 경계하고 있어야 한다는 잠수함을 살피는 망루일까. 그러나 망루라고 한다면 그곳은 그냥 바닷가에 방치되어 그때그때 쓰이는 망루일 수밖에 없었다.

머지않아 아침 해가 뜨리라. 나는 철제 계단을 오르는 사람에게 눈길을 모았다. 어린 내가 시내의 소방서 망루를 쳐다보는 것처럼 여겨졌다. 실제로는 내가 있는 모텔의 2층 방 높이에 비할 바가 아니긴 했다. 그곳은 모래에 파묻혀 있는 작은 창고라고나 할 것이었다. 하지만 모든 것은 과거의 세트 속에 재연되고 있었다. 지금의 나는 과거의 나였다. 그 바닷가에 해가 뜨면 나는 작은 연분홍 갯메꽃처럼 남모르게 피어 있는 존재에 지나지 않을 것이다. 그곳에서 사람이 된 적이 없으니까 분명 그랬다. 나는 그 바닷가에서 몇 사람의 죽음을 보았을 뿐이었다. 시가지에서 딱콩총이 볶아댈 때 앞뒤 없이 백사장을 가로질러 뛰었을 뿐이었다. 아침은 빛나라, 이 강산…… 인민군들이 양양 쪽으로 행군해가고 남아 있던 건 허물어진 방공호뿐이 아니었던가. 그러나 그 건물은 모래에 아래쪽이 파묻혀가면서도 당당한 망루로 서 있었다. 그때 나는 철제 계단을 오르는 사람을 다시 보았다. 그 사람은 여자였으며, 바로 그녀였다.

"아침 해를 봐요!"

그녀의 말이 되살아났다. 그녀는 집요했다. 막상 그녀임을 확인하자 내 마음에 반짝 불꽃이 일어나는 듯했다. 매일 맞이하는 동해 일출에야 워낙 시큰둥하다 하더라도 그녀가 망루를 오르고 있지 않은가. 나는 나갈 준비를 서둘렀다. 그녀의 새로운 아침 해가 나의 새로운 아침 해가 되지 말라는 법이 없었다. 무슨 마술이 작용했는지는 몰라도 좋았다. 내가 그 바닷가에 있는 그것 자체가 마술이었다. 마술은 순간 속에 생명을 나타낸다는 뜻이었다. 그와 함께 나는 호랑이에게 물려 가서 머리만 동그마니 바위 위에 얹힌 처녀의 모습을 보았던가. 옛날옛적에 호랑에게 물려 간 처녀는 바위 위에 머리만 남아 발견되었다. 곰을 이야기하기에 앞서서 내가 꼭 짚고 넘어가야 할 전설이기도 했다.

나는 어느새 방을 나와 빠른 발걸음으로 백사장에 내려섰다. 그리고 뛰다시피 걸어가서 철제 계단을 올랐다. 계단이라기보다 사다리라고 하는 편이 더 적합할 것 같았다. 막상 가까이서 보니 정식 건물도 아니었고 망루는 더더구나 아니었다.

곧 허물어버릴 구조물이라고 해야 옳았다. 좁기는 해도 위쪽
은 이른바 슬래브 형태의 지붕이어서 서 있기에는 지장이 없
었다. 한옆에는 접힌 파라솔이 난간에 기대져 있고 테이블에
의자까지 한 세트 갖춰져 있었다. 평소에도 누군가 테이크아
웃 커피를 들고 오름 직한 곳이었다. 그녀는 내가 다 올라가도
록 말없이 기다리고 있었다. 내가 오든 말든 아침 해를 기다리
고 있겠다는 태도였다. 나 역시 이렇다저렇다 구차스러운 말
을 덧붙이고 싶지 않았다. 그곳은 강릉의 바다였다. 강릉의 바
다에서 아침 해를 기다리면서 무슨 수식어도 누추하다는 생각
이 들었다. 나는 그녀 옆에 나란히 섰다. 그녀도 나와 같은 마
음인 것일까. 말없이 수평선 저쪽을 바라보고만 있었다. 그러
자 그곳은 그냥 망루가 아니라 내가 웬만해서는 찾지 못할 망
루라고 여겨졌다. 강릉에 와서 몇 번인가 일출을 맞는다고 했
고, 언젠가는 신문사 기자도 함께 와서 사진을 찍은 적도 있었
다. 그러나 그것은 내 마음에서 우러나온 일이 아니었다. 나는
그 바다에서 아침 해에 빌 기도를 준비할 수 없었다. 나는 그
저 평범하고만 싶었다. 무슨 감당 못할 변화에 휩쓸릴지 두려
웠다. 그래서 기다리기만 했을 뿐이었다. 내가 다스리지 못하
는 또 다른 내가 나타나서는 안 되었다. 망루에 오르는 것을

극상으로 설정하여 나를 다스리지 않으면 안 된다.

　수평선 바다 밑이 붉은 기운으로 물들고 있었다. 드디어 아침 해가 뜨려는 모양이었다. 처음이자 마지막의 극상을 견뎌내는 내 가슴이 벅차게 박동하기 시작하는 소리를 나는 들었다. 아침 해를 봐요! 그녀의 목소리가 그 박동 사이로 울려나왔다. 목소리는 아주 먼 어느 시간 속에서 울려나왔다. 그래요. 나는 손을 뻗어 그녀의 손을 잡았다. 아침 해를 봐요! 다시 목소리가 울렸다. 호랑이에게 물려 가 바위 위에 놓인 처녀의 머리가 내 앞의 여자의 머리와 겹쳐서 역광 속에 나타났다. 그런 다음의 움직임은 모두 내가 만들어낸 일이 아니었다. 둥그런 아침 해가 내 가슴에 박동소리를 내며 만들어낸 일이었다. 나는 그녀의 목소리를 들었음을 알리려는 듯이 그녀의 얼굴에 내 얼굴을 가져갔다. 모든 것이 정해진 순서대로인 것 같았다. 그 순서가 시키는 대로 나는 그녀의 입술에 내 입술을 맞추고 그녀의 혀를 빨아들였다.

　바다 밑에서 둥글고 빨갛고 마알간 아침 해가 솟아올랐다. 그녀의 혀가 그 아침 해처럼 그러하다고 받아들이는 순간, 내 고향 전설에 남아 오래전부터 내게 맺혀 있던 한 처녀의 혀가 내 입속에 살아났다.

바위 위의 발자국

나는 고향에서 찾지 못한 것들이 많다는 느낌에 사로잡혔다. 곰곰 따져보면 뭐 특별한 것도 없었다. 귤을 건지던 바다가 정확하게 어디였는지도 '여기다' 하고 손으로 가리킬 재간이 없었다. 그 가운데 커다란 발자국이 찍혀 있는 바위도 숙제처럼 남아 있었다.

　언젠가 갔던 날은 날씨가 흐려서인지 도시 전체가 음울한 잿빛으로 가라앉아 있었다. 아스팔트 길바닥도, 상점의 진열창도, 지나가는 자동차도, 휴지통도, 신호등도, 가로수도 음울하게만 보였다. 도시 전체가 죽어가는 파충류처럼 웅크리고 있는 것 같았다. 군데군데 비늘이 떨어져나간 채로 널브러져 있는 동물. 그러므로 도시는 시난고난 마지막 힘없는 분노를 삭이고 있는 것처럼도 보였다. 동물은 한 가닥의 엷은 바람에도 촉각을 곤두세워야 한다. 그러나 하늘이 무너져도 이놈은 까딱하려고 하지 않을 것이다.

고속버스에서 내려 발을 디딘 지도 벌써 한나절은 되었음 직했다. 그러나 시간이 흐를수록 내가 무엇 때문에 이곳에 왔는지 더욱 혼돈에 빠져들고 있었다. 낯설기만 한 시가 주는 위화감. 나는 머리를 흔들었다. 이 도시가 이렇게 변해버리다니. 하기야 나는 이십오 년 가까이나 이 도시를 떠나 있었다. 그동안 어디서 무엇을 했는지 어렴풋한 가운데 이십오 년이 흘러버렸다는 현실이 거짓말 같았다. 그러나 한편으로 이십오 년 동안이나 오고 싶었으면서도 못 왔다는 사실이 생활에 아등바등 쫓겨서가 아니라 나의 자제력 덕택이라는 것이 입증되기라도 한 심정이었다.

이십오 년 동안 내가 겪은 일은 참으로 스산한 것뿐이었다. 지긋지긋한 사춘기를 지나 어렵게 어렵게 학교를 마쳤고 섣불리 살림을 차렸다가 파탄이 났고, 그리고 또 무엇이었던가. 무엇인가 있음 직한데도 떠오르지가 않았다. 몇 줄의 시를 썼던가. 그랬었다. 그러나 이 도시에 이십오 년 동안 나를 못 오도록 한 것, 그 까닭은 아무 데도 없었다. 누군가가 '그대 다시는 고향에 가지 못하리'라고 쓴 글귀를 읽었을 때도 그것은 내게 해당되지 않는다고 믿었다. 그런데 그렇게 믿은 것이 잘못이었다.

도시는 내가 알고 있는 도시가 아니었다. 내가 머릿속에 그려놓고 있던 지도는 허구의 지도였음이 곧 밝혀졌다. 내 지도를 가지고서는 길도, 집도, 언덕도 짚어나갈 수가 없었다. 그것은 정말 상전벽해의 이십오 년이었다. 송충이가 나방이로 변하듯이 도시는 아예 탈바꿈을 하여 나타난 것이다. 모든 것이 생각대로였다면 나는 아마 간단히 볼일을 마치고, 다방에서 모가지를 길게 빼고 나를 기다리고 있을 그녀와 곧장 밀월을 즐기게 되었을 것임에 틀림없었다. 그런 시간을 갖기 위해 서울에서부터 일부러 그녀와 동행해온 터였다. 그렇데 벌써 한나절이 넘도록 나는 볼일은커녕 얼토당토않게 미아처럼 헤매고만 있는 것이었다. 마치 그녀를 기다리게 한 그 다방을 찾을 엄두도 도저히 나지 않는다는 것처럼, 그러나 이것이야말로 내게서 그녀를 탐하고 싶다는 욕망이 사라져버렸다는 것밖에 아무것도 아니었다. 욕망이 사라졌으니 그녀를 부랴부랴 만날 까닭이 없었다. 이 또한 음울한 도시에서나 일어날 수 있는 가당찮은 일이었다. 어쨌든 그녀에게로 달려갈 생각이 일지 않는 것만은 사실이었다. 어디서부터 갑자기 뒤죽박죽이 되기 시작했다. 나는 고향을 찾음으로써 고향을 잃게 된 것이었다.

그녀가 일본 여자라는 것을 안 뒤에도 나는 계속해서 그녀와 만나왔다. 일본 여자라고 해서 달라질 것도 없다고 나는 믿고 있었다. 한국인과 일본인은 이른바 동조동근이라고 말한 것도 나였고 그런 내 말에 그녀가 어떤 신뢰를 느꼈음도 분명해 보였다. 그러니까 우리가 만나는 데 무슨 민족적 장애 따위가 끼어들 틈서리는 아예 없는 셈이었다. 같은 할애비, 같은 근본을 굳이 따지지 않더라도 민족적 감정 따위는 이제 구시대의 유물에 지나지 않는다고 뒷전으로 돌려버리고 싶었다.

"우리 어머닌요, 우릴 모두 니혼진이라구 해요. 원래는 일본인이라는 거죠. 이젠 일본인이 될 수 없다는 뜻이겠죠."

그녀는 서슴지 않고 말했었다. 그 말에 나는 비시시 웃음을 흘렸으나 같은 할애비 같은 근본이니를 열심히 듣고 난 뒤에도 그런 말이 나오는 것에 미묘한 감정의 동요를 느끼지 않을 수 없었다.

그녀의 어머니가 종전이 되고도 왜 그녀의 나라로 돌아가지 않았는지는 자세히 알 수 없었다. 그러나 대부분의 경우에 그런 사람들은 피치 못할 사정을 가지고 있기 마련일 것이며 그녀의 어머니가 스스로 명확하게 밝히기 전에 그런 사정을 시시콜콜히 캐려 드는 것이야말로 그녀들을 대하는 눈초리가 어떤지를 대변하는 일이 될 것이라고 나는 생각했다. 다만 내가 얼핏얼핏 듣고 뇌리에 모아둔 것이라면, 언젠가 그녀 혼자서 어머니를 이 땅에 둔 채 그녀의 나라로 간 적이 있었지만 얼마 지나지 않아서 다시 돌아왔다는 것 정도였다. 그곳은 이미 그녀가 살 수 있는 땅은 아니었다고 그녀는 말하고 있는 것 같았다. 그러한 그녀였으니, 같은 핏줄을 타고났다고 한다면 왜 물과 기름처럼 섞이지 못하느냐고 묻는 것은 무엇보다 절박한 일이기에 충분하다고 보아도 좋겠다.

우리가 만난 것은 새삼스럽게 지나간 어제의 일을 들먹거리고 싶어서가 아니었다. '우리가'라는 말이 성립이 안 된다면 '내가 그녀를'이라고 바꾸어놓아도 상관이 없다. 어제의 일은, 내가 살아온 지나간 세월이 그렇듯이, 어제의 일로 이미 지나가버린 것이다. 그러나 그렇게 치부하고 접어두려는 한쪽에서는 꾸준히 어제의 일은 어제의 일로 지나가버리지 않았고, 법에 있어서의 계속범(繼續犯)처럼 오늘도 내일도 멍에를 뒤집어쓰고 따라다니고 있는 것이었다. 그녀와의 일상적인 만남이 그러한 점을 어떤 측면으로는 상기시키려 들었음을 부인할 수는 없다. 어제의 민족 감정은 쓸데없는 소아병적인 망령의 소산이라고 매도하고 있었음에도 불구하고 내가 그녀에게 던지는 농담에서조차 그 망령의 소산이 어떤 모습으로든 고개를 쳐들고 있지 않다고는 말할 수 없었기 때문이다.

"일본 여자들은 말이지, 팬티를 안 입는다지?" 하면서 나중에 나는 그녀에게 농담을 건네고도 있었는데, 이런 농담에서도 내 감정의 밑바닥에 감추어져 있는 교활한 망령의 모습을 엿볼 수 있었던 것이다. 게다가 나는 그녀가 듣기 싫어하는 이 농담을 심심풀이 삼아 지껄이곤 했었다.

"맞아요. 난 지금두 안 입었으니깐요."

그녀는 싱거운 소릴랑 집어치우라는 듯이 받아넘기곤 했다. 이런 농담이 오간 날이면 나는 마치 그것이 사실인지 아닌지를 확인이라도 하겠다는 듯이 그녀를 뒷골목 여관으로 이끌곤 했다.

셋방을 옮겼던 그 무렵, 그녀와의 이상하다면 이상한 만남이 채 이루어지기 전까지 나는 마치 늪에서 헤매고 있는 것처럼 어려운 상황에 빠져 있었다. 갑자기 직장을 잃어버림으로써 손에서 일을 놓게 된 허탈감의 결과였을 것이다. 심적 무위 상태가 줄곧 나를 괴롭히고 있었다. 그것은 초조하고도 우울한 것이었다. 나는 거의 한 시간, 한 시간, 나를 옭아매려는 가상의 적과 싸우고 있었다. 한 달쯤 잠이나 푹 자야겠어. 그런 여유를 안 가진 바도 아니었으나 허사였다. 무엇보다도 잠이 와주지 않았다. 그러니까, 여기저기 새삼스럽게 앓는 소리를 해가며 수소문해놓은 직장 건을 알아보기 위해 하루에 두 번씩이나 건너편에 있는 공중전화를 찾아가서 매달리는 일밖에는 하루 종일 가수(假睡) 상태를 헤맸다고 해도 지나친 말이 아니다. 아무것도 하지 않는다, 아무것도 할 수 없다는 무위에의 쫓김. 누구든 철저하게 무위에 돌아감으로써 마음의 평온을 얻는다고 했다지만 내게는 사치스러운 말이었다. 하루 종일 골통만 휑할 뿐이었다. 나는 내 앞날에 대해서 아무런 꿈을 가질 수가 없었다. 먹고살아야 한다는 문제 역시 급박하게 다가와 있었으나 웬일인지 전혀 실감이 나질 않았다. 그래서 공중전화에서 흘러나오는 모두 시큰둥한 대답만을 처량하게 한 귀로 흘려듣고 난 뒤면 어슬렁거리며 동네 뒤의 공원으로 발길을 옮겼다.

그러나 거기서 겪은 일들도 멀고 먼 저세상의 일처럼 동떨어지게 받아들여지곤 했다. 한때 저 국보위가 들어섰었다는 건물 옆을 지나 공원 숲 속 널따란 운동장에서는 각양각색의 사람들이 어울려 공놀이를 했으며 으슥한 골짜기에서는 젊은 남녀들이 탐욕적인 눈짓을 주고받기에 여념이 없었다. 동, 동, 동대문을 열어라. 아이들은 노래를 불렀다. 젊은이들이 둘러 앉아 양손으로 무릎을 쳤다가 손뼉을 친 다음 바른손 엄지를 삐치며 설렁탕, 갈비탕, 감자탕 등등을 신이 나서 외치고 있었다. 짝, 짝, 갈비탕, 짝짝, 닭곰탕, 짝, 짝, 조개탕. 틀렸어. 야, 조개탕 빨리 노래해. 조개탕이라고 불린 앳된 처녀가 부끄럽다는 듯 몸을 비비 꼬며 자리에서 일어났다. 스커트를 쓸어내리며 머리 위의 나뭇가지에 희끗 눈길을 주다가 순간 자신의 입이 약간 벌어져 있음을 느낀 조개탕 처녀는 조개처럼 얼른 입을 다물었다. 박수가 부족한 모양입니다. 자, 박수, 짝, 짝, 짝, 짝, 짝, 짝. 그래도 얼마쯤 몸을 틀던 조개탕 처녀는 마침내 부동자세를 취했다. 조갯살 같은 혀끝을 살짝 내밀어 입술을 적시는가 싶더니 입이 열렸다. 갑순이와 갑돌이는 한 동네 살았더래요오. 노랫소리를 귓등으로 들으며 나는 공원 한 귀퉁이에 있는 약수터에서 플라스틱 쪽박으로 물을 떠 마셨다. 숲 속의 공원은 그곳만의 한 작은 나라였다. 그곳에서 사람들은 먹고 마시고 싸고 웃고 울고 싸우고 사랑했다. 그러나 공원 밖으로 한 발짝만 벗어나면 그 속에는 사람이라곤 그림자조차 없을 것처럼 느껴졌다. 티베트의 산속에 숨어 있는 비밀 도시, 그 속에 깃들어 있는 사랑과 우정에 대한 음모, 만남과 헤어짐에 대한 갈등, 성취와 좌절에 대한 과민한 조울중 같은 것들은 하나하나의 나뭇잎에 불과했다.

공원을 빠져나와 내려가는 길에 들르는, 언제나 침침하게 그늘졌던 기억만 있는 공터에 서면 모든 것은 하나의 허상으로만 남아 있었다. 그곳에 사람들, 섰거나 앉았거나 누웠거나 혹은 한쪽 발을 쳐들고 있는 웬 사람들이 과연 있는 것이라면 그들은 나무로 깎아놓은 조상(彫像)인지도 모른다. 흙으로 빚어서 구워놓은 도상(陶像)인지도 모른다. 나는 절 아래쪽으로 담 하나를 사이에 두고 나란히 자리 잡고 있는 무슨 그리스도 교회의 마당을 굽어보며 그런 생각에 잠기곤 했다. 그 그리스도 교회의 마당 한 곁으로는 멕시코가 원산지라고 어디선가 들은 적이 있는 유카나무가 멕시코 역사처럼 거센 잎사귀를 삐죽삐죽 뻗치고 있었고 그 뒤로 놓여 있는 벌통에서는 별들이 붕붕거리며 드나드는 소리가 들리는 듯했다. 벌들은 물론 보이지 않았다. 내 눈이 나쁜 탓에다 거리도 꽤 멀었다. 그러나 이러한 풍경도 언제부턴가 마당가에 자빠진 채 벌겋게 녹슬어 가고 있는 부서진 자전거 때문인지 하나같이 녹슬어가고 있는 것처럼 보였다. 따지고 보면 내가 태어난 이래 세상의 모든 것은 녹슬어가고만 있는 것이었다. 사상도, 종교도, 인간 자체도 잔뜩 녹슬어가고만 있었다. 우리는 서로가 녹슨 몸으로 사랑도 삐걱거리며 하고 있을 뿐이었다. 공원뿐이 아니라 도시도 녹슬고 빈 도시였다. 아무나 말벗이라도 만나려고 도시를 헤맬 때 나는 아무도 없는 수십만 평, 수십만 헥타르의 벌겋게 녹슨 폐차장을 헤매고 있었던 데 지나지 않았다.

빈 도시에서 새롭게 자랄 수 있는 것은 차라리 저 고생대(古生代)의 언제쯤인가 온통 지구를 뒤덮으며 자랐다고 하는 기괴한 고사리 등속뿐일 것이라고 여겨졌다. 만나는 사람마다 우리는 서로 엄청난 시간을 격하여 다른 공간 속에 살고 있는 것이나 다름이 없었다. 거대하고 기괴한 고사리나무 아래 지친 몸을 쉬면서 내가 언제, 어디선가, 어떤 사람을 사랑했던 적이 있었던가 하고 물음을 던져도 모든 기억은 희미하게 지워져 있을 뿐이었다. 그 희미한 기억을 더듬어 고사리나무 껍질에 손톱으로 그어서라도 새겨놓아야 하는 것이었다. 사랑의 역사를, 그래서 후세 사람들에게 석탄 화석을 남겨서 위대한 사랑의 승리라고 구가하게 해야 하는 것이었다.

그 무렵 내가 고리타분한 역사책이나마 펼쳐 들고 들여다보게 된 것은 혼곤히 젖어 들어오는 패배 의식과 더불어 늘 몽롱하게 나를 휘감고 있는 가수 상태에서 벗어나려는 단순한 몸부림의 결과였다. 그런데 그녀가 내게 관심을 가진 까닭은 내가 빈둥거리면서도 책을, 그것도 역사책을 들여다보고 있다는 데 있는 듯했다. 나중에 그녀의 입을 통해서 들은 바로는 실제로 그랬다. 물론 그녀 나름대로 한국과 일본의 역사랄지, 그 관계의 역사랄지에 대해 조금이라도 알려고 했던 지식욕(知識慾)이 작용했던 것은 두말할 필요도 없겠다. 그 지식욕이 말하자면 아직까지 그녀의 운명에 대해 무작정 수긍하거나 체념하지 못한 데서 우러난 것이라고 해도 말이다.

그녀와의 만남은 실로 대수롭지 않은 우연의 소치라고 해야 할 것이었다. 그녀는 내가 이사를 했던 방에 먼저 살았던, 그러니까 전임자인 셈이었다. 그녀는 그녀의 어머니와 함께 그 햇빛 하나 들지 않는 방을 내게 넘기고는 골목 위쪽의 좀 더 나은 집으로 옮겨 갔었다. 같은 날 들고 났기 때문에 이사를 하면서 마주쳤지만 처음에는 그저 그러려니 했을 뿐이었다. 키에 비하여 작은 얼굴에 긴 머리를 한 그녀는 그러나 내가 짐을 들인 다음에도 뻔질나게 드나들며 천장의 전등을 떼어간다거나 벽에 붙박아놓은 옷걸이를 빼간다거나 연탄 화덕을 꺼내간다거나 하면서 부산을 떨었다.

"저희 거니까요."

그녀는 내게 힐끔 눈길을 던지면서 그렇게 말했다.

"아무렴요."

짐이라고는 정부미 부대에 아무렇게나 넣은 책 나부랭이에 낡은 이부자리 한 채, 그리고 라면 상자에 넣은 전기풍로와 전기스탠드 정도밖에는 없는 나는 짐을 풀고 자시고 할 것도 없어서 그저 스산한 마음으로 서성거리며 그녀가 하는 양을 바라보고만 있었다. 그녀가 들락거리지 않았더라도 나는 그렇게 서성거렸을 것이었다. 그녀는 나중에는 안집 사람들과 따로 출입하게 되어 있는 쪽문의 손잡이 장식까지 떼어가버렸다.

"혼자신가보죠?"

마지막에야 그녀는 다소 겸연쩍었는지 엉뚱한 물음을 던졌다.

"아, 네."

그제야 나는 내가 혼자 살게 된 남자라는 사실을 깨닫고 잠깐 동안 몸서리를 쳤다. 그러나 그 몸서리가 감격인지 두려움인지는 나도 알 수 없었다.

"전 요 밑에 박물관에서 일하고 있어요. 그럼, 잘 사세요."

그녀는 내가 혼자 사는 남자냐고 물어놓고서도 그 대답에는 아랑곳없이 그렇게 툭 던지는 말로 묻지도 않은 자신의 신분을 밝히고는 어느 틈에 뒤돌아 나가버리고 말았다. 그녀가 무엇 때문에 자신의 신분을 밝혔는지 나로서는 알 길이 없었다. 박물관이 도대체 어찌되었단 말인가. 다만 그녀는 말하는 투로 보아 박물관에서 일한다는 것은 꽤 자랑스러운 일인 모양이었다. 그녀는 입 밖에만 그렇게 안 냈다 뿐이지 '이래 봬도'라는 앞말을 곁들이고 있었음에 틀림이 없었다. 어쨌든 자신을 드러내고 싶어서 밝힌 것이라 해도 그것은 뜻밖이었다. 박물관이라면 내가 선뜻 알아들으리라고 지레짐작한 그 생각도 엉뚱한 것이 아닐 수 없었다. 실은 박물관에 대해서 나는 돌도끼, 돌칼, 항아리들이 진열되어 있는 곳이라든가 그림, 불씨, 불상들이 진열되어 있는 곳이라는 정도밖에는 거의 모르고 있었다. 하지만 상대방이야 어쨌든 그녀는 그렇게 말하고는 사라져버렸다.

그날 밤 나는 마치 옹관묘 속에 들어 있는 인골(人骨)처럼 다리를 아랫배 쪽으로 바짝 오그려 붙이고 잠을 청하며 문득 그녀의 말이 다시 떠올랐다. 박물관에는 무덤처럼 사람의 뼈다귀도 놓이는 것일까. 사람들은 자기를 지키려고 할 때 이런 자세를 취하게 된다지. 모체의 자궁 속에 들어앉아 있을 때의 태아의 자세를. 어디에서인가 발굴된 인류의 조상의 뼈라는 것도 그렇게 묻혀 있었다. 잠은 쉽게 오지 않았다. '잘 사세요'라는 그녀의 말이 고맙기는커녕 괘씸하기만 했다. '쥐들이 찍익 찍익 소리를 내며 천장을 뛰어다녔다. 어느 집에서 텔레비전 소린지 라디오 소린지 왕왕 들려왔다. 방은 하나의 무덤이었다. 그 무덤 속에 누워 있는 나는 잠을 못 이루고 두 눈을 굴리고 있어도 이미 주검인지도 몰랐다. 나는 그새 죽음을 맞았다. 그러나 아직 뇌 활동을 계속하고 있는데 관 뚜껑에 못질을 해버리는 것은 아닐까. 생각하면 뒤숭숭하기만 했다. 그 방에서의 첫 밤은 무덤 속의 첫 밤이었다. 아마도 박물관 탓이었다. 그 첫 밤은 오랫동안의 가수 상태를 알려주는 불길한 조짐이었다. 그로부터 몇날며칠을 나는 제발 편히 잠들어보려는 간절한 바람으로 헛된 욕망을 불러일으켜서 무미건조한 수음이라도 해야 하는 사람처럼 시달릴 대로 시달렸다. 잠을 청하면 청할수록 잠은커녕 쥐새끼들이 찍찍거리는 소리만 더욱 귓속을 왕왕거렸다. 라디오 소리도 끈질기게 붙어 다녔다.

떠나간 사람에 대해 생각이 미치기도 했으나 추억의 줄을 다시 잡아당겨놓는다는 것도 역겹고 두려웠다. 다만 나른하고 몽롱하게 잠들고 싶었다. 누구에게 편지라도 쓸까. 그러나 편지를 쓸 대상인 그 누구가 도통 떠오르지 않았으며 또한 그때까지만 해도 무엇인가 쓴다는 일을 불가능했다. 그것은 더 무료해지고 더 한심해진 다음의 일이었던 것이다.

그리하여 정부미 부대를 끄르고 찾아낸 것이 엉뚱하게도 역사책이었다. 하지만 책 내용보다도 라디오 소리와 씨름한다는 편이 더 옳은 표현이었다.

옛날 하늘에…… 계속 좋은 반응을 얻고 있는 곡입니다…… 환인(桓因)이라는 임금이 있었다. 그의 서자인 환웅(桓雄)이 늘 사람들의 세상에 내려가려고 하므로 천부인(天符印) 세 개를 주어 내려가 다스리도록 했다…… 이천삼백오십팔 표를 얻어서 금주의…… 환웅은 무리 일천 명을 거느리고 태백산 꼭대기에 있는 신단수 아래 자리 잡고 신시(神市)라고 했다. 환웅은 풍백(風伯), 우사(雨師), 운사(雲師)를 거느리고…… 지난주의 8위에서 4위로 껑충 뛰어올라…… 곡(穀), 명(命), 병(病), 선(善), 악(惡) 같은 백육십여 가지 인간의 일을 맡아 다스렸다. 이때…… 찌익 찌익, 찍찌이익…… 곰과 호랑이가 사람이 되고 싶어 하므로 환웅은 쑥 마늘을 주고 그걸 먹으면서 여러 날 동안 햇빛을 안 보면 사람이 될 수 있다고 말했다. 쑥 한 자루와 마늘 스무 톨. 그런데 삼칠일 만에 곰은 사람이 되고 호랑이는 참다못해 뛰쳐나가 사람이 되지 못했다. 곰이 변해서 된 여자인 웅녀가 아기를 갖게 해달라고 빌자…… 조용필의 단발머리, 네 단발머리가…… 환웅은 웅녀와 혼인하여 아들을 낳았는데 이 아들이 바로 단군왕검이다. 단군왕검은 평양성에 도읍하고 나라 이름을 조선이라고 했으며 이어서 아사달로 옮겨 가서 천오백 년 동안 다스렸다. 그 뒤 장당경으로 옮겼다가 아사달로 돌아와 산신이 되었는데 이때 그의 나이 1,908세였다. 그 언젠가 나를 위해 꽃다발을 전해주던 그 소녀.

불면에 시달릴까봐 지레 겁을 먹고 일찌감치 서두르면 그것이 오히려 역효과였다. 어쨌든 그런 결과로 나중에 그녀에게 단군 이야기부터 들려주게 된 것이 소득이라면 소득이었다. 단군 이야기를 들은 그녀는 자세히는 몰라도 어디선가 읽은 적이 있는 이야기라면서 어거지로 만들어낸 게 아니겠느냐는 반응이었다.

"단군이라는 사람이 그렇게 천몇백 년 동안이나 오래 살았단 말이 정말일 순 없잖아요?"

"그게 바로 설화의 세계지. 어차피 단군은 곰 여자의 몸에서 태어났으니까. 은유와 상징과 암시하는 바를 캐내야겠어."

그녀와 나의 만남은 그런 생경한 대화로 이어졌다.

그리고 보면 우리가 꾸준히 만나고 있는 목적이 어디에 있는지를 호도하기 위하여 세상 사람들이 곰팡내 난다고 거들떠보지도 않는 주제를 일부러 택한 것 같기도 했다. 어쩌면 그것이 달콤한 이야기를 주고받으며 이끌어가는 과정보다 더 은밀하고 더 충동적으로 받아들여졌는지도 모른다. 어떤 남녀들이 그들의 미약(媚藥)을 쓰듯이 우리가 우연히 택한 화제인 설화의 세계는 우리들만의 미약이었다.

동부여의 왕 금와(金蛙)는 아버지인 해부루(解夫婁)가 죽자 왕위에 올라 하백(河伯)의 딸 유화(柳花)를 아내로 삼았다. 그러나 그녀가 천제(天帝)의 아들이라고 하는 해모수(解慕漱)와 가까이했다는 말을 듣고 골방에 가두었다⋯⋯ 곧이어 정확한 오리엔트 시보가 아홉 시를 알려드리겠습니다⋯⋯ 거기서 유화는 알 하나를⋯⋯ 삑, 삐, 삐, 삐익⋯⋯ 낳았고 그 알에서 나온 것이 주몽(朱蒙)이었다. 케이비에스 아홉 시 뉴스를 전해드리겠습니다⋯⋯ 주몽은 어릴 때부터 너무 똑똑했기 때문에 대소(帶素)를 비롯한 형들이 죽이려고 들므로 도망친 끝에 졸본(卒本) 땅에 이르러 나라를 세웠다. 이 나라가 고구려이다⋯⋯ 따라서 정부는⋯⋯ 경주 지방의 여섯 개 마을 가운데 하나인 고허촌(高墟村)의 촌장 소벌공(蘇伐公)이⋯⋯ 호주산 수입 쇠고기와 아울러…… 양산 중턱에 있는 나정(蘿井) 우물가 숲 속에서 말이 우는 소리를 듣고…… 더 많은 수입 쇠고기를…… 찾아가보니 말은 없고 큰 알이 있었다. 그 알 속에서 아이가 나오길래…… 뉴질랜드 산 쇠고기를 추가로…… 키웠더니 열몇 살에 이미 기골이 장대하고 대인의 기풍이 있으므로…… 보다 장기적인 안목으로…… 6부 사람들이 그를 임금으로 추대했다. 그가 신라 시조 박혁거세(朴赫居世)이다…… 차질이 없어야 하겠습니다…… 일본 동북쪽 천 리 되는 곳에 있는 나라인 다파나국(多婆那國)의 왕이 여인국 왕녀를 왕비로 맞았는데…… 출동한 경찰은 현장에서…… 임신한 지 칠 년 만에 큰 알을 낳았다. 좋지 못한 일이라고 그 알을 버리라고 명령을 받은 왕녀는 알을 비단에 싸서 궤짝에 넣어 몰래 물에 띄웠다…… 이번 사건은…… 이 궤짝이 진한(辰韓)의 아진포(阿珍浦)에 흘러왔다. 한 노파가…… 전문적인 절도범들의 소행으로 보고…… 건져 보니 옥동자가 들어 있으므로 데려다가 길렀는데 키가 9척이나 되고…… 그런데 범인들은…… 총명했다. 궤짝을 건질 때 까치가 울었기 때문에 까치 작(鵲) 자의 한쪽 변을 따서…… 조사하고 있습니다…… 석(昔) 씨라고 하고…… 다음 뉴스…… 알에서 깨어났다고 해서 탈해(脫解)라고 했다. 신라

의 남해왕은 탈해가 총명하니까 사위로 삼고…… 이에 앞서
서 이규호 문교부 장관은…… 대보라는 벼슬을 주었다. 남해
의 뒤를 이은 유리는 죽을 때…… 이데올로기 교육의 필요성
과…… 선왕의 유언에 따라 탈해를 왕위에 오르게 했다. 탈해
왕이 밤에 금성 서쪽의 시림 수풀 속에서 닭이 우는 소리를 듣
고 호공(瓠公)을 보냈더니…… 학업에 충실할 것을 당부했습니
다…… 금빛의 작은 함이 나뭇가지에 걸려 있고 그 밑에서 닭
이 울고 있었다. 왕이 직접 가서 열어보니…… 다음은 외신입
니다…… 잘생긴 사내아이가 나타났다. 이때부터 시림을 닭이
울었다고 계림(鷄林)으로 고쳐 불렀으며…… 이에 교황 요한
바오로 이세는…… 아이가 금함에서 나왔다고 해서 금(金) 씨
라고 했다. 그가 김씨의 시조 김알지(金閼智)이다…… 그러나
폴란드 계엄 당국은…… 가락(駕落) 지방의 아홉 간(干)이 무리
를 이끌고 구지봉(九旨峰)에 올라가 구가(龜歌)를 부르자……
자유노조 지도자 레흐 바웬사와 함께…… 하늘에서 알 여섯
개가 든 금함이 붉은 줄에 매달려 내려왔다. 이것을 아도간(我
刀干)의 집에 안치해두었더니 다음 날…… 가드니스크의 철강
노동자들은…… 여섯 동자가 되고 십여 일 뒤에는 어른이 되
어 3월 보름에…… 바웬사는…… 왕위에 올랐다. 처음 나타

난 동자가 수로왕(首露王)으로서 금관가야(金官伽倻)를 다스렸고…… 무제한 투쟁을 선언하고…… 나머지도 각각 다섯 가야의 왕이 되었다…… 통신은 마비되었습니다.

그녀가 박물관에서 일하고 있다고 한 말은 거짓말이었다. 그러나 어찌되었든 내가 그녀를 두 번째로 만나서 본격적으로 사귈 계기를 만들게 된 것은 국립박물관 안내에서였다. 그녀의 말에 어떤 홀리는 힘이라도 있어서 내가 그곳으로 찾아갔던 것은 천만에 아니었다. 공원에 들러서 이번에는 아래쪽으로 산책을 나간다는 것이 그렇게 되었을 뿐이었다. 총리공간을 지나고 청와대 동쪽 입구를 지나자 그녀가 '요 밑에'라고 한 국립박물관이었고 물론 경내는 무료였다. 경내로 발을 들여놓은 나는, 윗부분은 속리산 법주사의 팔상전을 본떴다고 하는, 그러나 나무가 아니라 시멘트로 지은 박물관 건물을 한 바퀴 도는 것으로 그날의 산책을 끝마치려고 했을 뿐이었다. 이리저리 발길을 옮기던 나는 아무도 눈에 띄지 않고 잡초만 우거진 뒷마당에서 경복궁으로 손쉽게 넘어갈 수 있는 낮은 철책을 발견하고 공연히 낄낄 웃기도 했다. 경복궁의 입장료가 얼마더라? 남들은 사장이 되고, 국회의원이 되고, 재벌 회사의 부장이 되고, 하다 못해 대학원에 들어간다고 하더라도 지금 내가 남의 눈을 피해 경복궁에 공짜로 들어갈 수 있는 개구멍을 발견한 것은 내 몫이었다. 소심하고 불쌍한 녀석. 그러나 나는 그런 자신을 꾸짖는 것조차 한심스러워서 또 한 번 공허하게 낄낄거렸다. 그 뒤로도 나는 국립박물관 경내까지 몇 번인가 더 갔었는데 그때마다 오로지 경복궁으로 넘어갈 개구멍이 그대로 있는가 확인하고 싶은 생각에 몸이 스멀거렸다.

"그럼 두 시간 뒤에, 알았지?"

고향에 도착하자마자 나는 그녀를 다방에 앉혀놓고 말했다.

"두 시간이면 충분해. 그동안 어디 극장에라두 들어앉았다 오든지."

"알아서 할게요."

새로운 곳에서의 그녀는 생판 모르는 여자 같았다. 나는 그녀에게 손을 흔들어주고 다방 문을 나섰다.

내가 이십오 년 가까이나 어떤 성역(城役)처럼 바라보고 있었던 고향 땅에 다시 첫발을 디디면서 그녀를 동반한 것에 무슨 까닭이 있을 리 없었다.

"어디로 가십니까, 손님?"

택시 운전수가 물음을 던졌다.

"글쎄, 어디로 갈까요?"

갑자기 막연해졌다. 이런 딱한 양반 봤나 하고 운전수는 헛웃음을 웃었다.

"어딜 찾으시는뎁쇼?"

"글쎄, 말입니다. 하여튼 좀 가봅시다."

아니다. 내가 그녀를 내가 태어난 도시로 동반한 것에는 특별한 의도가 있었다. 나는 새로운 시작을 획책하고 있다. 그것은 필경 탄생과도 같은 새로운 시작이었다. 그녀는 내가 새로이 걸어갈 길이었다.

"이곳 토박이십니까?"

나는 여전히 행선지를 대지 못한 채 불쑥 물었다. 나는 낯선 땅에서 허둥대고 있었다.

"왜 그러십니까?"

운전수가 내 아래위를 훑어보았다.

"아뇨. 암것두 아닙니다. 장수바위라구, 한 이삼십 년 전쯤에 그런 게 있었는데…… 산에서 난 장수가 밟고 갔다는 바위였지요. 발자국이 커다랗게 찍혀 있었어요. 장수바위라고."

"이름이 장수바위래요?"

"아니…… 잘은 모르지만…… 그런 것이……"

듣기만 하면 알아차리리라고 짐작했던 것은 잘못이었다. 그 바위가 얼핏 떠오른 연유는 분명치 않았다. 어깨를 짓누르려는 것처럼 내려앉은 흐린 하늘 아래, 이 도시에 발을 디뎠을 때부터 가슴속에서 미미하나마 서서히 찐득찐득하게 괴롭히기 시작하던 알지 못할 실의(失意)가 가중되어 왔다.

"그런 건 첨 듣는데요. 장수바위, 장수바위라……"

운전수는 연신 고개를 갸우뚱거렸다. 택시가 덜커덕덜커덕하면서 멈추려고 했다.

"분명히 있었습니다."

나는 단호하게 말했다. 그러자 택시가 덜커덕 멎으면서 운전수가 차창을 내리고 옆에 나란히 서 있는 다른 택시 쪽으로 머리를 내밀었다.

"어이, 장수바위라구 알아? 장수바위."

상대방이 머리를 흔들었다.

"모르겠는데요……"

운전수가 난처한 표정을 지었다.

"그게 법원 뜰이었던가…… 법원으로 가봅시다."

나는 기억을 더듬으려고 애썼다.

"예전 법원 말입니까?"

"법원이 옮겨졌습니까, 어디로?"

"예에, 한참 됐죠."

"이십오 년 전에 법원이었던 델 갑시다."

나는 심히 조바심을 내고 있었다. 틀려버렸다. 그러자 갑자기 그 바위를 찾지 못하면 이 도시에 온 아무런 의의를 찾을 수 없다는 불안이 머리를 스쳤다. 어렸을 때 본 뒤로 나는 한 번도 그 바위를 잊어본 적이 없었다. 교과서에서 〈큰 바위 얼굴〉을 배웠을 때, 문득 그 커다란 발자국이 떠올랐던 순간을 나는 지금도 잊을 수 없는 것이다. 공연히 조그만 이익을 다투고 언짢을 때나 내 능력에 한계를 느낄 때나 삶이 초라한 모습으로 다가올 때, 그 바위의 큰 발자국은 내게 하나의 위안이었다.

그것이 누군가가 정으로 쪼아놓은 것이었다고 해도 내게는 변함없이 장수가 밟고 간 발자국이었다. 그 바위를 처음 보았던 날의 기억도 또렷하게 남아 있었다. 옆집의 소꿉동무 계집애하고 나는 나란히 그 바위 앞에서 서 있었다.

장수바위는 찾을 수가 없었다. 법원이었던 건물은 원호지청으로 바뀌어 있었는데 어디에도 그 바위가 있었음 직한 장소조차 눈에 띄지 않았다. 지나가는 사람마다 붙들고 물어보았으나 모두 처음 듣는 소리라는 표정이었다. 내가 착각하고 있는 것이 아닐까 하는 짙은 의구심이 솟았으나 그럴수록 바위

의 모습이 확실하게 되살아났다. 그 바위가 애초에 없었던 것
이라면 고향에 대한 모든 기억은 어떤 착오에서 비롯된 셈이
된다고 해도 그만일 것이었다. 나는 우두망찰 한동안 그 자리
에 서 있었다. 그 바위는 오랜 세월 동안 내 삶의 머릿돌과도
같은 것이었다. 두 시간 동안 볼일을 끝내버리겠다고 마음먹
었던 내가 갑자기 그 바위부터 찾고자 한 것은 무엇보다도 그
발자국을 새로운 내 출발의 첫 발자국으로 확인하고자 한 욕
망이었을 것이다.

　나는 무엇인가 잔뜩 망설이면서 걸음을 옮겨놓았다. 차들이
지나갈 때마다 먼지가 풀썩 일었다가 작은 회오리바람 속에
가라앉고는 다시 일었다. 가뭄에 갈라진 갯바닥 같은 보도가
계속되었다. '깨끗한 거리 명랑한 시민'이라는 현수막이 길을
가로질러 있었다. 그 아래로 자전거를 탄 청년이 달려가고 있
었다. '새 시대 새 경찰'을 써 붙인 경찰서를 비스듬히 지나자
곧 로터리가 나왔다. 나는 담배를 꺼내 물었다. 길가의, 통나무
를 파낸 것처럼 보이는 시멘트 화분에는 잎 끝이 시든 채 누렇
게 바래가는 금잔화가 한 무더기씩 심겨 있었다. 그 옆의 펭귄
새 모양의 쓰레기통으로 가서 타다 남은 성냥개비를 펭귄새의
주둥이에 집어넣었다. 그러고 나서 갈 길이 바쁜 사람처럼 신

호등의 파란 불이 켜지기를 초조하게 기다렸다. 이미 내 지도
는 아무짝에도 쓸모없는 지도였다. 나와 함께 대여섯 사람이
모였을 때 파란불이 켜졌다. 나는 허겁지겁 길을 건넜다. 내 앞
에 어디론가 갈 길이 닦여 있다는 것은 엄청난 은혜였다. 나는
다시 왼쪽으로 구부려서 빠르게 걸음을 재촉했다. 페인트상,
자동차 부품상, 다방, 음식점, 복덕방, 대서소, 구멍가게. 도장
포 앞에서 어느 상점의 점원인 듯한 청년 둘이 길바닥에 쭈그
리고 앉아 바둑을 두고 있었다. 보자기에 싼 쟁반을 든 아가씨
가 샌들을 짤짤 끌고 골목길로 접어들고 있었다. 도시는 여전
히 낡은 기왓장과 칠이 벗어진 벽, 백내장 환자의 눈동자처럼
희붐한 창들 속에서 얕고 밭은 숨을 겨우 몰아쉬면서 웅크리
고 있는 꼴이었다. 모두들 이젠 죽었답니다. 언뜻 파충류가 휴
우 탄식하는 소리가 들려왔다. 이젠 나와는 아무 상관도 없는
일이야. 나는 어디로 가야 할지 모를 걸음을 더 빨리 재촉했다.
어떤 사람은 눈을 뜨고 죽었답니다. 그러자 무거운 하늘에서
포클레인의 삽 같은 손이 쏙 뻗쳐 내려와 탄식하듯 중얼거리
는 그 입을 틀어막았다.

마치 방금 잠에서 깨어난 것처럼 나는 허청거리며 언덕길을
걸어 내려갔다. 몇 시쯤 됐을까. 날씨는 여전히 찌푸려 있는 채

였고 도시는 더욱 낯설어 보였다. 나는 무엇인가 찾고, 긍정하고, 말을 붙이고, 믿음으로써 새로운 출발을 도모하리라 꿈꾸며 이 도시에 왔다. 갑자기 모든 것은 무(無)로 돌아간 느낌이었다. 이 도시에서 이제 내 삶을 기억해줄 사람은 어디에도 없었다.

"몇 시쯤 됐을까요?"

나는 중년 남자를 붙들고 시간이라도 구걸해야겠다는 듯 물었다.

"다섯 시 칠 분이군요."

"고맙습니다. 저어 혹시 이곳 어디에 장수바위라고 있다고 못 들으셨습니까?"

"무슨 바위요? 장수바위? 못 들었는데요."

중년 남자는 나의 아래위를 훑어보면서 가버렸다. 그녀에게 약속했던 두 시간이 이미 훨씬 지나 있었으나 나는 그대로 거리를 걸어 다녔다. 어느 날 고향을 찾는다면 꼭 보아야 한다고 다짐했던 바위였다. 밤중에만 먹이를 찾아 나와 어둠 속에서 땅을 뒤지는 한 마리 호저(豪豬)처럼 나는 낯선 거리를 뒤지며 다녔다.

"글쎄요. 그런 건 못 들었습니다."

듣는 사람마다 모른다는 소리뿐이었다. 내가 이 도시에 살 았던 것 자체가 허구에 속한다고 말하고들 있는 것이다.

"장수바위라곤 모르겠는데요."

모두 몰랐다. 모르겠습니다. 모르겠는데요. 몰라요. 이제는 죽은 사람만이 알 것이었다. 나는 무작정 이리저리 거리를 걸어 다녔다.

나중에는 아무에게도 장수바위는 입에 꺼내지도 않았다.

나는 과거, 아니 현재를 돌아보았다. 모두들 사라져버렸다. 한때 사랑했던 여자도, 내게 믿음을 주었던 발자국도, 어린 날의 흰 살 계집애 소꿉동무도 모두들 어디론가 사라져버렸다. 그런 다음에 한 사람의 일본 여자가 팬티를 벗고 모습을 나타 냈다.

나는 감연히 우리가 같은 족속, 곧 곰의 족속이라고 선언적 으로 말했던 것이다.

어느새 고속버스 터미널 앞이었다.

그녀가 기다리고 있을 다방이 멀지 않았지만 나는 대합실 앞의 길가에 놓여 있는, 나무로 만든 긴 의자에 가서 엉덩이를 붙이고 앉아 담배를 피워 물었다. 그녀와 약속한 시간이 넘었음에도 불구하고 왠지 그녀에게로 달려갈 엄두가 나지 않았다. 나는 기진맥진하여 앉아 있을 수밖에 없었다.

생각해보면 나는 그녀에게 많은 엉뚱한 이야기를 한 것 같았다. 아마도 책을 읽고 유추해낸 사실보다 더 많은 것을. 그러나 그것이 새삼스럽게 공허한 메아리처럼 여겨질 뿐이었다. 나는 오랫동안 몽롱한 정신으로 그 자리에 앉아 있었다. 나는 이 도시에서 태어나지도 않았단 말인가.

날은 어두워지고 있었다. 나는 천천히 그녀가 기다리고 있을 다방으로 걸음을 떼어놓았다. 다방 문을 밀치고 들어가서 그녀를 발견하자 그마저 불가사의한 일만 같았다. 그렇다고 해서 그녀가 어디론가 사라져버렸기를 기대했던 것은 아니었다. 그녀는 그곳에 있어야만 되었다. 그런데도 나는 또한 그녀가 나를 기다리고 있다는 엄연한 사실에 심한 당혹감을 느꼈다.

"늦었군요."

그녀가 이젠 화를 내기에도 지쳤다는 듯이 짧게 말했다. 마치 그녀 쪽에서 늦은 것을 사과하는 것처럼 들렸다.

"일이…… 잘 안 풀렸어. 도무지……"

나도 맥없이 중얼거렸다. 그것은 사실이야 어쨌든 옳은 말이었다. 모든 일이 풀리기는커녕 뒤죽박죽되어버린 것이었다.

"그냥 서울로 가는 막차를 탈까도 했어요."

그녀는 구두의 앞창으로 바닥을 톡톡 건드리면서 낮게 말했다.

"그래서…… 안 될 말이지…… 미안해."

무엇 때문에 그렇게 시간을 보냈는지 나는 할 말이 없었다. 지난 몇 시간 동안 겪은 일들도 마치 이십오 년 전에 겪은 일들처럼 아득하고 가뭇했다. 말라비틀어진 박제(剝製) 속에 희미하게 어려 있는 생명의 그림자를 바라보며 잠시 어떤 생각을 골똘히 해보려고 하듯이, 그러다가 마침내는 뒤돌아서버리듯이 나는 뒤돌아서 온 것인지도 모른다. 이 도시는 죽은 사람도 산 사람도 한 사람 빠짐없이 박제로 만들고 있다. 수강생 모집, 조수류(鳥獸類) 박제(剝製), 3개월 수강 후 월수 30만 원 보장됨. 신문 광고를 본 기억이 되살아났다. 그날 밤인가, 이리저리 생각을 굴리던 끝에 그런 직업이 내게 어울릴지도 모른다는 결말에 이르기도 했었지. 꿩이나 두루미나 노루나 사슴의 살점을 저미고 내장을 뽑아내고 짚을 쑤셔 넣고 철사를 꿰어 버텨놓는다. 죽은 짐승에 영생을 불어넣는다. 볏짚과 철사로 된 또 하나의 다른 삶을 창조하는 것이다. 한 편의 시도 그렇게 쓰일 수만 있다면 좋을 것이다. 언어의 살점을 저미고 내장을 뽑아낸 다음 짚을 쑤셔 넣고 철사를 꿰어 세워놓는다. 그런 다음 시인은 훅 하고 입김을 불어넣는다. 영생을 언은 시 한 마리가 달려간다. 사슴의 몸에 소의 꼬리, 이리의 이마, 말의 발굽을 가졌다는 상상의 동물, 외뿔 기린(麒麟), 성인(聖人)이 세상에 나기 전에 나타난다고 하는 저 상상의 동물 같은 것.

"더 어둡기 전에 바다를 보러 가야겠어. 가서 뭘 좀 먹기루 하지."

"여긴 참 낯선 곳이군요. 몇 번인가 왔었는데두 그때보다 더 낯설구…… 이상해요."

그녀가 침통하게 말했다.

"혼자 있어서였겠지. 내가 너무 오래 기다리게 했던 거야."

"아니에요. 그 때문이 아니에요. 기다리면서 줄곧 내가 왜 여기 있는지 알 수가 없었어요. 내가 따라와놓구 말이에요. 이상한 일이죠."

"피곤했던 거야."

"그래요. 피곤한가봐요."

그녀가 얼굴을 안 보이려는 듯 고개를 돌렸으나 나는 그녀의 어두운 얼굴을 처음으로 엿보았다.

"바다라두 보믄 괜찮을 거야. 여긴 내 고향 땅이야. 마음을 편히 가지라구."

그녀가 희미한 웃음을 지으면서 고개를 끄덕였다.

그러나 바다는 이미 어둠에 젖어가면서 무겁게 고여 있었다. 그것은 정체되어 있는 늪이었다. 공포(恐怖)의 늪이었다. 그녀나 나나 그 도시에 닿자마자 어둡고 칙칙한 늪에 빠져들어 허우적거리고 있었던 것이라는 생각이 들었다. 그녀는 바닷가로 시멘트 포장길을 걸어가면서도 얼굴을 바다 쪽으로 돌리고 시종 말이 없었다. 마치 어두운 공포를 제 것으로 삼으려고 하는 모습 같았다. 나 역시 아무 말도 꺼낼 수가 없었다. 아침녘의 그 발기와도 같은 생동감과 충일감은 어디로 사라져버린 것일까. 가슴이 답답하게 짓눌려왔다. 이렇게 어두운 바다를 어두운 마음으로 맞아들이게 될 줄은 상상조차 못했던 일이었다.

"기다리는 동안…… 무슨…… 일이라두…… 있었어?"

나는 더듬거리며 물었으나 그것은 차라리 내게 던지는 물음이었다.

"없었어요."

짧게 맺는 듯한 대답이 바닷바람을 타고 바람소리처럼 들려왔다. 관광객들을 태운 대절 버스가 지친 취기와 함께 달려가고 먼 데서 전등불들이 반짝이며 켜지기 시작했다.

"뭘 좀…… 먹어야 하지 않을까?"

낮에 고속버스를 타고 오면서 어딘가 휴게소에서 햄버거를 하나씩 먹었을 뿐이었다.

"생각이 없는걸요."

그녀가 고개를 저었다. 그것은 나도 마찬가지였다. 빈속이었으나 음식점에 들어가 앉고 싶지가 않았다.

"좀 걷기로 해요."

"그럴까."

그녀는 내가 몇 달 동안 집중적으로 사귀어오던 그 여자가 아니었다. 나는 그녀에게는 어쩔 수 없이 무능하고 몽매한 사내였다. 우리는 둘 다 박제가 되어버리는 마법에라도 걸려버렸는지도 모른다. 배도 고프지 않게 누군가가 이미 내장을 송두리째 빼내버렸는지도 모른다. 찝찔한 바닷바람이 속을 뒤집어 훑었다. 그녀와의 만남에 새로운 계기를 주기 위하여 나는 그녀를 동반해온 것이었다. 그것은 과거의 청산이면서 새로운 출발, 앞날에 대한 뜨거운 약속을 위한 것이었다. 그러나 갑자기 어둠과 같은, 늪과 같은 함정에 빠지고 말았다. 이 도시는 죽음의 도시였다. 그녀에게조차 이 도시의 죽음의 손길이 미쳤다. 그녀는 이미 생소한 여자였다. 바닷가의 관광도로를 걸어가는 동안 그녀는 점점 생소한 여자로 딱딱하게 굳어갔다. 어둠 속에서는 나는 그녀가 박제의 얼굴을 가지고 어둠과 볼을 맞비비고 있는 것을 눈여겨보았다. 그러나 나 역시 박제사의 손아귀에 걸린 것처럼 아무런 말도, 아무런 행동도 할 수 없었다.

바닷가의 길은 오른쪽으로 굽어지면서 더욱 어두워졌다. 가까운 곳에서 파도소리가 신음하는 것처럼 들려온다고 생각되었다. 내장이 빠져버린 배 속이 쓰려왔다. 이제 누군가가 짚을 한 다발 묶어서 쑤셔 넣겠지. 빌어먹을. 무슨 말이든 할 기회는 영영 사라진 것도 같았다. 정신을 걷잡을 수가 없었다.

이 도시로 올 때부터 어떤 불길한 유혹에 몸을 떨었던 것인지도 모른다. 그래서, 도시는 죽어가면서도, 눈에서 진물을 흘리면서도, 구더기가 끓으면서도 내게로 덮쳐왔던 것인지도 모른다. 나는 울고 싶었다.

"자, 이만 가지."

나는 간신히 말했다. 죽음의 늪에서 빠져나가야 하리라고 막연히 느꼈다. 그녀는 대답이 없었다. 나는 그녀의 손을 끌어당겨 잡으면서 무슨 말인가 다시 해보려고 안간힘을 썼다. 그러나 머리가 휑뎅그렁하니 빈 느낌이었다. 골수는 빠져나가고 두개골은 빈 플라스틱 바가지처럼 내 모가지 위에 놓여 있었다. 바닷바람이 와서 그것을 달그락거리며 흔들었다. 플라스틱 바가지 속에 담겨 있는 모든 공수한 이론은 증거가 되어 날아간 지 오래였다. 삶의 가치를 찾으려는 얄팍한 철학이나, 여자를 아내로 삼으려는 들뜬 욕망과 번식의 이론, 맨션아파트에 살려는 헛된 경제의 이론, 한 줄의 시를 쓰려는 보잘것없는 문화의 이론.

그때 그녀가 내 손아귀에서 그녀의 손을 빼냈다.

"낮에 버스터미널 앞에서 봤어요. 무료해서 다방 밖으로 나왔었지요. 뜻밖이었어요. 의자에 앉아 있기에 살금살금 다가갔죠. 놀래주려구요."

그녀가 걸음을 멈추었다. 그랬었군. 온몸이 저려왔다.

"그런데 그럴 수가 없었어요. 가까이 다가갔을 때 이상한 걸 느꼈던 거예요. 마치 이 세상 사람이 아닌 것 같았던 거예요. 순간 무서웠어요. 그래서 발길을 돌리지 않을 수 없었어요. 상상 속에나 있는 짐승의 얼굴이었어요, 그건."

그녀의 말소리는 신이 지핀 것처럼 떨렸다.

"그땐 피곤했었어. 좀 기운을 차려서 만나려고 했지."

나는 힘없이 꾸며댔다.

"그러실 테죠."

그녀가 차갑게 대꾸했다.

"난 우리가 새롭게 만나야 된다구 봐서 여기에 같이 온 거야."

나는 힘주어 말하려고 애썼다. 그러나 내 말에는 아무 설득력이 없었다. 나는 나 자신에게도 설득력을 잃고 있었다. 그녀에 대해서도, 나 자신에 대해서도 나는 변명의 구실을 찾을 수가 없었다.

"그랬을지도 모르죠. 그렇지만…… 전 기다리면서 줄곧 마음을 졸이고만 있었어요. 그토록 고향에 집착한다는 건 결국…… 결국 고향을 찾은 그 사람은 나를 버리게 된다……"

그녀의 목소리는 차분하게 가라앉아 있었다. 나는 그 말에 대꾸하지 못했다. 그녀 말은 내가 모르고 있던 진실을 깨우쳐주는 말이었다. 나는 고개를 돌려 끝 모를 바다의 어둠, 아니 어둠의 바다를 바라보았다. 죽음의 바다, 망령의 바다를 바라보았다. 석탄 같은 침묵이 흘렀다.

나는 반박하지 않았다. 몽롱하던 어둠이 점차 명확해지고 있다고 느꼈다. 나는 바다에서 얼굴을 돌렸다. 나는 비로소 내 마음을 확인했다. 이 도시의 공기에 휩싸이자마자 나는 음흉하고 냉혹하게 그녀와의 헤어짐을 도모하고 있었던 것이다.

그것은 내 탓만은 물론 아니었다. 그러나 나는 그것을 갈망하고 있었던 것이다. 그녀에게 어떤 잘못이 있었던 것은 아니었다. 나는 나 자신을 향해 고개를 끄덕거렸다. 이곳에서 어떤 자신감을 불어넣으려고 온 것은 결과적으로 그녀를 버리려고 발버둥 쳤던 데 불과했다. 그러나 그것은 내 의지가 아니라 불가사의한 어떤 힘의 의지였다. 장수바위를 찾으려고, 길거리를 떠돌아다녔던 내가 가여웠다. 모든 것은 명확해졌다. 나는 그녀와 헤어지기 위해 노력했던 것이며 그녀가 그것을 먼저 말하고 있는 것뿐이었다. 우리가 얻으려고 했던 것은 한 마리의 상상의 동물, 기린과 같았을까.

그녀가 이별의 손을 내밀었다. 나는 가만히 그 손을 잡았다가 놓아주었다. 찬 손이었다. 그녀가 돌아서서 오르막길을 올라가기 시작했다.

"난…… 난 박제사가 되고 싶었어."

내가 생각해도 엉뚱한 말이었다. 그러나 그 말을 하는 나는 진땀이 났다. 나는 계속해서 독백했다.

"몰라. 단지 그뿐이야. 박제사, 이를테면 기린 같은 걸 박제로 만드는 거지. 기린 아니면 맥(貊), 아니면 해태 같은 걸…… 장수바위는 아무 데도 없어."

나는 그녀가 사라진 공백 사이에다 아무렇게나 지껄였다.

그리고 내가 기린이 아니고 맥도 아니고 해태도 아닌 괴이
한 짐승의 얼굴을 하고 있다고 생각했다.

대관령의 시

일본 나오시마 이우환미술관에서 본 돌이 아직도 머릿속에 맴돌았다. 그 돌은 그냥 막돌이지만 작가가 가져다 전시함으로써 작품으로 되살아나 있었다. 세계적으로 이름난 그가 미국의 구겐하임미술관에서도 그런 돌들을 전시했음을 신문보도를 통해 알고 있었다. 아니, 언젠가 서울의 국제화랑에서도 본 적이 있었다. 작가는 전시를 하자면 먼저 산과 들로 돌을 구하러 다니는 게 일이라고 했다. 자연 그대로 굴러다니는 돌을 전시장에 갖다놓으면 작품이 되는 세계. 처음에 나는 이해하기 어려웠다.

　그런데 이상한 노릇이었다. 다시 강릉 땅으로 가면서 나는 돌을 구하러 가는 심정이었다. 나는 하나의 돌을 생각하고 있었다. 그렇다고 해서 이우환의 돌처럼 무슨 작품 운운하며 예술까지 들먹일 뜻은 아예 없었다. 예전에 수석을 한다고 강변을 뒤지고 다니던 사람들을 본 적이 있긴 해도 이것은 또 다른 분야였다. 이우환의 돌은 오석이니 뭐니 하는 '좋은 돌'이 아니라 푸석돌에 가까운 그냥 돌이었다. 그렇다면 내가 새삼스럽게 '돌을 구하러 가는 심정'은 무엇이었을까. 쉽게 말해서 나는 어느 산속 길가에 있는 돌을 보고 싶었을 뿐이었다. 일본 나오시마에 이우환까지 앞세워 돌을 이야기하는 내가 좀 어쭙잖기는 한데, 나는 분명 돌을 말하지 않을 수 없는 것이다. 실은 오래전부터 그러리라고 별러온 일이기도 했다. 어느 산자락에 놓여 있는 돌은, 그러나 위쪽에 무엇을 올려놓을 수 있는 여유가 있어야 했다. 그것이 유일한 조건이었다. 나는 그런 '돌을 구하러 가는 심정'이었다.

신록이 짙어가는 싱그러운 계절에 선생님의 건강과 건필을 기원합니다.
선생님의 옥고를 '강릉사랑'에서 발간하는 《강릉 가는 길》에 게재하고자 합니다. 아래와 같이 청탁하오니 참여하여주시면 매우 감사하겠습니다.

나는 '아래'의 마감날짜를 들여다보았다. 지난달, 메일을 받고 그만 잊고 있었던 것이다. 강릉에 관한 원고라면 써놓고 그냥 남아 있는 게 어느 정도 된다는 계산이 있었다. 아니면 예전에 발표한 거라도 가능할 터였다. 그러나 어느덧 마감날짜가 다가와 있었다. 그리고 이제야말로 '돌을 구하러' 갈 때가 되었다고 결심을 다그쳤다. 예전에 발표한 글보다는 새로운 글, 강릉에 대한 새로운 발견을 말하고 싶다는 의욕이 불현듯 솟아났다고 할까. 그러자 느닷없이 '돌!' 하고 속으로 외쳤다. 돌을 쓰지 않으면 안 된다. 목에 이상이 생겨서 결찰술이라는 시술을 받고 병원을 나온 지 이틀밖에 되지 않아 며칠이라도 쉬어준 다음 움직일까도 싶었지만, 특별히 걸릴 만한 일도 없을 듯싶었다.

며칠 전에 강릉에 관한 보도를 보았을 때부터 뭔가 조짐이 다가오는 느낌이었다. 무슨 일이건 마지막 시간을 기다리며 뜸을 들이는 건 오래전부터의 버릇이었다. 말하기 좋아 기다린다는 거지 미루는 버릇이라고 하는 게 솔직한 표현일 것이다. 조짐이 다가온다는 느낌도 결심을 다그치는 과정에서 어거지로 유도한 마음에 지나지 않을 것이다.

강릉에서 희귀한 기상현상인 무지개색 구름, 채운이 나타났습니다.

기상청은 2012년 4월 21일 오전 11시 50분부터 오후 1시 30분까지 강릉에서 채운 현상이 관측됐다고 발표하고 사진을 공개했습니다. 이번 현상은 고도 3km 높이에 뜬 고적운에서 태양광선의 꺾임 현상으로 나타났다는 기상청의 설명이었습니다.

무지개색 구름과 돌. 도저히 서로 연관이 없었다. 그런데 기사를 읽는 도중 그 무지개색 구름을 뚫고 한 줄기 햇빛이 비쳐내려오는 느낌이었다. 햇빛은 돌을 비추고 있다는 느낌이었다. 울산바위같이 거대한 돌 성채나 휴휴암의 돌부처같이 알려진 돌이 아니라 이름 없는 돌이 나를 기다리고 있다는 느낌.

목 시술이고 뭐고 나는 떠나야겠다고 조바심마저 냈다. 겨우 세 시간이면 도착하는 거리를 미적거리고 있는 내게 짜증이 나기도 했다. 핑계를 대자면 역시 무지개색 구름이었다. 강릉에 도착하자마자 나는 먼 하늘 위를 올려다보았다. 이제 무지개구름은 없었다. 희귀한 현상이라고 했으니 흔히 있을 리 없었다. 강릉으로 가면서 대관령의 옛길로 가지 못하는 것은 아쉬운 일이었다. 예전에 대관령 옛길에서 아래 강릉 시가지와 바다를 내려다보던 감회는 한마디로 말하기 힘든 무엇이었다. 어렸을 적에 그곳을 떠난 내게는 더욱 그랬다. 전쟁이 끝나고, 군인 가족이 된 나는 그 길에 올라 고향을 떠났다.

그리고 여러 해가 지나 어른이 된 어느 날 대관령 옛길 위에 선 나를 회상한다. 눈을 멀리 뜨고 아래를 내려다본다. 차창으로 구름안개가 내 허리를 휘감듯 흐르고 있다. 하늘에서 내려오는 선녀의 옷자락 소리가 들리는 듯하다. 저 아래, 선녀의 휘날리는 옷자락 소리에 묻혀 바다를 위에 둔 강릉 시가지가 펼쳐져 있다. 나는 내 문학의 근원에 알게 모르게 스며 있는 선녀의 심상을 본다. 선녀는, 나무꾼과 선녀의 이야기에서 보듯이, 이상과 현실 사이를 연결시켜줄 수 있는 영매다. 아니, 그 여자는 하늘에 있는 내 영원성의 상징이며, 또한 현실의 내 가까운 여자들로 육화된다.

내게 또 하나의 선녀인 어린 소녀 세화는 우리 옆집, 큰길에서 보자면 뒷집의 소꿉동무였다. 동족상잔의 전쟁 때 내가 홍역을 앓는 통에 우리 가족은 피난을 못 갔는데, 세화도 무슨 일 때문인지 그 귀머거리 할머니와 함께 집을 지키고 있었다. 그래서 우리는 친할 수밖에 없었다.

시를 쓰다가 처음 소설가로 탈바꿈하려고 했을 때, 내가 거의 사경을 헤매던 서른세 살의 뙤약볕과 가을볕 사이에서 나는 드디어 한 편의 단편소설을 건질 수 있었다. 건질 수 있었다는 말은 소설이라는 것의 정체를 몰라 오리무중 속을 방황하다가 조금씩 헤엄쳐 나오는 빌미를 잡을 수 있었다는 뜻이다. 단편소설 〈높새의 집〉은 내가 소설가로서 입신의 꿈을 꾸고 얻은 첫 작품이며, 전쟁 때 고립된 동네에서 살고 있는 이웃집 소녀 세화와 나의 이야기를 다룬 것이다. 내 어머니와 그애의 귀머거리 할머니도 등장한다. 시가전이 끝나고 아침이 청명하게 밝아올 무렵 집 밖에 나가 보았던 주검과 성당의 성모상도 등장한다. 해마다 단오제가 성대하게 올려지는 남대천으로 향하던 길목에 자리 잡고 앉아 꽁치를 구워 팔던 아주머니들도 등장한다.

그러나 이 첫 작품은 스스로 '이만하면' 하고 생각했음에도 불구하고 어느 신문의 신춘문예에서 흔적 없이 떨어졌다. 그러나 이 작품에 대한 내 애착은 남다른 것이어서, 소설가가 되고 난 뒤에 연작 형태의 단편을 덧붙였다. 세화 아버지는 첫 작품에서 이미 시가전에서 죽고 세화는 결국 어디론가 떠나고 만다. 실제로 전쟁의 틈바구니에서 우리는 미래를 예측할 수 없이 헤어졌다는 사실만이 이 비루먹은 삶 속에 기억되어 있다. 하지만 그 애는 대관령을 넘을 때마다 내게 구름안개 옷자락을 휘날리는 선녀의 모습으로 나타난다.

신춘문예 당선작인 〈산역(山役)〉의 주인공 '그녀' 역시 '선녀'로서 세화의 한 변형이다. 어떤 신앙적인 산과 바다가 배경으로 되어 있는데, 이 산과 바다가 강릉의 것임은 두말할 필요가 없다. 내게 있어서 산은 강릉의 영검 있는 산인 대관령이며 바다는 맑고 짙푸른 '해갑청(蟹甲靑)'의 강릉 바다인 것이다.

강릉의 상상 속의 선녀들이 선연한 이목구비를 갖추고 있는 것처럼 현실의 강릉 여자들도, 내 작품의 여자들도 내게는 선연하고 아름답다. 강릉의 여자들은 모두 신격과 관계된다. 그리하여 남자들의 해방과 맞먹는 위상을 획득한다. 강릉의 어제와 오늘을 잇는 탯줄이라 할 단오제는 강릉을 수호하는 신격의 두 남녀를 앞세운 축제이다. 나는 신명을 내고 장터를 쏘다니며 또한 경포대며 오죽헌이며 선교장이며 추억을 더듬는다. 이렇듯 이곳에는 산과 바다와 선녀와 축제와 추억이 있다. 그리고 〈고산가(高山歌)〉라는, 예전에 쓴 시를 불러온다.

　　꽃다운 처자의 눈엔 선봉(仙峰)이 들고

하늘을 괴나리봇짐에 진 선봉이 들고

빈방도 많을 타관의 불빛

선봉을 낭군의 말씀으로 비추인다

못 먹어도 머릿단은 아침마다 길어

풋정이 아니게 한다

풋보리 같은 정을 두고

봉 넘어 가신 낭군은

타관의 불빛에 수신(瘦身)을 누이리

긴 밤 흰 눈물

선봉에 차 넘치고

녹슨 단도에 비쳐 보는 얼굴,

차접게 여울져

길게 차거워라

　이상한 낱말과 말투로 조합된 시였다. 그러나 그 무렵 나는 날렵하고 말쑥한, 이른바 '현대시'에 발맞추고 싶지 않았다. 그리고 고향의 산은 '선봉'으로 내게 의미를 던지고 있으며 그것은 나만이 갈 수 있는 길이어야 한다고 믿었다. 사실 '선봉'이라는, 사전에도 없는 낱말을 골라놓고 나서 나는 여간 망설이지 않았다. 사전에 없는 낱말을 쓴다는 것 자체가 내게는 아예 없는 뜻이었다. 그리고 '수척한 몸'이면 됐지 '수신'은 또 뭐란 말인가.

그때의 나는 젊었다. 그리고 눈 딱 감고 이 꽉 물고 '선봉'을 쓰기로 마음먹었던 그 결단의 순간을 기억했다. 그리고 이번에 '강릉 사랑'의 청탁서가 아니더라도 나는 기회를 보고 있었다. '선봉'과 연결된 어떤 여행을 벼르고 있었다. 그곳에 가서 확인해볼 무엇이 있다는 숙제 같은 것이 오래전부터 나를 뒤따라다녔던 것이다. 물론 시에 등장시킨 '꽃다운 처자'가 '낭군'을 멀리 보내고 '녹슨 단도에 비쳐 보는 얼굴'로 나타나는 장면이란 애초에 없을 수밖에 없었다. 그것은 단지 옛 정서를 불러일으켜 옛 풍경 속에 들어앉힌 내 언어들일 뿐이었다. 그렇다면 나는 그 언제부터 케케묵은 정서의 뒷방 하나를 만들어 나만의 '고산가'를 저장해왔던 것인지도 모른다. 사실 강릉에 갈 때마다 잊어진 그 뒷방으로 가보고 싶은 뜻에 사로잡혔다고 할 수 있었다. 누구나 떠나온 고향에 가서 느끼는 심정이겠지만, 내게 고향은 늘 '고산가'로서 먼저 다가오는 것을 어쩔 수 없었다.

"어딜 보고 싶다고 하셨죠? 대관령 산신각부터 가볼까요?"

나를 안내하겠다고 승용차를 몰고 나선 후배의 말이었다.

"선봉…… 아니 어디에 돌이 하나 있었으면……"

나는 얼버무렸다.

"저는 통 어려워서…… 돌이요?"

그가 알아들을 수 없는 것이 당연했다. 나라고 해서 정확히 어디라고 정해놓고 있는 건 아니었다. 그러나 나는 내 뒷방에 고이 모셔져 있는 또 하나의 모습을 불러오고 싶었다. 늘 망설였지만 이번에야말로 그러고 싶었다. 내 인생에서 이제는 망설일 시간이 남아 있지 않다고 나는 조바심마저 내고 있었다.

나는 정확히 하나의 돌을 보고 싶었다. 그것은 오래전에 외할머니와 어머니에게 들은 이야기에서 비롯되는 것이었다. 옛날에 부잣집 처녀가 저녁에 머리를 감다가 호랑이에게 물려 갔다는 그 이야기였다. 호랑이는 옛날이야기에 단골로 등장하는 짐승이었다. 얼마 전에 시베리아호랑이를 추적하는 다큐멘터리에서 아직도 야생 호랑이가 살고 있는 사실을 보면서도 나는 오래전의 이야기가 떠올랐었다. 처녀가 호랑이에게 물려 간 이야기는 거기서 끝나지 않았다. 처녀의 흔적은 어디에서도 찾을 수 없었는데, 어느 날 일꾼이 산길을 가다보니, 바위 위에 머리만 동그마니 놓여 있더라는 것이었다. 이 이야기는 내 고향에서는 널리 알려진 것이라고 들은 바 있었다. 후배도 어렸을 때 들은 적이 있었다고 했다. 그래서 나 역시 어디에선가 한두 번 글을 쓰기도 했었다. 이 일이 있고부터 해마다 그맘때면 호랑이가 나무로 변신해서 처녀의 집을 찾아온다는 게 이야기의 끝이었다. 호랑이는 처녀의 집을 처갓집으로 여긴다는 것이었다. 벌써 아는 사람은 눈치챘겠지만 강릉단오제에서 나온 약간 다른 버전 이야기를 나는 외할머니와 어머니에게서 들은 것이었다. 그런데 이야기는 아직 끝나지 않았다. 뒤에 나는 강릉단오제에 대해 나름대로 파고들다가 어느새 나도 모르게 그 처녀 역시 선녀로 겹쳐 생각하게 되었다는 것이었다. 명확히 뜬금없는 혼동임을 알면서도 내 생각은 쉽게 바뀌지 않았다. 내가 바꾸기를 거부하고 있는 게 틀림없었다. 호랑이가 물고 간 그 처녀는 선녀가 되었다. 그러니 우리가 강릉단오제를 세계문화유산으로 유네스코에 올릴 때 중국 네티즌들이 자기네 것을 빼앗아갔다고 아우성치는 사태야말로 내게는 한심한 꼴이 아닐 수 없었다. 세상에 단오제가 아무리 많더라도 강릉단오제는 그런 것들과 다른 단오제일 수밖에 없었다. 강릉단오제는 어릴 적 기억 속에서는 오늘날보다 더 굉장한 것이었다. 길거리에 넘치는 구경꾼들과 장사치들. 그 독특한 눈매에 한스럽다고까지 할 정감을 띤 처녀들과 아낙네들의 그네타기. 엿장수의 엿목판에서 떼어져나오는 엿. 줄콩꽃같이 붉은 선정적인 몸놀림. 그래서 지금도 해마다 단오제가 되면 관광객들까지 모두 몇십만 명이 몰려들어 택시 안에서 잠을 자야 하는 사태에 이른다. 그 축제가 또한 내 핏속에 있는 것이다.

강릉단오제는 간단히 보면 단옷날에 제사를 지내는 의식이지만, 주인공들이 확실하다는 점에서 다른 단오제와 다를 수밖에 없다. 그 준비과정과 규모에서부터 그렇다. 음력 3월 20일에 제사 지낼 술을 빚고 4월 1일에 그 술과 시주를 올리고 무당들의 굿이 있다. 4월 8일에는 대성황신에서 또다시 굿을 올리고 4월 14일에는 성황신을 모시고 대관령을 내려온다. 도중에 송정에서 하룻밤을 자고 이튿날 성황사에 도착하여 성황당과 산신당에 각각 제사를 지낸다. 성황당 근처에서 무당이 굿을 하여 흔들리는 나무를 신이 내렸다고 베어낸다. 그 나무를 들고 강릉으로 내려와 여성황사에 모셨다가 다음 날 대성황사에 모신다. 4월 16부터 5월 6일까지 관리들과 무당들이 문안을 드리는데, 4월 27일에는 큰 굿을 하고 5월 1일부터 본격적인 단오제를 벌인다. 굿과 가면놀이가 당집 앞에서 벌어진다. 그리하여 단옷날인 5월 5일에는 축제가 절정을 이룬다. 이렇게 살펴보았다시피 강릉단오제는 세상 어느 단오제와는 다른, 강릉만의 단오제인 것이다.

이에 대해 더 자세히 알고 싶은 사람을 위해서는 많은 자료들이 있으니 여기서는 생략해도 좋을 듯싶다. 내가 애초에 꺼낸 것은 돌 이야기였고, 그것은 이미 앞에서 시작되었다. 즉, 처녀가 호랑이에게 물려 가서 머리만 바위 위에 남아 있더라는 그 '바위'가 바로 내가 보고 싶은 돌이었다. 외할머니와 어머니가 그것을 바위라고 했는지 돌이라고 했는지조차 확실치 않다. 그래서 나는 돌이라고 하기로 한다. 다만 나는 아주 오래전부터 그 돌이 있었던 곳이 어디쯤일까 가늠하는 마음을 버릴 수 없었다. 그곳은 대관령 옛길 혹은 그 옆 샛길 어디쯤일 것이었다. 그리고 그 돌 자체를 꼭 찾아내야 한다는 뜻도 아니었다. 내 심중에 어디 그럴 만한 길이 있고, 또 그럴 만한 돌이 있으면 되는 것이었다. 사실 호랑이가 처녀의 머리만 남겨 놓았다는 이야기도 이야기니까 가능했을 것이다. 어쨌든 돌은 그렇게 내 심중에 자리 잡았다. 한 번 자리 잡은 돌은 여간해서는 꿈적도 하지 않았다.

"가보자구. 나도 잘 모르니까."

"돌보다도 차라리 도치회나 먹는 게 낫겠는데. 주문진 어시장에 도치가 나올 땐데. 참, 목은 괜찮나요?"

"괜찮다마다."

그는 내 근황을 알고 있었고, 물론 돌에 대해서도 알고 있었다. 그가 돌 이야기에서 도치를 연상했다기보다 내 이야기 자체에 관심을 돌리고 있는 게 분명했다. 심심풀이로 만들어낸 이야기를 사실로 믿어보려는 내 태도에 어처구니없다는 반응이리라. 그가 내게 도치라는 바닷물고기를 알려준 것은 재작년이었다. 그곳 땅이 고향이라고 해도 도치는 생소한 이름이었다. 알고 보면 강릉은 고기잡이와는 거리가 있는 도시였다. 본래 바닷가와는 떨어져서 발전해온 행정 중심지였다. 그는 뱃사람들 마을인 주문진에서 태어나고 자랐기에 물고기 종류에 대해서는 뭐 모르는 게 없었다. 도치를 알려주었다고 했지만 주문진 바닷가 횟집까지 데려가 맛을 보여준 것이었다. 이놈은 겨울이면 제 뼈를 녹여 먹으며 살아간다지요. 그리고 도치에 대한 설명은 뭔가 다가오는 바가 있었다. 그래서 뼈가 부드러워지는 겨울이나 그 가까운 계절 아니면 억세져서 입에 대지 못한다는 것이었다. 그리고 뜨거운 물을 부어 껍질이 퐁

선처럼 부풀게 만들어 벗긴다는 것, 수컷만 회를 먹는다는 것, 그저 그곳 사람들 사이에나 나도는 물고기라는 것 등등을 말해주었다.

"겨울이면 제 뼈를 녹여 먹는다……"

나는 그 표현을 흘려듣지 않았다. 뭔가 내 인생의 이야기와 엮일 만했다. 여름이면 뼈가 억세져서 도저히 먹질 못한다고 했다. 그날 밤, 콘도의 방에 누워서 나는 하마 잊을세라 메모삼아 시 한 편을 적어놓지 않으면 안 되었다. 제목은 쉽게 '고향 길'이라고 붙여놓고 나중에 다시 고칠 생각이었다.

경포호에 군함조가 나타나 먹이사냥을 한다

태풍 메아리를 뒤따라온

열대의 새

마음 상해 길을 잃은 새에게

주문진에서 발라먹은 도치뼈를 주련다

겨울이면 뼈를 녹여 살아간다는 물고기

씸퉁이라고 부른다고 했다

군함조에게 도치뼈를 던지며

이게 내 고향

잃은 길을 찾으려고 뼈를 던져도

이정표가 되지는 못하리니

이게 내 고향

내 마음도 상한 지 오래되었음을 안다

마침 군함조라는 이상한 새가 나타났다는 보도와 맞물린 내
용이 되었다. 그 새가 어떻게 생겼는지 성질이 어떤지 게다가
도치뼈를 먹는지 못 먹는지는 아예 관계없었다. 보통은 볼 수
없는 열대 새가 태풍 때문에 길을 잃고 나타난 것 같다는 것이
었다. 나는 다만 길 잃은 새라는 점에 '뼈를 던져도/ 이정표가
되지는 못하리니' 하고 나를 얹어놓음으로써 그만이었다. 그
럼으로써 나 자신이 고향에서도 타향에 온 길 잃은 새가 된다.
그러나 '겨울에는 제 뼈를 녹여 먹으며 살아간다'는 핵심 이미
지는 온데간데없었다. 그걸 살려놓겠다는 뜻은 이루어지지 않
았다. 무참한 결과였다.

"거참, 길 잃은 새라도 된 거 같네."

내가 무슨 뜻으로 말하는지 그는 알아듣지 못할 것이었다.
시의 구절구절을 설명하고 싶지도 않았다. 시를 쓴답시고 썼
는데 정작 쓰고자 한 내용은 못 썼으니 '길 잃은 새'란 나를 지

칭해서 마땅하다는 생각도 들었다. 그러자 나뿐만이 아니라 그도 그런 처지로 여겨졌다. 시를 공부해서 박사학위까지 딴 그는 시간강사 노릇을 얼마 하다가 이제는 그것마저 떨려난 처지였다. 나를 태운 승용차도 누구에겐가 폐차 직전에 물려 받은 거였는데 이제는 그마저 처분해야겠다는 것이었다. 그러 니 '길 잃은 새'니 뭐니 하고 그에게 직접 하기란 쉬운 노릇이 아니었다. 다른 건 아무것도 할 게 없으니 새벽 인력 시장에라 도 나가야 할 처지라고 희미하게 웃는 그에게 해줄 말은 아예 없었다. 그렇게 기억하게 된 도치였다.

우리는 대관령 옛길을 먼저 오르고 다시 시간 나는 대로 변 두리 산골 동네도 돌아보기로 했다. 이왕이면 법왕사 골짜기 로도 가보자는 게 그의 제안이었다. 가다 보면 강릉이 커피의 고장이 되어 축제까지 열리는 일에 앞장서온 테라로사 카페도 있다고 했다. 아무튼 나는 어디서건 그럼 직한 돌 하나를 발견 하면 되었다. 처녀의 머리가 얹혀 있는 구도가 내 마음에 받아 들여질 돌 하나.

"선배는 언제 가야 그 돌을 졸업할 겁니까? 그런 게 없다는 건 알잖아요?"

"알지."

"그런데 또 돌이에요?"

그러고 보니 무지개색 구름에 무슨 조짐이 있었다느니 어쨌느니 하는 건 갖다붙인 꼬투리였다. 나는 이미 그와 함께 돌을 보러 간 적이 또 있었다. 부석사의 돌이었다. 부석사의 유래는 물론 그 유명한 배흘림기둥도 관심 밖이었다. 그곳에는 공중에 떠 있는 것 같은 돌이 있다고 했다. 한자 부석(浮石)의 뜻이 그것이었다. 나는 그 돌을 보러 가자고 그를 부추겼었다.

그 돌은 절을 창건한 의상대사와 선묘라는 중국 여인을 연결해주고 있었다. 중국에 유학을 간 젊은 의상은 선묘를 만나지만 공부를 마치고 돌아올 때 인사조차 못하고 급히 떠나온다. 의상을 흠모한 선묘는 떠나간 배를 부랴부랴 뒤따라 용이 되어 풍랑에서 일행을 지킨다. 그리고 의상이 절을 창건할 때 커다란 돌이 되어 도둑들을 위협하여 물리친다. 돌이 하늘에 오르내리자 도둑들이 물러났다는 것이었다. 그러나 우리가 돌을 보러 부석사로 갈 무렵만 해도 나는 돌보다는 용이 된 여인에게 더 관심이 갔다. 반야용선(般若龍船)이 그것과 어울린 이야기가 아닐까 했던 것이다. 반야용선은 극락으로 가는 배였다. 어느 절에 그려져 있는 반야용선의 그림이 아름다워 한참

을 서 있곤 하던 무렵이었다. 나는 그 반야용선을 타고 나의
이상향으로 가고 싶었다. 누구나 꿈꾸는 자기만의 세계, 자기
만의 행복이 이상향이었다. 내가 타고 갈 그 배는 어디에 있을
까. 부석사에 그 답이 있기를 나는 바랐다.

부석사의 바위는 내가 그렸던 모습이 아니었다. 바위가 공
중에 떠 있을 리는 만무했지만, 그래도 어느 만큼 그러리라 기
대했었다. 바위는 무량수전 서쪽에 무겁게 버티고 있었다. 바
위 자체가 하나의 반야용선이라고 나는 생각을 바꾸었다. 반
고흐가 좋아했다는 무슨 성당의 스테인드글라스 그림 이야기
가 얼핏 머리를 스쳤다. 성모마리아가 위험에 빠진 배를 구하
는 그림이라고 했다. 그 그림에서 위험에 빠진 배 또한 내게는
반야용선일 수밖에 없었다. 그러나 부석사 바위의 주인공은
성모마리아가 아니라 어디까지나 선묘였다.

"우리는 언제쯤 돌보다 보석 얘기를 하게 될지 아득해요, 아
득해."

그는 얼마 전 예술의전당 한가람 디자인미술관에서 열린
'세기의 티파니 보석전'이라도 들먹이겠다는 기세였다. 그 전
시회의 핵심은 다이아몬드로 촘촘하게 장식한 새가 커다란 노
란 다이아몬드 위에 올라앉아서 제목이 '돌 위에 앉은 새(Bird

on a rock)'라고 했다. 어느 날 아침 신문에 난 기사를 보며 나는 제목을 유심히 들여다보았다. '돌'이라는 낱말 때문이었다. 세계에서 가장 유명한 보석이라고 했다. 남아프리카공화국 킴벌리 광산에서 모습을 드러낸 순간부터 집중 조명을 받은 그것은 이때까지 발견된 노란빛 다이아몬드 중에서 가장 컸다. 그리고 팔십여 년이 흐른 뒤 1961년 영화 〈티파니에서 아침을〉에서 당대 최고 인기를 누린 오드리 헵번이 이 다이아몬드 목걸이를 걸고 영화 포스터를 찍었다는 것이었다. 이름하여 '티파니 옐로(yellow) 다이아몬드'. 이 기사를 그에게 읽어주다시피 한 것은 나였다. 보석도 결국 돌이지, 돌. 그럼으로써 나는 내가 찾는 돌이 내게는 보석과도 같은 의미라고 강조하고자 했을 것이다. 역시 그에게는 사치에 지나지 않는 의미였을지 모른다.

우리는 계획대로 대관령 옛길과 법왕사 계곡길까지 차질 없이 돌아보았다. 전국 곳곳에 길을 만들어 '올레길', '둘레길' 등 이름붙이고 관광객을 끌어모으는 유행에 따라 '바우길'이라 이름붙인 길의 일부를 비롯해서 이름 없는 길까지 밟은 셈이었다. 어느새 날이 짧아져서 바닷가 숙소로 돌아왔을 때는 이미 어둑신한 저녁이 되어 있었다.

"어때요? 소득은 있었나요?"

그의 얼굴은 어두운 하늘빛에 묻혀 있었다. 나는 머리를 가로저었다. 숲 속에 숨어 있듯 서 있던 대성황사는 작은 보금자리 같았다. 이미 시들기 시작한 잎사귀들로는 나무 종류도 분간하기 어려웠다. 물푸레나무가 어디 있지? 나는 신목으로 부르는 나무가 단풍나무인지 물푸레나무인지 헷갈렸다. 시베리아 샤먼들은 자작나무를 신목이라 한다는데…… 하며, 나는 그와 함께 얼마쯤 숲길을 걸었을 뿐이었다. 단오 행사 때 직접 참여해봐야지, 하고 벼른 게 이제까지의 일이었다. 나는 또다시 벼를 수밖에 없었다. 처녀의 머리가 올려져 있던 돌은 어디에도 없었다. 없을 수밖에 없었다.

"여기가 반제이지요."

지도에 반정이라고 씌어 있는 곳을 현지 사람들은 그렇게 부른다고 했다. 우리는 큰길로 돌아나와 다시 차에 올랐다. 큰길이라고 해야 그게 대관령 옛길이었다. 저쪽 어디쯤 신사임당의 시를 새긴 비석이 서 있었다고 나는 기억을 더듬었다. 그 비석으로부터 나는 강릉에 들어선다는 느낌을 되살리곤 했었다. 이제 내리막길이 끝나면 곧 임당동이었다. 어머니와 살았던 옛집이 있는 곳이었다. 어머니는 아직도 그 집에서

'타관의 불빛에 수신을 누'인 '낭군'인 아버지를 기다리고 있을 것 같았다. 아버지가 '타관'에 가 있어서 홀로 있는 동안의 어머니의 모습이 '선녀'가 되는 시간이 머물러 있던 옛집이었다. 강릉에 가면 어떻게든 시간을 내서 내 옛집을 가보곤 했건만 이번에는 그러지도 못한 게 마음에 걸렸다. 아버지와 어머니는 제2차 대전 말기에 만주 땅에 가서 신접살림을 차렸다고 했다. 연합국이 이기고 일본이 망하자 아버지는 일을 정리하기 위해 어머니를 먼저 고향으로 보냈다고 했다. 아버지가 떠날 때는 극도로 혼란해져서 쉽게 움직이기도 어려웠다. 위의 시를 쓰면서 나는 그때의 상황을 배경으로 삼고 있었다. 어머니는 여든 살도 훨씬 넘어 세상을 떠났다. 그러나 호랑이가 물어간 처녀로서, '선녀'로서 그 집에 언제까지나 살고 있었다.

"그런 돌이 있을 리 없지요. 하지만 예전에 호랑이가 있던 산속인 건 맞는 거 같아요. 왠지 거기 가면 으스스해요."

"그건 그래."

그의 '으스스'라는 말에 나는 대뜸 빨려들어갔다. 나는 오래전부터 그런 생각이 들었다. 대관령을 언제 처음 의식했는지는 몰라도 나는 내 시에서 '선봉'을 단순히 아름답다는 뜻만이 아니라 영검이 있다는 뜻으로 쓰면서, 그 산을 바라보는 마음을 담고자 했었다. 그리고 '으스스'가 거기에 스며 있었다.

저녁을 먹자고, 그는 새로 생긴 여객선 부두 옆에 즐비하게 늘어선 횟집들이 명물이라고 했다. 부두, 부둣가, 라는 말만 들어도 솔깃해지는 내 성향을 알고 하는 말이기도 했다. 강릉은 바다를 끼고 발달한 도시가 아니라고 했는데, 이제는 그게 아닌 모양이었다. 울릉도를 오가는 정기 여객선이 생긴다는 보도를 본 적도 있는 것 같았다. 울릉도가 경상북도 포항으로만 연결되어 있다는 사실이 이상하기도 했었다. 그 뱃길은 지나치게 남쪽으로 처져 있었다. 울릉도로 가는 배를 타려면 포항까지 가서 하룻밤을 보내고 새벽 배를 타야 했다. 언젠가 배에서 거센 풍랑에 시달리던 날이 떠올랐다. 강릉에 여객선 부두가 생김으로써 이제는 울릉도 가는 배도 생겼다는 보도를 본 적이 있는 것 같았다.

"도치는 없겠지?"

나는 웃음을 띠었다.

"그럴 거예요. 그렇지만 내가 워낙 씸퉁을 잘 부리니 씸퉁이는 있지요."

도치를 주문진 사람들이 부르는 씸퉁이라는 말은 표준말로는 심통이며, 그 물고기가 물에서 나오자마자 심통을 부려 죽어버린다는 성질 때문에 붙여진 이름이라고 했다. 그게 어쨌든 나는 도치를 화제로 삼으려는 뜻이 있지는 않았다. 나는 창문 밖으로 출렁대는 밤바다를 내다보고 있었다. 바다는 이미 어둠에 잠겼으므로, 어디선가 비치는 불빛으로 밤바다를 가늠하고 있었다고 해야 한다. 그곳에서는 보이지 않는 밤바다 저쪽 어디에 바위가 파도를 맞고 있다는 생각이 들었다. 경포대 앞바다의 오리 바위나 십리 바위인지도 몰랐다. 아니, 그렇게 구체적인 어디라고 할 수는 없었다. 바다가 굉장한 것은 굉장한 아무것도 없기 때문이다, 하고 누군가 말했던가. 나는 뭔가 위안을 받으려고 바다로 가지만 바다에는 정말 아무것도 얻을 게 없었다. 빈 마음으로 그저 돌아온 나를 바다가 부르기까지는 그리 오랜 시간이 필요하지 않았다.

바다의 어디에 바위는 솟아 있는가. 나는 그동안 찾아다닌 돌을 보려고 하는 것인가. 꼭 뭐라고 단정 지을 수는 없었다. 하지만 바다의 어딘가에 돌, 바위, 섬이 있다는 건 굳이 말하지 않아도 될 것이었다. 그러므로 내가 밤바다를 본다는 건 어딘가에 있는 돌, 바위, 섬을 보는 것과도 같을 것이었다.

"오기를 잘한 거 같아."

나는 그가 듣든 말든 혼잣말을 하고 있었다.

"어디요? 여기?"

"아니, 대관령."

대관령이 아니라 차라리 밤바다를 말하고 싶었다. 아니, 대관령도 밤바다도 아니라 설산(雪山)을 말하고 싶었다고 해야겠다. 머나먼 설산의 위를 길 잃은 새 한 마리가 날고 있었다. 새는 항상 나를 어디론가 싣고 간다. 나는 다른 세계로 가고 있는 나를 새에게 맡긴다. 그것은 밤바다 위에 뜬 별과 같은 세계라는 생각이 들었다. 하얗게 눈을 인 설산과 대관령이 하나가 되어 나타났다. 새와 별도 한 모습으로 나타났다. 그러고 보니 강릉에서 부두라는 이름의 바닷가에 앉아 있은 적은 한 번도 없었다는 사실이 정말인가 싶었다.

화장실을 찾는 양 밖으로 나온 나는 이어져 있는 방파제 쪽으로 발길을 옮겼다. 결찰술의 후유증인가, 속이 메슥거리기도 했다. 휴우, 깊은 숨이 쉬어졌다. 사진 전문 갤러리 류가헌의 전시에 어떤 사진작가가 '시허연 강릉'이라고 써 붙였던 글이 떠올랐다. 방파제에 '시허연' 파도가 부서지고 있었다. 먼 집어등 불빛이 희끄무레 하늘에 번져 있었다.

길 잃은 커다란 군함조 한 마리가 떠 있는 하늘이라는 생각이 들었다. 집어등 불빛에 얼룩이 진 구름 탓이리라. 군함조는 하늘 더 깊은 곳으로 날아 들어갈 것처럼 보였다. 길을 잃으면 안 돼. 나는 소리치고 싶었다. 그러자 하늘이 온통 하나의 얼굴 모양으로 변해 보였다. 눈이 있고 코가 있고 입이 있으나 어둡기가 천길 깊이였다.

나는 그 깊이 속으로 빨려들어갔다. 바닷바람을, 하늘을 몸 안에 넣고 있는 것 같았다. 그럴 리가 없었다. 하늘의 눈과 코와 입이 내 몸 안에 들어와 있다고 하는 편이 나을 것이었다. 그러나 실상 나는 방파제에 서 있을 뿐이었다. 그런데도…… 그런데도…… 몸 안 가득 무엇인가로 차오른다는 느낌을 지울 수가 없었다. 종종 외로움과 그리움으로 망령에 사로잡힐 때, 나는 알코올을 찾아 내 단장(斷腸)의 벤 상처를 닦아주고 싶었다. 나는 알코올을 입안 가득 담고 있는지도 모른다. 그러나 그럴 리가 없었다. 술을 끊은 지 어언 다섯 해. 별이 천상의 꽃이라는 말을 확인하여 환상으로부터 벗어나야 한다고 나는 나를 달랬다.

어이, 어어이, 하고 누군가 부르는 소리가 들려왔다. 그러나 방파제에는 아무도 없었다. 파도가 하늘의 얼굴을 부르는 소리 같기도 했다. 정말인가, 하고 나는 하늘을 올려다보왔다. 어이, 어어이 소리는 가물거리며 수평선 쪽으로 흩어지고 있었다. 하늘의 얼굴이 선녀의 얼굴을 닮아가는 순간이었다.

나는 아까부터 꾹 참고 방파제에 서 있었다. 무엇을 꾹 참는지는 나도 몰랐다. 언젠가 단오제 때 그네를 타고 하늘로 날아오르던 얼굴이 있었다. 저러다 떨어지면 어쩌나 했을 정도로 그네를 굴러 거꾸러지게 솟구치며 그 위에 얹혀 있던 얼굴.

"아……"

나는 나도 모르게 외마디소리를 내뱉었다. 그렇다면…… 내가 찾던 그 돌은 돌이 아니라 옛 단오젯날의 그네일 수도 있었다. 호랑이가 물어간 처녀는 머리만 남아 그네를 타고 있었다. 있는 힘을 다해 그네를 구른다고 벌게진 얼굴이 나를 향해 알은체를 했다. 그렇다면 지금 하늘로서 떠 있는 저 얼굴도 처녀의 머리임에 틀림없었다. 나는 어질어질해져서 한 발짝 한 발짝 걸음을 옮겼다.

"아……"

그렇다면 내가 걸어가는 이 방파제야말로 바로 내가 찾던 돌이었다는 깨달음이 온몸을 사로잡았다. 아까부터 온몸을 차오르던 그것이었다. 나는 하늘에 가득 차 있는 얼굴을 올려다보았다. 집어등의 불빛이 더욱 밝아지며 무지개색 구름이 얼굴 주위에 떠올라 모습을 비추었다. 내가 오래전에 알고 있던, 내 옆의 얼굴. 나는 비로소 똑똑히 선녀의 얼굴을 볼 수 있었다.

샛별의 선물

1

　우리는 외딴 봉우리를 지나고 다시 또 다른 외딴 봉우리를
바라보았다. 외딴 봉우리라고 했지만 나지막한 언덕이라고 해
도 그만이었다. 때를 맞추어 와서 가끔 송홧가루가 날리기도
했다.

　"저것이 혹시 산지기 집?"

　아저씨는 기대에 차서 말했다. 이 '아저씨'라는 존재에 대해
서 설명하자면 꽤 많은 글을 써야 하지만 여기서는 간단히 언
급하고 넘어갈 수밖에 없다. 그는 아버지의 고향 마을에 살다
가 남북이 갈리는 통에 서울에 남아 우리 집에 출입하게 된 사
람에 불과했다. 그러니까 실제적으로는 아무런 혈연관계가 아
닌 남이었다. 그러나 일가붙이가 워낙 없었던 터에 마을 사람

조차 거의 없었던 터라 우리 집에 살다시피 하게 된 것이었다. 그러나 그는 일찍이 일본 유학도 했다 하는 '인텔리'로서 내게 여러 가지 지식을 불어넣어주기도 했다. 그가 내게 시를 읽어주는 것은 흔한 일이 아니었지만 그래도 내가 중국의 이태백이나 일본의 마츠오 바쇼의 이름을 몇 번 듣기는 했었다. 이것은 아버지도 그랬으므로 두 사람은 아마도 같은 교육을 받지 않았나 생각되었다.

그가 가리키는 곳을 자세히 살피니, 아닌 게 아니라 언덕 아래 흙으로 지은 작은 집이 눈에 들어왔다.

"저게 산지기 외딴집일까요?"

작은 집이라 해도 반쯤은 허물어진 채였으나 나 역시 기대를 버리지 않았다. 누군가로부터 언덕을 넘으면 웬 흙집이 있다는 말에 찾아온 것이었다. 요새도 그런 풍경이 있다는 사실이 신기할 뿐이었다. 나는 그런 풍경을 본 것만으로도 목적을 달성했다고 생각되었다. 마치 과거에 도착한 것만 같았다.

"암. 이제야, 이제야 성공."

아저씨는 짧게 힘주어 말했다. 우리는 함께 그곳으로 향했다.

1946년에 태어난 나는 1967년에 시인이 되었다. 그러니까 스물한 살 무렵이었다. '무렵'이라는 뜻은 정확히 만 이십 세였기 때문이긴 한데, 언젠가 한 주간지로부터 창간 21주년을 기념하는 글을 써달라는 전화를 받고 대뜸 그러겠다고 받아들인 건 그런 배경을 염두에 두어서였다. 이십일 세의 내 출발을 21주년의 신문과 함께 놓고 본 것일까. 그것을 같은 운명으로 본 것일까. 아무튼 지금 내가 이렇게 나이 먹었어도 여기에는 스물한살의 어린, 젊은 시인이 있다. 그는 아마도 앞으로 오십 년 가까이 시를 쓰며 시인으로서 삶을 굳건히 일구어나갈 것이다. 나는 그에게 용기와 격려를 주어야 한다.

시인이 된 그해 봄에 나는 아저씨로부터 좀 유별난 제의를 받았다. 내가 시인이 되자 당선작을 처음 읽어준 것이 그 무렵 집에 와 있던 '아저씨'였다. 내가 시인이 되었다고 하자, 그런데 이번에는 전혀 뜻밖에 우리나라 박목월 시인의 이름과 시 〈윤사월〉이 그의 입에서 나왔으니, 나는 놀라지 않을 수 없었다.

송홧가루 날리는

외딴 봉우리

윤사월 해 길다

꾀꼬리 울면

산지기 외딴집

눈먼 처녀사

문설주에 귀 대이고

엿듣고 있다.

물론 이 시는 지금은 몰라도 예전에는 교과서에 나오는 시였다. 그러나 그가 우리 교과서를 읽을 나이는 아니었다. 어디서 그 시를 읽고 알았을까 나는 궁금하기 짝이 없었다. 하지만 물을 계제가 아니어서 나는 듣고만 있었다.

"외딴 봉우리, 산지기 외딴집이라……"

그는 무슨 생각에 잠긴 듯 눈빛이 아련해졌다. 나는 왜 그러냐고 묻고 싶었지만 왠지 입을 다물고 있어야만 할 것 같았다.

"그런 데가 어디 있을까?"

그는 혼잣말을 하고 있었다. 외딴 봉우리야 산악국가로 꼽히는 우리나라의 곳곳에 셀 수 없이 많을 것이었다. 그러나 산지기라는 게 아직 있을까는 나로서도 아리송했다. 나도 한때는 산지기라는 직업이 있다면 그렇게 산속에 묻혀 살고 싶기도 했다.

이렇게 그가 내 당선작을 읽고 〈윤사월〉을 이야기했던 겨울이 지나고 어느덧 봄이 되었고, 소나무가 꽃을 피워 송홧가루 보얗게 날렸다. 그런 어느 날 집에 온 그는 느닷없이 내게 제안했던 것이다.

"산지기 외딴집을 찾아보자구."

"네?"

정말 무슨 말일까 싶었다. 그러자 나도 어디론가 그런 풍경을 찾아 떠나고 싶다는 열망이 불현듯 솟구쳤다. 하루하루 옛 모습을 잃어가는 풍경에 섭섭함이 지나쳐 걱정이 들던 참이었다. 그래서 어디론가 떠나고 싶었는데, 늘 눌러앉아 지지부진한 일상을 살고 있는 내가 답답했다.

"매일 숨 막히는 생활이란 말야."

그의 말은 내 심정을 대변해주고 있었다.

"세상이 더 변하기 전에 가봐야 해."

그의 말은 나를 더 이상 망설이지 않게 하기에 충분했다. 오히려 그의 마음이 변할까봐 걱정이 될 지경이었다. 그러므로 우리는 이런 것 저런 것 따지지 않고 곧 준비해서 집을 나설 수 있었다. 그리고 아저씨가 이끄는 대로 지방의 소나무 우거진 '외딴 봉우리'를 향해 발길을 재촉했다. 그는 오랜 준비를 한 사람임에 틀림없었다.

흙집에 다가간 우리는 간단하게 챙겨온 야영도구를 그 안에 설치하고 하룻밤을 지낼 수 있다고 판단했다. 여간 행운이 아니었다. 흙집이 반쯤 허물어졌다고 했는데, 한쪽은 제법 든든하게 지붕을 떠받치고 있어서 염려하지 않아도 될 듯싶었다. '눈먼 처녀'가 과연 있어서 '문설주에 귀 대이고 엿듣고 있'었는지 어쨌는지는 밝힐 수도, 밝힐 필요도 없었다. 그런 집이 있다는 것만으로도 모든 것은 그만이었다. 예전에 방이 없어서 오늘은 어디서 보낼까 걱정해본 사람만이 그 집의 가치를 알 것이었다. 방이 없는 사람은 바닷가의 소라게조차 부럽기 그지없다는 것을 나는 알고 있는 것이다. 한 편의 시를 써서 비로소 시인의 이름표를 단 사람은 '넓고 넓은 바닷가에 오막살이 집 한 채'를 노래하면서도 목이 멘다.

우리는 준비해온 빵으로 저녁을 해결하고 흙집 안에 누웠다. 왜 내가 그러고 있는지는 모를 일이었다. 그러나 또한 왜 내가 그러고 있는지는 너무나 잘 알고 있기도 했다. 그 '밤으로의 여로(旅路)'야말로 내가 바라던 행로였다. 그가 아니었으면 그 이상한 여행은 없었을 것이며, 나는 인생의 중요한 하룻밤을 놓쳤을 것이었다. 이 또한 그해 내 이십일 세의 시인됨의 뜻이었다. 나는 그것을 그의 선물이라고 지금도 믿고 있다. 그

216

는 그렇게 내게 '외딴 봉우리'를 선물해주었다. 더군다나 나는 그날 밤 잠깐 잠을 깨어 하늘의 별빛을 바라볼 수 있었는데, 그것도 지금껏 잊히지 않는 장면으로 남아 있다. 그 무렵 열심히 읽은 어느 책에서 다음과 같은 글을 발견하고 노트에 옮겨놓은 구절에는 그날의 별빛이 빛나고 있다고 나는 기억한다. 그래서 나는 나만의 별빛을 간직하는 방법을 배웠다.

별이 빛나는 밤 하늘을 보고, 갈 수가 있고 또 가야만 하는 길의 지도를 읽을 수 있던 시대는 얼마나 행복했던가? 그리고 별빛이 그 길을 훤히 밝혀주던 시대는 얼마나 행복했던가?

이상한 여행은 끝났다. 그러나 이른 새벽, 즉 여명의 때라고나 할까, 그때 깨어나 샛별이 어디에 있는지 하늘을 올려다보는 순간 내 앞에 나타난 사내의 이야기는 빠트릴 수가 없게 되어 있다. 하늘이 희붐히 동터오는 그때까지 눈에 띄게 크게 빛나는 별이 있다면 그게 샛별이라고 했다. 아직 곯아떨어져 있는 아저씨 옆에서 일어나 살그머니 밖으로 나온 나는 과연 샛별이 동쪽 하늘에 반짝이는 걸 보았다.

"아."

나는 심호흡을 했다. 그러자 웬 사내가 이미 내 곁에 다가와 있었다.

"누구십니까?"

내가 묻는 순간 그도 비슷하게 묻고 있었다. 나는 놀라서 뚫어져라 그를 바라보았다. 그리고 '산지기 외딴집'을 찾아왔다고 솔직하게 말했다. 듣고만 있던 그는 도무지 이해가 안 된다는 듯 눈을 끔벅이더니 '이 집은 '산지기 외딴집'이 아니라 '상엿집'이라고 했다. 마을의 상여를 넣어두었다가 혹시 쓸 일이 생기면 꺼내 쓰기 위해 지어진 집이라는 것이었다. 하지만 마을의 개발과 함께 상여도 어디론가 사라졌다고 했다.

"그런 집이……"

전혀 모르던 시골의 풍습이었다. 그러니까 우리는 무덤과 같은 집에 기어들어가 하룻밤을 묵은 셈이었다. 상여가 시골 길을 가던 풍경을 본 지도 얼마나 오래되었는지 모를 일이지만, 그걸 넣어두던 상엿집……

"아."

별빛과 함께 사내는 나타난 것이었다. 그 사내야말로 진짜 산지기였다. 누군가 낯선 사람이 있는 듯해서 그는 일부러 와

보았노라고 밝혔던 것이다. 그의 등장은 〈윤사월〉에 나옴 직한 모습과는 연결은 되지 않는다. 물론 우리가 찾던 '외딴집'은 아니었을지언정, 그러나 그 여행의 모든 것, 그 흙집, 그 별빛, 모두가 하나같이 내게는 소중한 선물이었다. 아저씨는 오래전에 세상을 떠났어도 내게 그토록 소중한 선물을 남겼다. 그것을 나는 '샛별의 시(詩)'라고 기록한다.

2

밤하늘의 별들을 바라보던 시절이 있었다. 별들이 총총 떠 있고 은하수가 길게 흐르던 그런 밤, 별들을 바라보며 앞날의 꿈을 되새겨보는 시간이 함께했다. 내 삶은 하늘의 별들처럼 영롱하게 반짝였다.

"저게 별똥별이란다."

길게 빛을 그으며 떨어지는 것을 보며 말했지만, 이미 사라진 다음이었다. 뒤늦게 빈 하늘을 쳐다보던 눈길은 무엇인지 어리둥절해했다. 나는 다시 또 하늘을 살폈다. 그러나 별똥별은 그리 쉽게 나타나지 않았다. 함께 똑같은 모습을 똑같은 순간에 바라보지 못한다는 것은 사랑이 아니라고 느끼는 아쉬움을 남긴다.

내가 그냥 별들을 바라만 보던 시절뿐만이 아니라 우리 인류가 별을 보며 산길, 바다길, 사막길을 가던 시절이 있었다. 별은 방향을 알려주었다. 별을 바라보며 먼 길을 홀로 가는 구도자가 나였다면…… 나는 상상하며 실크로드의 외로운 길을 떠올렸다.

별똥별은 다른 이름으로 운석이라고 다시 확인한다. 얼마 전에 진주에 운석이 떨어져 그걸 줍느라 온통 야단이 났고, 소동은 지금까지도 계속된다는 것이다. 매스컴에 보도된 바에 따르면 우리나라에 운석이 떨어진 것은 칠십일 년 만이라고 했다. 나이 든 나로서도 살아생전에 처음인 셈이다. 게다가 그 값이 일 그램에 얼마이며, 종류에 따라 매우 비싸질 수도 있다고 했다. 그리고 다른 나라 사람들도 눈독을 들이니까 우리나라에서 확보하기 위해서는 어떤 조치를 해야겠다고도 했다. 가령 천연기념물로 지정하는 문제도 생각하고 있다는 것이었다.

별똥별은 운석이며 또 다른 이름으로 소행성이라고도 했다. 소행성! 나는 별똥별, 별똥별, 해왔으면서도 그게 소행성이라는 데는 생각이 미치지 못했다. 별똥별이란 우주 공간을 날아다니던 소행성들이 지구 가까이 왔다가 중력에 이끌려 지구로 떨어져내리는 것이었다. 지구의 대기권으로 들어와 공기와 마찰을 일으키며 불타는 것이었다. 말하자면 별똥별은 불타는 소행성이었다. 그중에 다 불타지 않고 떨어진 것이 운석이었다. 나는 《어린 왕자》의 어느 구절엔가 나오는 소행성이 떠올랐다. 주인공이 온 곳이 B612 소행성이라는 구절이었다. 진주의 운석은 소행성으로 바뀌며 새로운 세계로 나를 이끌어갔다. 오래전 소년으로서 먼 길을 걸어오며 꿈꾸던 그 순간들을 다시 내게로 불러들이지 않으면 안 된다. 그렇다면 지구가 새로운 소행성으로 바뀌었다는 생각을 해보면 어떨까. '어린 왕자'가 꿈꾸는 것이 새로운 사랑의 확인이었다면, 진주의 운석을 그렇게 받아들이고 싶었다. 그리고 나는 이날을 위해 지하철 어느 역구내에 내 시 〈사랑의 먼 길〉을 썼다고 믿고 싶었다.

먼 길을 가야만 한다
말하자면 어젯밤에도
은하수를 건너온 것이다
갈 길은 늘 아득하다
몸에 별똥별을 맞으며 우주를 건너야 한다
그게 사랑이다

언젠가 사라질 때까지

그게 사랑이다

3

별빛이 또렷해지는 계절. 나는 처서(處暑)라는 절기를 그렇게 기억한다. 실제로 글자를 살펴보면 처서는 '더위가 있다'는 뜻이긴 하지만, 이 '있다'라는 게 '없다'를 내다보는 말이 된다. 무더운 여름이 갓 지나 한 줄기 서늘한 바람이 이마에 닿으며 '모기 주둥이가 꼬부라진다'는 절기인 것이다. 유난히 더위에 약한 나는 해마다 여름이면 달력에서 처서를 눈여겨보곤 했다. 박성룡 시인의 〈처서기(處暑記)〉는 특별히 읽었던 시였으며, 그리고 처서란 별빛이 또렷해지는 절기라고 외고 있기도 했다.

그해 우리는 사십이 세에 요절한 시인 P의 죽음을 애도하기 위해 샛별이 빛나는 하늘을 바라보며 안산의 작은 포구에서 배를 탄 기억도 잘 간직하고 있었다.

"별을 처음 보는 거 같아."

누군가가 말했다. 아직 죽어서는 안 될 나이의 친구였기에 샛별은 더욱 외롭게 밝았으리라. 그날 무인도에 도착한 우리는 모두 외롭게 취할 수밖에 없었다. 그래서 그 별은 두고두고 우리에게 외로웠으리라.

그런데 처서에 와서 다시 우리 중의 한 친구와 이별을 하고야 말았으니, 이제는 또한 다른 의미의 기막힌 절기가 된 것이다. 가을은 이별과 함께 오는가. 나뭇잎이 떨어지고 철새가 날아가고, 문학적으로 감정적으로 이별이 눈에 보이건만, 이제 나는 비로소 '그렇다' 하고 단정하지 않을 수 없게 되었다.

처서에 그는 눈을 감았다. 가기 며칠 전 그가 모자를 푹 눌러쓰고 대문을 두드렸다는데 내가 집에 없었던 게 오래도록 가슴에 지워지지 않았다. 그 뒷모습은 십 년도 더 넘은 지금도 내 눈 안쪽에 남아서 어른거린다.

경기도 안산에서 살 무렵부터 우리는 거의 매일 어울려 술과 문학으로 지새웠었다. 게다가 그는 내 대학 후배임은 물론 초등학교 한 학년 후배라는 남다른 인연으로 얽혀 있었다. 그러나 우리는 선후배라기보다 친구였다. 서울에 와서도 전혀 사전 정보 없이 한 동네에 둥지를 틀었는가 하면, 한 대학에서 함께 강의를 하기도 했다.

그가 월남전에 참전하고 돌아와서 쓴 소설《머나먼 쏭바강》

이 베스트셀러로 세상에 떴을 때, 나는 시인으로 작은 주간지에 근무하고 있었다. 그리고 그의 작품을 주의 깊게 살피고 있었다. 그러다가 어울린 우리는 들로 산으로 바다로 쏘다니다가 '포장마차' 광주집에 퍼질러 앉는 게 일이었다. 그런데 그가 저세상으로 가고 만 것이다. 예전에 포장마차에서 서로 상대방의 조사를 쓰겠다고 나서며 그 첫마디에 거론한 문장이 있었다.

'마른하늘에 이 무슨 날벼락이란 말입니까.'

키득거리며 말했던 이 문장이 지금 내 마음에 자리 잡고 있다는 사실이 도무지 믿기지 않는다. 그리하여 나는 처연히 시 한 편을 쓴다.

풀벌레 소리 높아진 무렵

흰 옥잠화, 참취, 까실쑥부쟁이꽃

노란 고들빼기, 짚신나물꽃

보라 벌개미취, 방아꽃

붉은 여뀌, 쥐손이풀, 울타리콩꽃

이제 끝물 꽃마저 떨어지면

가을 더 짙어지고
덧없이 떠나간 사람 목소리 또렷해
잠 못 들겠지

이빠져 입술 오물거리는 꽃잎을 보며
비어 웅크린 매미 허물을 주으며
멍든 이파리 푸서리를 기웃거리며
그리움의 뼛가루 어디에 흩을까
저물도록 머무는 이 시간

어디에
어디에
그 어디에

나는 있는가

  시 제목을 '어디에, 나는'이라고 붙여놓은 다음 〈동아일보〉
에 보도된 기사의 한 귀퉁이를 몇 번이고 다시 읽는다.

지난 주말 소설가 윤후명 씨가 병실을 찾았을 때 그는 뭔가를 찾는 눈치였다. 술친구 글친구로 수십 년을 벗해 온 윤 씨는 금세 알아채고 담배를 쥐여줬다. 그는 위를 3분의 2 이상 잘라내는 수술을 받았지만 술 담배를 끊지 못했다. 그는 윤 씨에게 "우리 아들이 소설을 쓰겠다는데 잘 좀 가르쳐달라"고 부탁했다. 문학이 암보다 더 괴롭다면서도 그는 문학의 길을 걷겠다는 아들을 말리는 대신 격려했다. 문학이 주는 고통 너머 희열을 누구보다 잘 알기 때문이었다. (김지영 기자)

이제 그는 영원히 갔다. 남아 있는 나는 그와의 인연을 생각하지 않으면 안 된다. 그것이 '아름다운 인연'임을 세상에 보여주지 않으면 안 된다. 그것이 뒤에 남아 있는 사람이 해야 할 유일한 일이기에, 나는 그 만남의 연기(緣起)에 내 담배의 연기(煙氣)를 실어 보낸다. 그대, '머나먼 강'을 건너 피안의 하늘로 별이 되어 간 친구여, 그곳에서 내게 반짝이며 부디 평안하기를. 그러나 이것을 '샛별의 시(詩)'라고 하기에는 나는 이별이 너무도 버겁다고, 머리를 떨구어야 하리라.

그로부터 거의 한 달이 지나서였다. 나는 다음과 같은 글을

읽을 수 있었다. 그와의 만남을 기록해놓은 내용이었다. 그와
내가 함께 강의한 서울디지털대학교의 여학생이 쓴 글이었는
데, 공교롭게도 그와 만나는 자리에는 나도 있었더랬다. 글에
는 그 사실이 지워져 있지만. 좀 긴 듯해도 인용하여 적어놓기
로 한다.

······그때 나는 그를 일방적으로 그리고 디지털적으로
화면에서 처음 만났다. 그는 인터넷공간에 자리한 학교
에서 현대문학을 가르치는 교수였고 나는 그저 바라만
보는 한 명의 투명 학생이었다. 내가 그와 아날로그로
다시 만난 것은 아니 만났다는 말조차 석연찮은 그 만남
은 평창동 어느 허름한 이층 중국집에서였다. 언제나처
럼 출국하는 날은 허둥거려야 했다. 그렇다 해도 공항버
스에 마지막으로 몸을 싣고 느긋하게 고향산천의 마지
막 모습을 챙기며 야릇한 감정에 빠지면 그뿐이었다.
그러나 실은 그가 암환자로 병원에 입원해 있다는 학교
게시판의 글이 나를 떠다밀었다. 멀리서까지 달려와 당
신의 작품을 좋아한다고 말하며 그에게 엔도르핀을 전
달하면, 그에게 무단으로 세 들어 횡포를 부리는 암세포

란 놈도 감격해 조금은 성을 덜 낼 것 같았다. 진심으로 그가 치유되기를 바랐다.

지난 학기 내 눈을 크게 열어준 교수님들을 다 만나보기로 하고 한국에 나갔지만 그와는 연결이 잘되지 않았다. 병원에 있는지도 모를 일이었다. 마지막 순간 그와 절친한 소설가 덕분에 그와 함께 있는 그의 얼굴을 잠깐 대했을 때, 나는 그에게 주려던 선물과 함께 노랑과 자주색 등 색깔로 만든 福, 平, 愛 등의 글씨가 새겨진 예쁜 초를 선물했다. 그가 병원에서 또는 집에서 그 글자들과 함께 타오르는 불빛 속에 그윽한 향을 즐기며 위로받기를, 치유되기를 그리하여 좋은 글을 계속 써내기를 소망했다.

길어야 5분? 우리의 이승에서의 만남은 그랬다. 잠시 잠깐의 인연에 그는 아주 반가워했고 고마워했다. 나는 황송해했고 임무를 마쳤다는 즐거움에 뿌듯했지만, 이것이 마지막일지도 모른다는 방정맞은 생각을 잠시 했다. 그의 수업을 다 들었기 때문이라기보다 사 년 전에도 수술을 받았는데 재발했다는 말이 마음에 걸렸다.

채 일 년이 지나지 않아 그것은 사실이 되고 말았다. 나는 그의 부음을 듣고 그와의 짧은 인연을 생각했다. 작가와 애독자로의 인연에다 스승과 제자로의 인연, 특별히 내가 마지막 순간의 기로에서 과감하게 선택한 소중한 인연이었다. '머나먼 쏭바강'처럼 멀어도 가까웠고, 변두리 인생에 눈 돌렸던 그의 따스한 '우묵배미의 사랑'처럼 돌아와 생각만 해도 정겹고 따스한 인연이었다. 그가 이층에서 내려와 차가 떠날 때까지 마중을 했던 것도 같고 아닌 것도 같다. 마지막으로 끝까지 택시 뒤꽁무니를 지켜봤는지도 모르겠고 확실치도 않다.

나는 요즘 그와의 짧은 인연을 생각하면 자꾸 '쓸데없는'이라는 말을 인연 앞에 붙이고 싶어진다. 그래도 그럴 수는 없다. 내가 만든 모든 인연이 결국은 모두 헤어질 인연이라는 사실을 확인하고 서러울 뿐이라고 해도 그럴 수는 없다. 그의 죽음은 그의 글을 사랑했던 모든 이들에게 큰 불행이다. 그러나 죽는 날까지 문학이 암보다 더 고통스러웠다며 문학을 놓지 못한 그에게 더욱 큰 불행이다. 그는 이제 그가 첫 시간에 우리에게 소개한 올렌카처럼 '아무 일에도 자기 의견을 가질 수 없게 되었'기 때문이다.

(미국 샌프란시스코에서 김영란)

글에서 그녀는 나를 '그의 절친한 소설가'로 지나가듯이 소개하고 있다. 시 〈어디에, 나는〉의 구절을 다시 읽는다. 이 시는 왜 내 다른 시들하고도 다른 느낌이 들 만큼 무심하게 씌어졌는가 해서이다. 그는 나의 학교 동창이었을 뿐 아니라 안산에 살 때 그를 늘 만나며 살았다. 누구보다도 가까운 사이였다고 해야 한다. 그럼에도 그를 생각하는 시는 어디론가 에두르고 있다. 지난해에 대관령 산신당에 갈 기회를 얻었을 때는 문득 이 시를 그곳 가까이 별빛 아래에서 다시 읽어야겠다는 생각이 들었었다. 왜 그런 것일까. 이 시의 구절들은 내 마음과 상당히 동떨어져 있었다. 간절함은 어디에 묻어둔 것일까. 오래도록 이 시들은 내게 숙제처럼 남겨져 있었다. 그렇다면 시의 구절들, 낱말들을 나는 실제와는 전혀 달리 쓰고 있다는 셈이 된다. '나'와 '글'은 한마음이 아니었다고 고백해도 될 것이다. 쓰는 순간 주체와 객체를 분리해야 내가 피할 구석이 있다는 속셈이 있었던 게 분명하다. 따라서 나는 씌어 있는 글자와 다른 내용에 젖어 있었다. 그러므로 엉뚱하게 대관령의 산신에게 빌어 별빛을 끌어와야 한다고 생각한 것이었다. 별빛이 아니면 나는 이 시들을 완성할 수 없을 것 같았다. 어떻게든 '나'와 '글'의 사이에 놓여 있는 괴리를 메꿀 길을 찾아야 한다. 그

것이 나의 글쓰기였다. 그 몸부림 속에 글자들의 획에 별빛의 향기가 필요할 것이다, 하고 나는 주술을 왼다. 그냥 별빛보다는 샛별의 별빛이 더욱 어울릴 것이다.

'오늘 밤에도 별이 바람에 스치운다'라고 윤동주 시인이 노래한 그것이기도 할 듯싶다. 아니, '별들의 냄새'라고 전혜린이 말한 그것일까. 나는 여전히 '어디에, 나는' 있는지 묻고 있다.

대관령 옛길을 오른다
내가 어디에 있는지 물으며
호랑이 오르내린 옛길을 별빛에 비춰보면
평생을 비스듬히 살아왔음을
스스로 고백 받을 것이다
멀리 아래쪽 동해의 바닷물이
비스듬히 파랗게 호랑이를 적시고 있기에
모든 게 비스듬해도 대관령 옛길은 나를 이끈다
별빛이 아는 길이기에 나 역시 아는 길이라고
언젠가 왔던 그 길이라고
내가 어디에 있는지 아는
평생의 그 길이라고

'바우길'의 〈대관령 옛길〉을 새로 걸어 내려온다. 멀리 남대천의 큰내를 이루는 냇물이 성산을 흘러내린다. 내 아버지가 어깨에 총을 메고 걷던 길이었다. 호랑이가 뭉툭한 두 앞발을 물에 적시고 나를 뒤돌아보고 있다. 나는 아직도 살아 있으며, '별빛이 아는' '평생의 그 길'을 가고 있다.

핀란드 역의 소녀

〈워비치의 소녀〉, 아폴로나우시 켄지에르스키,
1910년경, 캔버스에 30.5×20센티미터, 바르샤바 국립박물관 소장.

국립박물관에서 열린 '폴란드, 천년의 예술'이라는 전시회는 '쇼팽과 코페르니쿠스의 고향'이라는 글귀와 〈워비치의 소녀〉라는 그림을 앞세우고 있었다. 워비치는 폴란드의 도시 이름이었다. 쇼팽이 폴란드 사람인 줄은 알고 있었지만 코페르니쿠스가 그런 줄은 모르던 사실이었다. 그러나 쇼팽이나 코페르니쿠스가 어떻든 내가 오래전 러시아에서 폴란드 대사관을 찾아가 그 우중충한 건물의 어두운, 무거운 복도를 걸어가던 때가 먼저 다가왔다. 전시회장의 그림들은 매우 장중한데, 그 앞에서도 나는 예전의 그 검붉은 카펫이 깔린 복도에 서 있는 것만 같았다. 그리고 전시회는 얀 마테이코라는 '역사를 그린 화가'를 내게 소개해주어서 러시아의 레핀과 비교케 해주었다. 팸플릿과 포스터에 인쇄된 〈워비치의 소녀〉는 뜻밖에 작은 그림이었다. 나는 설명을 들여다보았다. 이십 세기 초에 켄지에르스키라는 화가의 작품이며 바르샤바 국립박물관에 소장되어 있는, 캔버스에 유채로 그린 그림은 30.5×20센티미터 크기였다. 붉은색 바탕에 초록색 줄무늬의 옷차림을 덮어쓴 흰 스카프의 푸른 눈 소녀는 세상을 수줍고도 용감하게 바라보는 듯했다.

"이 소녀는……"

소녀의 눈을 들여다보며 나는 어디선가 만난 적이 있다고 말하고 싶었다. 그러나 그럴 리는 없는 것이었다. 그러므로 예전에 폴란드 비자를 얻고자 그 대사관 복도를 걸어가고 있는 내가 그림들 사이 어디엔가 있다는 생각을 해보았다. 그때 나는 러시아를 떠날 때가 가까워서야 비행기 표를 살 현금이 부족하다는 사실을 알았고, 궁리 끝에 열차를 타야 한다는 결론에 이르렀다. 그러자면 폴란드 비자가 필요하다고 했다. 어쩌다 그렇게 되었는지 따질 겨를도 없었다. 여행 안내서를 믿은 게 잘못이었다. 《세계를 가다》라는 그 책에 분명히 '여행자 수표를 쓸 수 있다'고 적혀 있었던 것이다. 더군다나 여행자 수표가 현금보다 안전하다고까지 씌어 있었다. 그러나 아니었다. 러시아는 하루하루 혼란이 더해갔다. 여행자 수표는 그곳 어디에서도 쓸 수 없었다. 그만큼 혼란스러워졌기 때문이라고 변명해준들 아무 대안이 될 수 없었다. 게다가 폴란드 비자도 쉽게 나오는 게 아니었다.

나는 핀란드 역을 거쳐 폴란드 대사관으로 갔고, 어두운 복도에서 기다렸다. 그동안 하루걸러 한 번은 핀란드 역을 거치곤 했으므로 어려운 길은 아니었다.

"여기선 기다리는 게 일이지요."

교민 한 사람이 투덜대면서 알려주었다. 나는 몇 번을 거듭 가야 했다. 핀란드 역을 거쳐 폴란드 대사관으로 가는 길이 내 인생에 있으리라고는 생각지 못한 일이었다. 이게 내 인생이 맞는가, 하고 나는 길가의 쇼윈도에 비치는 나를 살피기도 했다. 쇼윈도 속의 나는 내가 봐도 나 같지 않아 보였다.

서울에 소포를 보내자면 그 옆의 DHL 회사로 가야 했기 때문에 거쳐야 했던 핀란드 역. 역 광장을 왼쪽으로 바라보며 걸어가면 작은 빌딩 한구석에 DHL 그 회사가 자리 잡고 있었다. 노란 바탕에 붉은 글씨의 DHL. 그때는 물론 지금까지 나는 DHL의 뜻이 무엇인지 알지 못한다. 그저 빠른 택배회사라고 만 알아두고 있어도 그만이었다. 겨울의 역 광장은 언제나 눈에 덮여 있었다. 그곳뿐만 아니라 도시 전체가 그렇다고 말할 수 있었다. 러시아의 겨울은 눈을 빼고는 설명하기 어렵다. 하루도, 단 하루도 빠짐없이 눈이 내렸다. 나는 자작나무 몇 그루가 잎을 떨군 채 흰 줄기만 서 있는 공원을 지나 길가의 아주머니들에게서 빵을 사곤 했다. 그곳에 벌써 한 달 넘게 머물고 있었으므로 빵이 주식이 된 것도 거의 그런 시간이 지나 있었다. 길가의 아주머니들이 집에서 만들어 가지고 나온 빵들은 모두 제각각이어서 이것저것 골라 사는 재미도 그 도시의 겨울을 지내는 데는 한몫의 일이었다. 자작나무들이 유난히 드러나는 러시아 숲도 이제는 익숙한 풍경이었다. 그래서 나는 썼다.

하얀 자작나무

우거진 숲

상트페테르부르크 근교

흐린 불빛

밤 열차 달려가면

하얀 그리움

우거져 숲이 된다

자작나무의 흰 줄기는 '하얀 그리움'이었다. 공원으로 가는 길가의 자작나무 몇 그루 옆에서 나는 줄지어 앉은 아주머니 가운데 누구에게 말을 건넨다.

"스꼴까 스또이뜨?"

내가 아는 몇 마디의 러시아어 중 하나였다. 얼마입니까? 나는 이미 그 빵이 몇 루블쯤 하리라 가늠하고 있었다. 아주머니가 얼마라고 말한다. 그러나 나는 그것을 정확하게는 모른다. 러시아어의 격변화를 모르는 한 일, 이, 삼……이 각각 루블, 루블리, 루블레이 들로 변하는 걸 욀 수는 없는 것이다. 그래서 나는 알아들은 척하며 '스토' 즉 백 루블짜리 한 장을 꺼낸 다음, 잔돈이 없으니 거슬러주시오, 하는 듯 서서 기다린다. 그리고 빵과 거스름돈을 받는다.

건너편으로 미스트랄 등대를 바라보며 걷는 길은 비스듬히 휘어진 모퉁잇길이었다. 사각형 바둑판 모양의 여러 길들로 이어진 그 오래된 계획도시에서는 드문 부분이었다. 더군다나 등대 뒤로는 항구에 정박한 배들의 마스트가 솟아 보여서 이쪽 풍경과는 전혀 다른 분위기였다. 나는 박물관에 가려고 그 모퉁잇길을 돌았고, 또 북한 사람들이 와서 서커스를 한다고 해서 모퉁잇길 건너편의 어느 공연장으로 갔었다. 사실 꽤 오랫동안 그 도시에 있었다고는 해도 그쪽 지리는 내내 낯설었다. 도무지 감이 잡히지 않기도 했다. 그리고 그 도시의 항구는 내게는 가장 먼저 군함 오로라가 떠오르고 혁명의 시작을 알리는 함포 소리가 터져나오며 오로라 호의 수병들이 몰려나와 황제의 궁전으로 쳐들어가는 소리가 금방이라도 들려오는 듯했다.

"우리 적, 황제를 무찌르자!"

니콜라이 2세 황제의 목을 조여드는 무산자 혁명. 전 세계의 노동자들이여, 단결하라! 그리고 레닌이 탄 비밀 열차가 위장막에 덮인 채 도착하는 핀란드 역.

그러니까 미스트랄 등대를 바라보는 모퉁잇길은 나를 혁명의 장면까지 순식간에 이끌어가는 길이기도 했다. 본래 모퉁잇길은 내게는 얼마나 소박한 풍경인지 모른다. 어릴 적 시집간 동급생 소녀가 멀어져간 길도 그랬다. 소녀는 모퉁잇길을 돌아서 사라져갔다. 그러자 사라진 동급생 소녀는 켄지에르스키의 소녀와 겹쳐졌다. 러시아 혁명과 폴란드 대사관, 워비치의 소녀가 엇갈리며 늘 무언가를 기다리며 살아온 나를 어디론가 이끌어갔다.

바닷가 길을 홀로 간다는 것만으로도 나는 멀고 먼 여행길을 가고 있다는 생각이다. 여행길은 기다림의 길이다. 착각이나 환상에 빠져든 느낌이다. 나는 또 하나의 나를 데리고 먼 길을 간다. 내가 데리고 가는 나는 칭얼거리기도 하고 투덜거리기도 한다. 어디로 가는 거야? 두리번거리며 묻기도 한다. 가끔 멈춰 서서 딴청을 부리기도 한다. 어디서 읽은 것처럼 나도 멈춰 서서 따라오기를 기다려줘야 한다. 너무 빨리 가면 그가 못 따라오게 되고 만다. 그러면 바닷가 길을 가려고 집을 나선 나조차 아무 데도 못 가게 된다. 나는 낯선 나를 기다려야 한다. 그래서 같이 가야만 한다. 그렇게 기다리는 시간이 나를 확인하고 인정하는 시간이다. 자기 자신을 확인하고 인정하기 위해 우리는 누구나 홀로 길을 가보아야 한다. 러시아에 오기 전 중앙아시아에서 설산(雪山)을 바라보았었다. 설산 너머 어디론가 비단길이 이어지고 있다고 했다. 나는 비단길로 가기 위해 머나먼 땅으로 갔었다. 그 사막 위에 서서 겹겹의 모래산을 바라보며 여기서 살아갈 수 있을까를 가늠하기도 했었다. 사막땅에 자라는 대추야자와 청포도와 낙타가시풀 사이에 내 삶을 놓을 수 있을까. 막막하기만 하여 나는 위구르 사람의 식당에서 한 접시 '차이(茱)'볶음을 안주로 술잔을 기울이곤 했다.

내가 홀로 가는 길은 거의 바닷가 산모퉁잇길이다. 아마도 강원도의 동해 바닷가 어느 길이리라. 호젓한 그 길은 외로워서 가슴 벅차다. 어릴 적 나를 만나려고 가는 길이라고 해도 좋을 것이다. 옆으로는 먼 듯 가까운 듯 바다가 펼쳐진다. 바다 가까운 바위에는 따개비와 거북손 같은 것들도 붙어 자란다. 그 풍경 속으로 걸어가면 거기에 또 하나의 내가 있다. 나는 어렸을 적부터 혼자였던 듯싶다. 나는 다시는 이 현실로 돌아오지 않을 각오로 어디론가 가는 듯하다.

모퉁이가 많은 나라에서
되돌아갈 수 없는 길을 가는 발길을

그래서 나는 시집 앞머리에 아무도 모를 암호 같은 글을 써놓았던 것이다. 남에게 들키지 않을 어떤 글을 쓰고 싶다고, 모퉁이에서 나는 내게 속삭여주고 싶었다. 가끔 먼 수평선을 따라 작은 배 한 척이라도 가고 있으면, 그 속삭임을 옮겨 싣고 미지의 땅으로 가겠다는 마음이다.

"얘야, 넌 전쟁 때부터 여기 있지 않았니?"

누군가 묻는다. 나는 깜짝 놀라 목소리 쪽으로 얼굴을 돌린다. 아무도 없다.

"배를 기다리는 거예요."

나는 간신히 대답한다.

"배가 오기로 했니?"

아무도 없어도 목소리는 들려온다. 고향이 내게 불어넣은 환상이다. 이른바 트라우마라는 것일까.

"몰라요. 그래도 기다려야 해요."

전쟁은 끝났는가. 나는 다시 또 배에 올라 전쟁에서 목숨을 건질 수 있을까. 목이 타고 조바심이 난다. 아무도 없는 강릉 가까운 바닷가 산모퉁잇길에서 배를 기다리는 어린 나. 아주 어렸던 때, 이승만 대통령을 맞이하여 태극기를 흔들기 위해 작은 비행장 옆 바닷가 길까지 갔었다. 그리고 웬일인지 혼자 산모퉁잇길을 걸어서 집으로 돌아오다가 먼 수평선을 바라보았다. 무슨 생각을 했을까. 나는 혼자라는 생각을 했던 것이라고 되살려낸다. 이 되살림을 이미 오래전에 나는 알았었다. 육십몇 년이 지났는데도 어린 나는 코를 훌쩍이며 바지를 추켜올리며 그곳에 서 있다. '되돌아갈 수 없는 길을 가는 발길을' 그곳으로 이끌어간 것은 예전처럼 어머니가 아니라 나일 수밖에 없다. 살아보니 인생은 늘 어린애의 길이었다. 더군다나 고향 바닷가 산모퉁잇길은 변함없이 외로운 기다림의 상징이었다.

하얀 따개비들 밑에 감추고 있는 얼굴이 있다. 거북손이 가리키는 쪽으로 얼굴은 바라본다. 모든 생명이 바라보는 곳이 있다. 그런 바닷가에 서서 나도 바다를 바라본다. 전쟁이 지나가고 남아 있는 우리들이 살아야 할 길이 있다.

"얘야, 아직도 기다리는 거니?"

누군가가 또 묻는다.

"배를 타고 여기에 와 있잖아요."

이렇게 대답하고 있지만 실은 나는 여전히 무언가를 기다리고 있음이 분명하다. 돌아보니, 순식간에 젊음은 지났다. 문득 내가 지났던 모든 바닷가 길이 하나로 모이는 곳에서 배를 내렸는지도 모른다는 생각이다. 배를 타고 내리면 또다시 출발을 해야 한다. 기다림이 삶의 모습이라는 가르침이 살아난다.

"차라리 그냥 집에 놔두고 피란을 갈걸."

어머니는 내가 못마땅할 때면 그렇게 말했다고도 한다. '그냥 집에 놔두고'란 무엇일까. 그때 홍역을 앓으며 몸이 끓고 있던 나는 아무 돌봄이 없었으면 아마도 곧 이 세상에서 사라져

244

갔으리라. 홍역은 그렇게 무서운 질병이었다. 그러나 어머니는 내 손을 잡고 배에 올라 남쪽으로 갔다. 고향의 어느 산모퉁잇 길에 설 때마다 내가 배를 기다리는 까닭이다. 하지만 나는 우리 모자가 배를 탄 그 장소를 꼭 짚어서 모르기 때문에 강릉에 갈 때마다 다만 바라보기만 하면서 가늠할 뿐이다. 어디쯤일까. 그것이 기다림으로 내 가슴에 쌓여왔던 것이다. 바닷가 따개비 밑에도 내 기다림이 있다. 거북손의 손짓에도, 곰솔가지를 스쳐가는 바람에도 내 기다림이 맺힌다. 눈은 쏠리고 귀가 기울여진다. 시간이 그토록 많이 지났으나, 그러므로 나는 어린애에 머물러 있다.

지난해에는 새로 생긴 '헌화로' 바닷가 길을 갈 기회가 있었다. 헌화로는 옛날 신라시대의 향가인 〈헌화가〉에서 따온 길 이름이어서 흥미로웠다. 앞의 어디선가도 나왔듯이 신라 성덕왕 때 강릉 태수가 되어 가던 순정공의 아내 수로부인은 벼랑 위에 핀 꽃을 탐낸다. 그러자 소를 끌고 오던 노인이 있었다. 그리고 '나를 부끄러워하지 않으면 꽃을 꺾어 바치겠다'고 말한다.

나는 기억을 더듬었다. 향가 〈헌화가〉는 이렇게 되어 있으리라. 늙은이의 꽃다운 사랑 노래라고 읽힌 그 노래가 멀리 떠나서 떠돌다가 드디어 고향 길에 돌아온 내 마음을 담고 있다고 나는 풀이했다. 언젠가 걸어서 돌아오던 고향 길이라는 느낌이었다. 길을 걸어오는 동안 나는 늙어 있었다. 마지막 배를 타고 돌아온 것일까. '돌아옴'은 기다림 속으로 나를 품어준다. 기다림의 마을에 그리움이 오막살이 집 한 채처럼 지어져 있다. 나를 기다리던 암소 한 마리. 이게 웬일이람. 나는 한 송이 풀꽃을 꺾어 든다. 암소도 늙고 나도 늙고 길도 늙었다. 손에 든 풀꽃도 어느새 늙었다. 집은 퇴락하여 흙담은 무너지고 마당에는 억센 잡풀들이 우거진 채 검은 새의 늙은 그림자도 오가지만 거기서 나는 남은 생을 보내며, 또한 기다리리라.

"얘야, 어딜 갔다 왔니?"

옛사람이 내게 묻는다.

"아니에요. 늘 바닷가 산모퉁잇길에 있었어요."

러시아의 바닷가에도 따개비와 거북손들이 자라고 있을까. 항구를 멀리 넘겨보며 나는 며칠 동안 폴란드 대사관을 오갔다. 그러면서 러시아의 마지막 나날들이 초조함을 더하고 있었다. 전쟁은 아직 끝나지 않았으며 배도 오지 않았다. 아마도 영영 오지 않을 배인지도 모른다. 그리고 나는 알 수 없는 모퉁잇길, 러시아의 모퉁잇길에 서 있기만 한 것이다. 폴란드 대사관 모퉁이에는 '모래 커피'를 끓여 내놓는 카페도 있어서 종종 그 러시아식 커피를 마시는 재미가 있기는 했다. 뜨겁게 달군 모래 위에 커피를 담은 국자 같은 기구를 올려놓고 덥혀 내주는 커피였다. '모래 커피'란 내가 붙인 이름이었다.

"기다리는 게 일이라니까요. 기다리다가 죽어가는 사람도 있거든요."

그러는 동안, 한 번은 가봐야지 하며 벼르고 못 가보았던 레닌의 은거지를 찾아가보기도 했다. 폴란드 대사관을 들락거리며, 소련이라는 거대 집단은 붕괴되었다고 하지만 아직 그 그늘은 깊다고 한탄하던 끝이었다. 그래서 더욱 레닌의 흔적을 보아두어야겠다고 다짐할 수밖에 없었다. 숲길을 구불구불 달려가서야 도착하는 게 과연 혁명가가 숨어 있던 둥지 같다는 생각이 들었다. 다만, 오랜 세월 저쪽이라 자세히 묘사할 능력이 없으므로 그때 남긴 시 한 편을 소개하기로 한다.

국경 쪽으로 떠났다
표트르 황제가 빼앗은 핀란드 땅
거친 숲 속에 숨어 있는 러시아

떠남과 삶과 보드카와 함께

서울에서의 마지막 며칠이 떠오르고

어둠이 깃드는 저녁 호숫가에서

사진을 찍었다

레닌이 은신해 있었다는 집 근처

무거운 하늘이 역사적으로

내려덮이는 걸

간신히 빠져나올 수 있었다

뒤돌아보니 숲 속 어디선가

철갑상어들이 서성거리며

우리 사진을 들여다보고 있었다

제목은 '핀란드의 숲'이라 적혀 있었다. 그런데 웬 난데없는 철갑상어란 말인가. 잠깐 이야기를 돌리면, 철갑상어는 러시아의 흑해에 주로 살며 그 알이 미식가들에게는 높이 평가되는 물고기라고 했다. 나 역시 러시아의 어떤 모임에 갔다가 집시들이 경영하는 식당에 따라가게 되어 철갑상어알을 대접받은 적이 있었다. 검은색 알은 제법 굵고 맛은 기대한 만큼에 훨씬 못 미쳤다. 집시 여자들이 길거리에서 구걸만 하는 게 아니었다. 그 식당에서는 무대의상을 입고 노래도 부르고 춤도 추었다. 그런데, 그런데 내가 할 말은 철갑상어 자체에 있다.

"이런 게 여기도 있네. 후후."

집시 식당의 식탁에 차려 나온 음식 중에는 돼지 삼겹살도 있어서 재미있어하며 먹지는 않았는데, 그 고기가 바로 철갑상어 고기라는 걸 나중에 알았던 것이다. 더군다나 없어서 못 먹는 고기라고 했다. 그렇구나 하고 아쉬워하며 이름에서부터 철갑을 두른 듯 무겁고 어두운 철갑상어를 떠올렸다.

레닌이 러시아로 들어온 혁명의 역정은 《핀란드 역까지》라는 책에 자세히 나와 있었다. 황제를 누르려는 독일의 획책이니 어쩌니 하는 음모론을 굳이 여기서 거론할 필요는 없을 것이다. 나는 내 일 때문에 핀란드 역을 거쳐 다니며 그 책 제목을 잊지 않게 되었을 뿐이었다. 처음에는 러시아에 왜 핀란드 역이 있을까 이상하기는 했다. 하지만 러시아에서는 열차가 가는 목적지를 역 이름으로 짓고 있었다. 말하자면 우리나라라면, 어디서든 부산으로 가자면 현재 있는 곳에서 부산역이라고 이름 붙은 역으로 가야 한다는 것이다.

그 앞을 거쳐 다녔지만 핀란드 역으로 들어가볼 기회는 거의 없었다. 그래도 몇 번은 역 출입구에서 폭설을 피하거나 숨을 돌리느라 멈춰 서기는 했었다. 하지만 그런 어느 날 역 구내에서 만난 소녀에 대해 이제 이야기하지 않으면 안 된다. 국립박물관의 폴란드 전시회에서 켄지에르스키의 〈워비치의 소녀〉를 본 순간, 동급생 소녀가 떠오름과 함께 연상된 소녀이기도 했다.

'이 소녀는⋯⋯' 하고 머뭇거린 순간이 여기에 닿아 있기도 했다. 이리저리 돌아보는 나에게 한 소녀가 다가왔다. 한눈에 보아도 우리나라 사람의 모습이었다. 그 무렵만 해도 한국인을 러시아에서 만나는 것은 그리 드문 일은 아니었다. 나는 조금은 신경을 써서 소녀를 바라보았다.

"저어⋯⋯ 말입니다⋯⋯"

무슨 말을 하려는 것일까. 소녀는 한국말로 내게 다가오고 있었다. 소녀라고는 표현하고 있지만 이십 대의 여자로 보였다. 처녀나 아가씨가 적당할지 모르겠는데, 소녀라고 쓰고 싶은 마음인 것이다. 나는 소녀를 바라보며 대답 대신 무슨 말을 하려느냐는 표정을 지었다.

"저어⋯⋯ 기차표를⋯⋯"

알 수 없었다. 우리말은 분명한데 까닭을 알 수 없었다.

"무슨 말인지⋯⋯"

나는 말꼬리를 흐렸다. 이야기는 이렇게 시작되었다. 우리 말이라고 해도 '말입니다'를 후렴구처럼 붙이는 투는 한국 땅 바깥의 동포들이 잘 사용하고 있었다. 중국이나 중앙아시아의 우리 민족의 말투였다. 조선족이든 고려인이든 한국인이든 후렴구가 어떻든 우리 민족의 말투였다. 방송에서 들은 북한 말도 마찬가지였다. '말입니다' 하는 후렴구가 어김없이 따라붙었다. 나는 고개를 소녀 쪽으로 숙였다. 소녀의 말을 간추려보면 핀란드 국경에 가장 가까운 역까지 가는 열차표 사고 싶으니 그 표 두 장을 좀 부탁한다는 것이었다.

"돈은 여기 있단 말입니다."

소녀는 돈, 즉 루블화를 보여주었다. 핀란드 국경 가까이…… 나는 그제야 아, 하고 소녀를 자세히 살펴보았다. 그리고 얼마쯤 떨어진 곳에 서 있는 남자를 발견했다. 나는 순간적으로 알 수 있었다. 그들은 핀란드 국경을 넘을 작정임에 틀림없었다. 그러나 어떤 사정으로 열차를 타고 당당하게 국경 검문소를 통과할 수는 없는 신분이었다. 또한 열차표를 살 수도 없는 신분임에 틀림없었다. 말하자면 남녀는 신분 증명이 안 되는 처지에 있는 도망자였다. 그 무렵부터 북한 사람들이 하나둘 새로운 삶을 찾아 북한을 벗어나고 있다고 듣기는 했었다. 그들은 주로 동남아의 이른바 '제3국'을 거친다고 했다. 그러나 드물게는 몽골이나 북구로도 향한다는 것이었다. 그 경우 나는 거의 무조건 두 남녀의 편을 드는 게 나로서의 도덕률이었다. 나라는 인간은 두 남녀의 도망침을 편드는 게 정의라고 믿는 인생관을 지켜왔다고 밝혀야 한다. 옳고 그르고는 그 다음 문제였다. 남녀는 자기네의 세계로 목숨을 걸고라도 도망쳐야 한다. 그래서 나는 1967년 아득한 예전에 이미 '백발이 되어서도 돌아올 줄 모르는/ 구름 아래 도망친 옛 남녀'라는 이미지를 '노래'에 비유하며 시로 쓰기도 했다. 남녀의 도망침이 돌아올 수 없는 '편도(便道)'라 한들 그것으로 남녀의 사랑은 완성되었다. 도망침 자체가 완성이었다. 인생에는 실은 유별난 목적이란 없는 것이었다. 그러므로 도망침도 목적이 됨을 안 것은 나이 먹어서의 소득이었다.

"표를 사줄 사람을 기다렸단 말입니다."

남녀는 강원도에서 온 사람들로서 며칠째 역 주변을 맴돌았으며, 얼마 전에 내가 한국말을 쓰는 걸 보았다고 했다. 남녀가 나를 점찍은 사실이 고마웠다. 사랑이란 둘만이 아는 세계로의 도망침이었다. 다른 사람이 캐낼 수 없는 비밀이 사랑의 담보이기 때문이었다. 그 도망침의 마지막, 가장 깊은 곳에서 맺어지기를 바라는 마음이 마주치는 자리에 사랑이 있었다. 그들이 강원도에서 오지 않았다 해도 상관없었다. 아마도 그 말은 갖다붙인 데에 지나지 않을 것이다.

"잠깐 기다리세요."

나는 매표소로 가서 두 장의 표를 샀다. 나는 그들과 함께 가는 것처럼 결연한 마음이었다.

"고맙습니다. 고맙습니다."

남녀는 함께 허리를 굽혔다.

"괜찮아요. 잘 가세요."

남녀가 무사히 핀란드 국경을 넘어 아무런 제약도 억압도 없는 곳에서 삶이 이루어지기를 나는 진심으로 빌었다. 그들이 그곳까지 온 것만도 내게는 경이롭고 눈물겨웠다. 나중에 들으니 핀란드 쪽으로 가는 탈북자들도 꽤 있다는 것이었다. 내게 그런 용기가 있을까, 나는 내가 초라해지는 걸 느꼈다. 억압을 벗어나기 위해 자유를 찾아가는 사람들이 있는 한 삶은 자랑스러운 것이라고 나는 머리를 끄덕였다. 내게 다른 삶을 보여줌으로써 진정 고마워해야 할 사람은 나였다.

여기저기 다른 나라를 돌아다녀보면 구석구석에서 한국인들을 만난다. 이런 곳에 왜, 어떻게 왔는지 상상이 되지 않는 곳이었다. 어느 나라 사람이든 마을을 이루고 살고 있기 마련이듯이 한국인들은 그런 반면 한두 명이 곳곳에 숨어 있듯 살고 있었다. 그들이야말로 삶의 '편도'를 산다고 해도 좋았다. 한번은 수마트라의 숲 속에 집을 짓고 컴퓨터의 한글 자판을 두드리는 청년도 보았고, 북구의 간헐천을 안내하며 사는 부부도 보았다. 외로움이 내게 옮아 공연히 내가 괴로움을 앓아야 했다. 이런 곳에 왜? 어떻게? 따위는 물을 필요도, 가치도 없었다.

나도 이 나라를 떠나고 싶은 적이 있었다. 그야말로 벗어나고 싶었다. 많은 사람들이 죽어간 1980년의 어느 날, 나는 먹고사는 문제 때문에 남쪽 도시로 가지 않을 수 없었다. 나중에 '민주화 운동'이라 불리게 되는 사태는 겉으로는 완전히 가라앉았지만, 상처가 아물려면 훨씬 긴 시간을 필요로 하던 때였다. 시위대도 군대도 없는 거리는 말끔했다. 그렇지만 거리가 말끔하다는 말조차 꺼내서는 안 될 듯했다. 만나는 사람에게 어떤 위로의 말도 건넬 수 없었다. 자칫하면 겉치레로 들릴 수 있었고, 자칫하면 잘 모르고 지나치게 깊게 간섭할 수 있었다. 모두가 그 일을 떠올리기조차 피하고 있음을 나는 알고 있었다. 그러나 뻔히 아는 사실을 일부러 피해간다는 것이 얼마나 어려운지 나는 새삼스레 깨달았다. 우리 모두는 어떤 종류의 말만이 금지된 사람들이었다. 몇 사람을 만나고 술을 마시는 동안 내 긴장은 쌓여갔다. 뭔가 말했으면 좋으련만 적당한 말이 떠오르지 않았다. 어느 한 가지의 제약 때문에 다른 문제에도 상상력에 제약이 따른다는 것을 나는 알고 있었다. 내게는 1970년대의 군대 이야기가 그것이었다. 써서는 안 된다고 해서가 아니라 나는 군대에 대해서 글을 쓸 계획이 아예 없었다. 그럼에도 불구하고 내 상상력은 억눌린다고, 나는 확실히 경험했다. 전혀 다른 글이라 할지라도 내 속의 글을 꺼내기 힘들었다. 마음 한쪽에 어떤 금기를 안고서는 금기 아닌 다른 쪽도 자유롭지 못했다. 그 사실을 알게 된 나는 숨도 제대로 쉬기 어려웠다. 쓸데없이 어려운 이야기처럼 되어버렸으므로 1980년의 그 도시에서의 하룻밤을 잠깐만 이야기하고 넘어가기로 한다. 그날 밤 나는 엉망진창 술에 취해 여관방으로 들어와 정신없이 쓰러지고 말았다.

"나는 아니에요. 정말이에요. 나는 아무 일도 안 했어요."

새벽녘인가 나는 내 외침소리에 퍼뜩 깨어났다. 나는 내가 지른 소리가 꿈속의 외침인지 실제의 외침인지 갈피가 잡히지 않았다.

"정말이에요. 아무 일도, 아무 일도."

나는 반쯤 몸을 일으켜 무릎마저 꿇고 있었다. 어떻게 된 노릇이며 나는 누구에게 빌고 있는 것일까. 시위대일까, 군대일까. 그것도 모호했다. 죽이고 죽는 사태가 계속되는 동안 서울에 있었던 내가 아무 일도 안 했음은 당연한 노릇이었다. 그런데도 나는 빌고 있었다. 뭐가 어쨌다고 '아무 일도 안 했'다고 고백해야 한단 말인가. 나는 비로소 내 정체에 대해 의심이 들었다. 뭔가 한없이 부끄러웠다. 그로부터 얼마 동안 나는 이 나라를 벗어나고 싶어서 안달을 하며 살았다. 이 나라에 살자면 그 외침을 지켜 곧이곧대로 앞으로 아무 일도 안 하고 무지렁이 그림자처럼 살 수밖에 없을 듯싶었다.

그러나 나는 이 나라에 살아남았다. 현실을 벗어나 다른 삶을 택하기 전에 한국에서의 삶이 와락 달려들었다. 잘된 일인지 잘못된 일인지 따지기도 전에 나는 현실에 빠져들었다. 그리고 몇 달 동안 러시아에 갔다 해도 한국인으로서의 행동에 지나지 않았다. 그 얼마 전에 한국으로 보낸 시 한 편도 한국인으로서의 한국 연가(戀歌)라고 해야 마땅했다. 그러니, 나는 언제나 변함없이 한국을 사랑하는 사람이라고 고백할 수밖에 없겠다.

새벽에 깨어

이제는 무색한 혁명 기념탑

광장을 내려다본다

황막한 러시아 땅 며칠째 지날 때나

핀란드의 숲을 바라보던 때나

푸시킨, 톨스토이, 도스토예프스키, 표트르, 예카테리나

그 이름들 지날 때나

그대 자하문 고개에 서 있었다

네바 강 기슭의 흰 자작나무처럼

로스트랄 등대의 불꽃처럼

성 이삭 성당의 궁륭 지붕처럼

길가의 가을 민들레처럼

여름궁전 숲 속의 바람처럼

그 자하문 고갯길 그대

시시각각 내게 서 있었다

영원은 짧고 순간은 길다

레닌이 세운 혁명 기념탑은 이제 '무색한' 모습으로 내 앞에
있었다. 러시아도 핀란드도, 역사에 이름 높은 사람들도 내가

셋집을 얻었던 자하문 고개 동네에 머물러 있었다. 내가 뜰을 가지면 자작나무를 심고자 한 것도 그래서였으며, 그래서 '하얀 그리움 우거져 숲이 된다'는 풍경을 보고 싶어서였다.

전시회를 보고 나온 나는 〈워비치의 소녀〉를 바라보며 한동안 서 있었다. 여기가 강원도의 어디인 듯하다고 두리번거렸다. 그런데 폴란드 소녀라니? 어찌된 셈인지 폴란드 비자는 나오지 않았다. 러시아어와 폴란드어를 모르기 때문에 어디가 어떻게 되었는지 따지지도 못했다. 사회주의가 몰락했음에도 강압적인 분위기는 예전과 같다는 느낌이었다. 소녀와 남자가 열차를 탄 다음 날 나는 폴란드 행을 포기하고 핀란드 역으로 향했었다. 물론 소녀는 없었다. 어느덧 국경을 넘었다고 믿고 싶었다. 오랜 시간이 지나서 국립박물관 앞에 선 나는 여기가 핀란드 역이라고 여기고 싶었다. 소녀의 얼굴이 벽에 그려져 있었다. 소녀는 워비치의 소녀이자 핀란드 역의 소녀이기도 했다.

국경은 잘 넘었나요?

나는 속으로 안부를 물었다. 어디선가 대답 소리가 들려오는 것만 같았다.

아무럼요. 염려 마시라요. 이제는 잡혀가서 수용소에 가지 않는다요.

소녀는 웃음을 지어 보였다.

늪지대에서는 철갑상어를 조심해야 되오.

나도 터무니없는 말까지 덧붙였다. 그곳에 철갑상어란 있을 리 없었다. 그러니까 무시무시한 무엇인가가 앞날에 닥칠지 모르니 조심하라는 말을 그렇게 비유했는지 몰랐다. 그러자 비싼 값의 귀한 철갑상어인 만큼 조심하라기보다 가까이하라고 해야 맞을 것 같아서 나는 혼자 씨익 웃었다.

아무쪼록 잘 살길 빌어요.

내가 폴란드 비자를 받지 못한 반면 핀란드 역에 간 목적은 달성되었다고 여겨졌다. 나는 러시아를 떠날 다른 방법을 찾아야 한다. 하지만 그들은 자유를 얻었다. 나는 그들의 돈으로 단지 표를 사주었을 뿐 그들에게 역할을 했다고 생색낼 것은 없었다. 다만 나는 그들의 자유를 축하하면 그만이었다. '자유를 축하한다'는 말이 성립하다니, 신기하기 짝이 없었다. 자유란 우리가 본래부터 가진 것, 말 그대로 자유일 뿐, 무엇을 축하한단 말인가. 그야말로 어불성설이었다. 그럼에도 불구하고, 나는 자유를 축하하고 있었다. 그 말에 이르렀음이 오랫동안 내가 살아온 길을 밝혀준다고 나는 비로소 깨달은 듯싶었다.
자유를 자유롭게 말할 수 있는 자만이 진정한 자유인이었다.

워비치의 소녀는 푸른 눈으로 그리움을 나타내고 있다. 그
리움에는 기다림과 함께 두려움이 실려 있다. 워비치는 폴란
드의 민속의상으로 알려진 도시였다. 그들의 역사도 승리와
패배를 함께하며 소녀의 머리와 어깨를 덮은 민속의상 피나포
어처럼 오늘날에 생생하게 살아 있다.

핀란드 역의 북한의 한국 소녀가 내게로 걸어온다.

저어…… 말입니다……

나는 소녀를 바라본다. 조선족이든 고려인이든 한국인이든
자유인을 위해서는 내게 폴란드 비자가 나오지 않은들 상관없
다. 워비치의 소녀도 내 말을 기다리고 있다. 나중에 강원도로
오시오. 강릉으로 오시오. 그러므로 내가 러시아를 떠나 프랑
스를 거쳐서 한국에 돌아온 길을 여기서는 생략할 수밖에 없
다. 다른 데서도 조금씩은 이야기했으며 내가 여기 서 있다는
것만 보여주어도 될 것이기 때문이다. 북한 소녀에게는 축하
를 해주었으니, 폴란드 소녀에게는 무슨 말을 할 것인가.

그날 나는 핀란드 역에서 내내 눈길을 걸어 미스트랄 등대
앞의 모퉁잇길을 지나 숙소로 돌아왔다. 지하철이나 궤도버스

를 타지 않고서는 좀처럼 걷기 힘든 거리였다. 그리고 그리움이란…… 하고 뭔가를 생각하고 싶어 했다. 그 순간들을 회상하며 나는 국립박물관 앞에 서 있다.

워비치의 소녀가 입은 민속의상은 폴란드 역사를 배경으로 하고 있다. 소녀에게 무슨 말을 할 것인가. 나는 폴란드어를 모르므로 한국어로 말해주어야 한다. 나는 소녀를 바라본다. 그리고 말한다.

그리움이란, 그리움이란……

네? 무슨 말이죠?

소녀는 눈을 동그랗게 뜬다. 아차, 하고 나는 몸을 추스른다.

핀란드 국경을 넘는 소녀가 있다오. 한국의 소녀는 멀리 동방의 압록강 두만강 국경을 넘어왔지요. 한국의 이미륵이라는 작가가 독일에서 쓴 《압록강은 흐른다》, 독일어로 'Der Yalu Fliesst'라고 했는데 읽어보기를 권하오. 주인공 소년이 압록강 국경을 넘어 유럽으로 가서 성장하는 이야기. 국경을 넘는다는 건 자유를 얻는다는 뜻이라오. 그게 다 그리움을 이루기 위해서라오.

그리움을 이루기 위해……

그렇지요. 한국에서는 그걸 삶이라고 한다오……

나는 무엇을 말하고 있는 것일까. 소녀가 알아듣지 못할 이야기를 무엇 때문에? 그리움과 삶이 뭉뚱그려지며 멀리 국경을 넘는 사람들의 그림자가 어린다. 라오스, 미얀마 혹은 태국에 오늘도 그림자 같은 북한 사람들의 발자국이 스며든다. 중국 대륙을 건너온 부르튼 발이다. 김동환이라는 시인의 '아하, 밤이 점점 어두워간다./ 국경의 밤이 저 혼자 시름없이 어두워간다./ 함박눈조차 다 내뿜는 맑은 하늘엔/ 별 두어 개 파래져/ 어미 잃은 소녀의 눈동자같이 깜박거리고' 하는 시를 문득 생각한다. 그러나 죽음을 내맡긴 소녀에게는 오로지 부르튼 발이 진실이다.

안 들려요. 뭐라 말하세요?

소녀는 국경을 넘어 내게 묻는다.

그리움이란……

나는 나 혼자만 들리는 소리임을 알고 있었다. 그것은 내 인생을 향한 다짐이었다.

뭐라구요?

그걸 삶이라고 한다오…… 그리움이란……

소녀는 눈동자를 삶같이 깜박거린다.

그렇다오, 그렇다오.

얼마 전 폴란드 대통령이 소련 스탈린 시대에 희생당한 폴란드 애국자들을 위해 그들이 숨진 숲 속으로 갔다는 신문기사를 주의 깊게 읽었다. 나도 그들의 영혼을 추모하며 그 숲 속에 함께 간 듯했다. 서울의 폴란드 대사관 앞을 지나 삼청동 길을 지날 때면 언제나 굳게 닫혀 있는 듯 묵묵한 철문을 본다. 나는 그 철문 앞에서 소녀에게 예전 내가 비자를 얻지 못한 사실을 이제는 후후훗 즐겁게 말하며 삶을 이야기해주고 싶었다.

이제는, 이제는 모두가 자유를 이야기해도 좋을 시간이었다. 세계의 반쯤을 돌아 이제 나는 다시 강릉의 동해안의 모퉁잇길에 서 있다. 워비치의 소녀가 푸른 눈을 깜박이며 내게 손을 흔들고 있었다. 핀란드 역의 소녀도 국경을 넘어 자유를 얻었다고 손을 흔들고 있었다. 이제는, 이제는 자유를 이야기해도 좋을 시간임을 내게 알려주려는 손이었다.

호랑이는 살아 있다

강릉에서 전국체전이 열리는 날이어서 갑자기 숙소를 잡을
수 없다고 했다. 아무 준비도 없이 간 것이 탈이었다. 어쩌나,
하고 있다가 이리저리 수소문해서 간신히 해결할 수 있었다.
아침에 일어나보니 앞쪽으로는 바다가 활짝 열려 있는 방이었
다. 멀리 수평선 가까이 고기잡이 배 몇 척이 떠 있는 바다가 바
로 아래까지 다가와 있었다. 지난 저녁만 해도 최소한의 숙소
라도 잡아보려고 조바심을 내던 게 전혀 남의 일 같기만 했다.
  나는 그 바다를 잘 알고 있었다. 내가 그 바다를 처음 본 것
은 여덟 살 무렵의 일이라고 헤아려진다. 그때 나는 아버지를
따라갔고, 그곳에는 군인들이 줄지어 서 있었다. 물론 어린 나
로서는 그곳에서 일어난 일을 자세히 알지 못했다. 다만 그 바

다는 그렇게 내게 다가왔고, 백사장에 반사되며 빛나는 햇빛이 내 눈을 부시게 하던 기억이 강렬하게 남았을 뿐이다. 따라서 그 바닷가는 그 뒤로도 항상 눈부셨다. 그 눈부심의 뒤로 얇은 막이 쳐져 있는 것만 같았다. 얇은 막에 나는 〈동해 바다〉라는 시를 써서 미안함을 전한다.

꽃 한 송이 던져주지 못한 바다다
사노라고, 이리저리 부대껴 다니노라고
꽃커녕 웃음 한 뜸 던져주지 못한 바다다
어머니의 뼈를 뿌린 바다다

'어머니의 뼈'에서 나는 몇 해 전부터 숙연하게 그 바다를 다시 대하게 되었다. 그러므로 발길이 쉽게 떨어지지 않는 바다가 된 것이다. 눈부셔서 잘 보이지 않는 뒷막에는 내가 쓴 시가 언제까지나 나부끼고 있다.

이번에 강릉에 간 것은 한 작은 도서관의 '명예관장'으로 위촉된 때문이었다. 예전에 어린 내가 살던 동네에 있는 그 도서관은 '문화작은도서관'이라는 새로운 이름표를 붙이고 있었다. 문화원이 자리 잡았던 건물이라고 했다. 어느 소설에도 써놓은 어릴 적 뛰놀던 객사문과 임당동성당을 가까이 볼 수 있어서 나는 그 시절 속으로 금방 들어간 느낌이었다. 주관하는 곳에서 나를 위해 그 도서관을 지정했다는 설명이기도 했다.

'고향의 도서관에 이렇게 오게 되다니……'

나는 속으로 더듬거렸다. 세상에 나온 지 겨우 몇 년밖에 안 된 어린 내가 그곳에 있었다. 내가 이제까지 겪으며 지나온 엄청난 세상이 나를 기다리고 있으리라고는 꿈에도 모르는 어린 나는 객사문 아래 흙을 파며 놀았고, 임당동성당의 계단을 오르내리며 놀았다. 그리고 오랜 세월이 지난 삼십 대의 어느 날, 저쪽 네거리 적산의 우리 집을 배경으로 신춘문예 소설 응모작을 쓰던 나까지 어울려 내 망막에 어렸다. 나는 내 인생의 시작과 문학인으로서의 시작을 함께하고 있는 것이었다.

객사문은 예나 지금이나 그대로 의젓하게 서서 국보가 되어 있었다. 객사란 관청에 온 사람들이 묵어갈 수 있는 집인데, 그 집의 대문을 일컫는다. 고려시대에 지은 관청집은 모두 없어져서 최근에야 다시 지었다고 했다. 그러나 객사문만은 옛 모습 그대로 이 터를 지켜왔으며, 기둥의 배흘림 기법은 무량수전의 그것보다 더 뚜렷하다고 했다. 나는 최순우 선생이 찬탄한 무량수전 배흘림기둥을 비교해보며 객사문 기둥을 쓰다듬어보았다.

'이제야 돌아왔구나.'

어디선가 낯익은 목소리가 들려오는 듯했다. 이웃집 소녀와 그곳에 와서 소꿉놀이를 하던 내 모습이 보였다. 그러나 얼마 전까지만 해도 나는 고향이라는 존재에 쉽게 녹아들어가지는 못했다. 어쩌면 고향에서 떨려난 듯한 느낌이었는지도 모른다. 내 노트에 적혀 있는 메모에도 나타나 있다.

그곳에는 으스스한 무엇이 살고 있다

가끔 뒤돌아보며 길을 걸으면

한 발짝 한 발짝 나를 따르는

그 모습의 기척을 느낀다

오래전에 잊었지만 금방

나를 따르다가 내 안에 들어와 앉으려는

그것을 피하려고 나는 기우뚱거린다

그러다가 나 역시 무엇이 된다

나뿐만이 아니라 기우뚱거리는 산과 바다

나도 내가 아니라 무엇이 된다

나는 나 자신이 모호해서 '무엇'이 된다고 고백할 수밖에 없었다. 여기서는 그냥 '그곳'이라고 적혀 있지만 나는 고향을 말하고 있었다. 하지만 그런 가운데서도 '무엇'에서 벗어나 나의 정체성을 찾으려는 의지가 스며 있다고 말하고 싶었다.

그날 아침에 바닷가를 걷는 걸음은 새로웠다. 나는 이제 '무엇'이라고 나를 정체불명의 이름으로 부르지 않아도 되었다. 기우뚱거리지 않아도 되었다. 과거의 슬픈 사연들을 딛고 새로운 내가 되어도 좋은 것이었다. 이렇게 나는 비록 늦은 나이가 되었지만, 강릉 문화작은도서관의 명예관장이 되었다고 '어머니의 뼈'와 고향 산과 바다에 고하고 있었다.

'강릉으로 가게 되었다'고 쓰고는 있는데, 그러리라고는 생각해본 적이 없었다. 그러므로 '가게 되었다'는 말에는 약간의 뉘앙스가 있다. 하여튼 강릉의 한 '작은 도서관'의 '명예관장'이라는 이름을 얻고, 위촉패라는 것까지 받으면서 나는 '돌아왔다'고 말했다. 여덟 살에 떠나 일흔 살에 돌아왔다……고, 육십이 년이 걸려 먼 우회로를 돌아서 돌아서 마침내 고향에 이르렀다……고.

그동안 그곳에 가지 않은 것은 아니었다. 꽤 여러 번 드나들었다고도 할 수 있었다. 그러나 이번 일이 막상 닥치고 보니 '수구초심(首丘初心)'이라는 말과 함께 고향으로 돌아가는 내 모습이 지금까지의 내 몰골 위에 덮여오는 걸 느끼게 되는 것이었다. 이것은 새로운 경험이었다. 새로운 경험이 새로운 인생을 여는 느낌이었다. 그리하여 나는 '강릉으로 가게 되었다'고 기록한다.

강, 릉, 으, 로, 가, 게, 되, 었, 다.

그러자 나는 아주 오랜 세월을 '페르귄트'처럼 떠돌다가 마침내 고향으로 돌아온 것만 같았다. 문득 돌이켜보니 과연 그러했다. 여덟 살의 떠남은 내 앞날이 떠돎의 날들이라고 미리 정해주고 있었다. 집안은 여러 지방을 돌면서 한해살이풀처럼 살게 되고 그에 따라 나는 학교를 옮겨 다녀야 했다. 이 과거를 나는 '우회로'라고 표현한 것이었다.

그리고 얼마 전에 쓴 시를 곁들여 간단한 선화(線畵)도 그려서 강릉의 '모루'도서관에도 보냈다. 선화의 내용은 물고기, 옥수수, 호랑이 들로서 어릴 적부터 내게 원초적으로 입력되어 있는 표상들이다. 호랑이가 나무로 변신하여 처녀네 집으로 내려오는 신화는 유네스코의 세계문화유산으로 지정된 강릉 단오제의 원형을 이루고 있지 않은가.

'명예관장'이라고, 출입구 위에 임만혁 화가가 그린 초상화도 걸어놓아서 알고 보니, 내게 주어진 역할은 상당히 구체적

강릉 가는 길

윤 후 명

삶을 이어 가기에는 감자가 아리고
사랑을 나누기에는 물고기가 비리고
죽음을 이룩기에는
산과 바다가 죽음보다 긴 잠 하여의
그리운 사람들 모두 어디로 가는지
물어보고 싶던 날이 있었다
뒷산 호랑이가 나무 되어 걸어 내려와
색시 데리고 살았다는 옛곳
옥수수 수염 같은 고향 길
그렇건만
삶과 죽음이 새삼 서로 몸을 바꿔
사랑을 더듬는 모습 속에
더욱 알 길 아득하여
어디인가   어디인가
어디인가   먼동 거리기만 하였다

2015. 10

으로 제시되어 있었다. 한마디로 말하면 책 읽기에 도움이 될 만한 일을 펼치자는 것으로 모아지는 계획들이다. 말이 오가는 동안 나는 결심을 굳히고 있었다. 그렇다면 해야만 하리라, 하고. 그러니 나의 '돌아옴'은 어떤 역할을 하겠다는 말의 다른 표현이 된다. 그리하여 나는 이제 그곳의 자연을 좀 더 깊이 가까이 하면서 내 마지막 글을 쓸 꿈을 꾼다. 글이란 삶의 보은(報恩)임을 깨달아 고향에도 보은하겠다는 뜻이다. 이것이 내 삶이로구나, 하면서……

'우회로'는 살아오는 동안 여러 도시들을 거쳐야 했던 생활을 한마디로 말하는 것이었다. 그러나 페르귄트가 떠돈 길을 주로 바다라고 한다면, 나는 동해보다도 서해로 잠깐 눈을 돌려볼 수 있을 것이다. '어머니의 뼈'를 묻기까지 나는 동해를 일부러 피해왔다고 공공연히 말하기도 했었다.

모든 장면은 강원도 강릉 읍사무소 앞집에 머물러 있는 듯했다. 내가 태어나서 여덟 살에 떠나올 때까지 살았던 그 집. 그 집을 떠난 나는 먼 '우회로'를 떠돌았다. 지난 저녁, 숙소를 찾아 가면서도 나는 어린 나의 기억에 남아 있는 곳인가 어떤가 가늠하곤 했었다. 남대천의 둑길은 아무래도 내게는 다른 지도 속에 있는 듯싶었다. 어릴 적 남대천가의 단오장에 어머니를 찾으러 가서 사람들 속에 파묻혔던 나는 어디로 갔을까. 그러자 내 눈에는 엉뚱하게 서해의 섬들이 펼쳐졌다. 시끌벅적한 단오장도 어디로 가고 사람 그림자도 보기 힘든 섬들이었다. 이게 웬일이람? 남대천의 둑길을 오른 것은 어릴 적의 내 기억을 더듬고자 함이었다. 더군다나 건너편에는 단오제 행사를 살펴보는 기념관이라는 건물도 있다고 했다.

지금도 저 냇물로 연어가 올라오나요?

나는 둑길에 올라 묻고 싶었다. 그러나 내 옛 모습은 어디에도 없었다. 당연했다. 하지만 나는 여전히 무엇인가를 찾고 있었다. 그와 함께 느닷없이 서해의 외로운 섬들이 망막에 어리는 까닭을 알 길이 없었다. 나는 고향 냇가에 돌아와 연어를 보려 하고 있었다.

나는 한 번도 가보지 못한 강의 하류로 걸어갔다. 강이라고 했지만 이름은 엄연히 남대천으로, '천'이 붙어 불린다. 그리 멀리 걸어가지도 않았는데, 물결이 출렁거리며 건너편이 멀어지고 있었다. 널따란 강이 틀림없었다.

"여기가 이렇게……"

나는 놀랐다. 순간적으로 떠오른 것이 메콩 강이었다. 내가

호랑이는 살아 있다 275

바다와 맞닿은 메콩 강을 직접 본 적이 있었는지도 기억에 가물거리는 터에, 나는 무엇을 근거로 그렇게 보았던 것인지 알 수 없었다. 몇 번의 여행길에 메콩 강을 건넌 적은 있었다. 그 강은 동남아의 인도차이나 반도를 흘러내리는 긴 강이었다. 역사의 소용돌이를 안고 여러 사연을 삭인 채 강은 이제는 평화롭게 흐른다. 그 강을 유람선으로 오르내리는 것이 오늘의 현실이었다.

한 번은 캄보디아에서, 또 한 번은 태국에서 나는 강을 건넜다. 그러나 두 번 다 공교롭게 일행이 몸이 아파 동행할 수 없어 마음이 불편할 수밖에 없었다. 그러나 메콩 강은 인도차이나의 느낌을 더 가까이하는 직접적인 경험이라고 나는 생각하고 있었다.

강은 흘러내리기에 마음을 흘러내린다. 흘러내리며 마음을 적신다. 땅의 말을 들려준다. 중국의 동북, 즉 만주에서도 무단강을 건너는 것은 우리 선조들이 유랑한 땅의 말을 듣는 것이었다. 시인 김동환이 '에잇, 에잇' 하고 노 젓는 장면을 표현한 바로 그 강이 아니었던가. 그 머나먼 광야를 흘러가서 노 저어 배를 타고 강을 건너던 사람의 막막한 심정이 메아리로 남아 들려오며 가슴이 먹먹할 뿐인 것이다.

친구의 아버님이 일제 때 학병으로 끌려갔던 인도차이나에 관한 이야기를 들은 적이 있었다. 나는 우기에 메콩 강을 건넌 이야기를 들으며 내 마음에도 비가 줄곧 내리는 것만 같았다. 포를 끌고 가던 말은 진흙탕에 빠져 움직이지 못한다. 아버님은 말을 돌보는 사병이었다. 하는 수 없이 말을 진흙탕에 내버려두고 긴 행군 끝에 메콩 강을 건넌다. 강은 삶과 죽음의 경계를 흐르고 있었다. 마침내 전쟁이 끝나고 아버님은 싱가포르로 옮겨갔다가 고국에 돌아온다. 천신만고 끝에 살아 돌아온 역정이었다. 그러나 아버님이 살아온 사실에 누구 하나 관심을 기울이지 않았다. 아버님의 귀국은 특별하게 여겨지지 않았다. 수중에는 집으로 돌아갈 차비조차 없었다. 언제 무슨 일이 있었느냐는 듯 사람들은 그저 그러려니 일상을 살고 있을 뿐이었다. 조국을 잃은 청년의 억지 참전보다도 이 버려짐이 내게는 더욱 큰 아픔으로 다가왔다.

"그때 같은 배를 타고 돌아온 여자들은 지금 어떻게 되었는지……"

아버님은 그 여자들 중 친했다는 한 여자에 대해서도 들려주었다. 이른바 위안부라는 이름으로 지금껏 해결되지 않고 문제를 안고 있는 여자들. 그 회상은 일본 아사히신문에도 실렸었다. 이야기를 들으며 나는 내가 마치 그 운명인 듯싶었다. 내가 이 세상에서 버려진 것만 같았다. 누구의 뜻이었던가. 나는 왜 버려졌는가.

나는 메콩 강을 바라보듯 고향의 강 옆 둑길에 서 있었다. 그 것은 내가 상상하던 고향의 풍경과는 또 다른 모습이었다. 하기야 나는 어려서 그곳을 떠났으며, 그 뒤로 우리나라의 모든 곳이 몰라보게 변한 것도 사실이었다. 어디든 옛 모습을 더듬기 어려운 노릇이었다. 그러자 내 앞에 뜻밖의 다른 강이 나타났다.

"메콩 강 같아……"

나는 나도 모르게 중얼거렸다. 느닷없이 웬 메콩 강인지 나도 알 수 없었다. 나는 오래전에 세상을 떠난 친구 아버지를 회상하고 있었을까. 나는 전쟁 때 아마도 이 강을 건넜으리라 생각했는지도 모른다. 그리고 어머니와 내가 돼지우리에 엎드려 있던 그 장면은 여기 어디에서의 일이리라. 생명에 위험을 느낀 우리가 엉겁결에 뛰어들어 숨죽이고 있던 돼지우리. 한참 뒤에 가만히 머리를 들어 살펴보니 건너편 언덕 밑으로 인민군들의 행렬이 이어지고 있었다. 그러고 나서 우리는 강에 맞닿아 있는 바다로 나아가 배를 탈 것이었다. 어둑어둑한 때여서인지 배는 '검은 배'로 내게 각인되어 있었다. 일찍이 '하얀 배'라는 소설을 써서 중앙아시아에서 우리 동포 소년이 한국말을 배우는 이야기를 쓴 적이 있는 내게 '검은 배'는 어린 내가 전쟁을 피해 배를 타고 가는, 아직 씌어지지 않은 소설이었다. 예전에 제주도나 백령도나 독도를 향해 가는 배를 탔을 때, 나는 어김없이 '검은 배'를 되살리곤 했었다. 내 글의 어딘가에 조금씩 나타나는 그 장면을 모아 하나의 완성된 소설을 언제쯤 쓰게 될까, 기회를 기다리다가 이 나이에 이르렀으니, 고향의 바다에 진 빚을 언제 갚을지…… 더군다나 그것은 그냥 배를 탄 것이 아니었다. 내 어린 생명의 미래를 맡긴 것이었다. '검은 배'에 실려 피난을 간 나는 내 삶을 얻었다. 그것은 온통 어둠뿐인 바다를 모질게 지나 오늘까지 내 글을 쓰며 내가 바라던 삶을 살고 있게 된 진정한 탄생의 의미를 품고 있었다.

모든 강은 흘러 바다로 간다. 바다에는 배 한 척이 떠 있다. 그 배를 타고 인생이라는 항로를 항해해 간다. 어느 항구에 닿을까. 나는 고향의 강 하구에 서서, 둑길 위에 서서 내가 건너온 머나먼 여러 강들을 뒤돌아보며 어느 항구에 내려 '검은 배'를 쓸 수 있을까, 내 오랜 숙제를 다시금 마음에 되살렸다.

그런데 이번에는 난데없이 서해의 섬들이 머리를 스쳐 지나갔다. 도무지 알 수 없는 반전이라고밖에 할 수 없었다. 삼십 대에 내가 바라본 섬인 격렬비열도. 소설가가 되기 위해 원고지를 펼치고 격렬비, 격렬비, 격렬비, 그 열도를 몇 번이나 써내려갔던가. 그 원고는 섬의 단애에 부딪힌 파도의 비말과 함께 지금은 찾을 길이 없게 되었다. 남대천은 흘러가건만 나는 그동안 역마살을 어찌지 못해 헤매 다닌 서해의 섬들을 상흔처럼 바라보았다.

바다로 가고 싶은 순간이 있다. 그래야만 속이 풀릴 것만 같은 순간이 스쳐 지나간다. 이것을 그냥 눌러두면 나도 모르게 스트레스가 쌓이는 것일 터이다. 그러나 바다로 막상 가면 나는 무엇을 해야 할지 그만 목적을 잃어버리고 만다. 아니, 애초부터 목적이란 없었던가, 하고 생각이 흐트러진다. 바다에는 본래 아무것도 없기 때문에 그렇기도 할 것이란 말인가. 그러나 '가고 싶다'는 욕망의 밀도를 생각하면 허망한 일이다. 다시 한 번 한마디 말을 기억해야 한다.

'바다가 굉장한 것은 굉장한 게 아무것도 없기 때문이다.'

명언 같기도 하고 궤변 같기도 한 이 말이 나를 떠나지 않는다. 문제는, '아무것도 없기 때문'임을 인정한다 해도 가고 싶다,

보고 싶다는 어느 순간이 나를 덮쳐온다는 사실이다. 그러니까 궁극적으로 바다는 '있다'는 것만으로 내 삶에 깊이 개입되어 있음을 인정할 수밖에 없다. '있다'는 것은 그것만으로 '굉장한' 사실이 되는 것이다.

여태껏 연관을 짓고 있는 기관의 연수원이 바닷가에 있어서 몇 번 다녀오곤 했었다. 방에서 내려다보이는 저쪽 방파제 끝에는 빨간 등대가 서 있고, 안쪽의 바다에는 때맞춰 밀물 썰물이 드나들었다. 그리고 바닷가를 걷다가 작은 고둥들이 기어다닌 흔적을 발견하고 사진을 찍었다. 고둥의 흔적은 놀라운 그림이자 글자였다. 어떤 것은 단순하게 반원을 그리고 있는가 하면 어떤 것은 궤도차의 캐터필러 같은 무늬를 그리고 있으며, 어떤 것은 어지럽게 얽혀 있었다. 바닷물이 빠진 시간을 모래펄에 삶의 궤적을 남기고 있는 것이다. 바닷물이 들어오면 가뭇없이 사라져버릴 발자취이기도 했다. 바닷가에 많이 갔어도 그런 흔적을 보는 건 처음이었다. 고둥이 남긴 발자취. 지금 내 방의 한쪽에는 그 발자취를 찍은 사진 네 장이 걸려 있다.

고둥의 발자취는 무엇이며 나는 왜 그걸 사진 찍어보고 있는가. 물음을 던지는 것부터가 어리석은 일이다. 바닷가에 그런 그

림 혹은 글자가 있다는 사실, 그것이 나를 부른다. 곧 물결에 휩
싸여 사라진다 해도 상관없는 일이다. 나는 그것을 보기 위해
바다로 가야 한다.

어릴 적 사춘기의 나는 여름이면 바다에서 살다시피 했었다.
수영을 배운 것도 파도를 타면서였다. 힘만 있으면 바다에 언
제까지나 떠 있을 수 있었다. 지금도 배를 타면 육지까지의 거
리를 헤어갈 힘을 가늠한다. 어렵겠다, 여기는 순간 지난 시절
이 내게서 떠났음을 느낀다. 과거란 무엇인가 했더니 그렇게
흘러간 것을 말하는 것이었다. 그래서 바닷가를 기어다니는 한
마리 작은 게인 엽낭게를 불러다놓고 '엽낭게의 사랑'이라는 제
목 아래 몇 줄 시를 쓰기도 했다.

가위발을 들어 사랑을 찾다가
엽낭게는 길을 잃었다
넓고 넓은 바닷가에 오막살이 집 한 채
늙은 아비는 어디서 기다리는가
가야 할 곳을
아무도 가르쳐주지 않는다
마파람에 게 눈 감추듯

엽낭게는 자기마저 잃었다

밀물 썰물만 하염없이 드나드는 동안

몇 겁이 흘렀다

몇 겁이 흘렀다

뒷날 누군가가 사랑을 말하며

그 발자취 위로

그림자처럼 지나간다

세상의, 삶의 허망함을 말하고 있는 것일까. 물론 거기까지 읽어도 할 수 없는 노릇이다. '몇 겁'이라는 길고 긴 시간이 지난 다음 '그림자처럼 지나'가는 사람은 누구인가. 그게 누구든 그는 '사랑'을 말하며 '지나간다' 나는 썼다. 작은 엽낭게는 지금 사라지지만, 그래도 '사랑'은 남는 게 아닐까…… 말하고 싶었을 것이다. 바다에는 굉장한 아무것도 없다 하더라도 이렇게 작은 일이 벌어지는 한 굉장하다고 말하고 싶었을 것이다.

나는 청소년의 내가 자맥질하던 바다로도 가고 싶다. 오랜 세월이 지난 뒤 지금 바닷가에 나도 내 그림을 그리고 내 글자를 쓰고 싶다. 비록 곧 사라질지 모르지만 그것이 나의 유일한 행위일 수밖에 없다. 바닷가에 남겨진 그것은 곧 물결에 휩쓸려 사라질 것이다. 그러나 그 행위의 발자취, 그림자는 바다 어디엔가 남아 내 머릿속에 기억으로 남을 것이다.

기억이야말로 삶임을 믿기 때문에 나는 바다로 가야 한다. 엽낭게처럼 길을 잃어도 사랑의 기억을 남기지 않으면 안 된다. 그리하여 그 바다 앞에서 나는 로드 짐처럼 인생을 헤쳐 가는 뱃사람이 되는 꿈에 젖기도 했다.

흔히 '서해 5도'라고들 한다. 나도 그냥 그렇게 흘려들었을 뿐 '5도'가 어디어디인지 살펴볼 겨를이 없었다. 백령도를 몇 번 다녀와 그곳에서 일어난 일을 단편소설로 쓰고, 또 인천 아트 플랫폼의 기획으로 시를 여러 편 쓰기도 했다. 그러면서도 '5도'를 꼽아보지는 않았었다. 이번에 인천에서 멀리 않은 승봉도에 다녀오면서 다시 그 생각이 떠올랐다. '5도'란 백령도를 비롯하여 자월도, 대이작도, 승봉도에 연평도일까. 그렇다면 강화도, 교동도, 덕적도는 어떻게 되는 것일까. 영종도, 무의도는?

하기야 나는 서해라고 부르는 것조차 그리 마뜩지 않아 하는 사람인 것이다. 서해보다는 황해로 불러야 한다. 나는 혼자서 그렇게 단정하고 있었다. 그래야 우리나라만의 '서쪽 바다'가 아닌 세계의 바다가 된다. 지도를 보면 세계에는 색채를 입은 바다가 나름의 상상력을 불러일으키며 곳곳에 자리 잡고 있었다. 홍해, 흑해, 백해, 청해 등등. 물론 중국의 청해는 푸른 바다이니, 어느 바다나 다 그렇듯이 특별한 색채라 할 수 없으며 게다가 바다 아닌 호수이기도 하다. 어떻든 황해는 종종 그렇게도 불리지만 그 이름이 확정되지는 않은 것처럼 여겨진다.

승봉도는 자월도와 대이작도와 나란히 그 사이에 있는 섬이다. 세 섬을 다니는 배편도 자월도→승봉도→대이작도의 순서로 운항하거나 날짜에 따라 그 반대의 뱃길로 운항한다. 그러니까 세 섬은 한 동아리로 묶여 있는 셈이다. 자월도와 대이작도를 다녀온 적이 있는 나는 승봉도마저 다녀오려고 벼를 수밖에 없었다. 그래야 작으나마 완성이 된다는 느낌 때문이었다.

승봉도에는 뜻밖에도 논이 많았고, 작은 백사장들이 군데군데 숨어 있었다. 어촌이라기보다 농촌이었다. 길은 숲을 지나 이어져 있으며 바닷가 둔덕에는 큰 잎사귀의 천남성의 군락이 자라고 있어서 오래된 숲이라고 말하고 있는 듯했다. 나는 그 숲 속에 들어앉아 나만의 어떤 글을 얻고 싶었다. 지금 내가 발을 딛고 보고 있는 그곳이 이 우주에서 유일한 나의 자리였다. 그 자리의 좌표를 나는 기록해두지 않으면 안 된다. 그것만이 내 삶의 모습이며 흔적이 된다. 시라도 좋고 소설이라도 좋았다. 이제는 시와 소설의 구별 없이 함께 쓰는 어떤 글이 내 장르라고 말하는 나는, 섬에 가 있는 나를 내 방법으로 증명해야 한다. 그것이 문학이었다.

어디든 나만의 공간을 만들고 싶은 욕망의 뒤에는 글 쓴다는 목적이 도사리고 있다. 문득 스티브 잡스의 말 한마디가 뇌리를 스친다.

'지금 가장 두려운 존재는 방 한구석에 틀어박혀 공부하는 사람이다.'

그의 말은 내게 절실한 충고이기도 했다. '나만의 공간'이라는 말에는 프랑스 소설가 알퐁스 도데가 딸려 온다. 그는 벌판에 버려진 풍차 방앗간을 사서 집필실로 만들고 《풍찻간 소식》이라는 소설집을 쓰지 않았던가. 대학생 때 우리나라에서도 번역되어 나온 문고본을 읽은 기억이 아직도 생생하게 남아 있다. 〈별〉이나 〈마지막 수업〉은 교과서에도 소개되었었다. '풍찻간' 같은 집필실을 갖는다는 것만으로도 진정한 작가가 될 각오를 되새길 것 같다.

논을 옆에 끼고 바닷가 길을 걸어 촛대바위로 향했다. 바닷가 돌들에는 갯강구들이 바삐 기어다니고 있었다. 작은 벌레는 아주 먼 시대로부터 살아온 듯이 보인다. 그 작은 생명체의 움직임이라도 살아 있는 바다, 살아 있는 자연이라는 고마움을 표하리라 한다. 인생의 여러 고비를 넘기고 이 섬기슭까지 살아 도착한 나라는 존재야말로 갯강구처럼 바위에 붙어 어떻게든 생명을 지켜오지 않았는가. 지난 긴 세월을 돌이켜보면 내가 살아온 자취가 기적 같기도 하여 갯강구에게도 고마움을 표하리라 한다. 전쟁, 혁명 같은 큰 이름의 격동을 겪으며 배고픈 문학이라는 걸 붙들고 보릿고개를 넘고 넘어 여기에 이르렀다. 그것이 이 바닷가에 서 있는 나의 좌표였다.

그러자 풍찻간 같은 멋진 집필실만을 바라볼 일이 아니라는 생각이 스쳤다. 이제 섬기슭에 서 있는 내게는 어쩌면 갯강구가 만들어주는 집필실이 더 절실할 것이다. 그것이 어떤 것일까는 다음 문제였다. 바닷가에서 무엇인가 배우지 않으면 안 된다. 아득한 공룡시대 때부터 살아왔을 갯강구를 뒤따라 바위 뒤에 방 하나를 만들고 들어앉아 내일 지구에 종말이 올지라도 책갈피를 펼치지 않으면 안 된다.

나는 바닷가 바위가 만들어놓은 작은 그늘에 몸을 앉히고 '황해의 골짜기'를 바라보았다. 그리고 멀리, 어디론가 떠난 친구를 그리워한다. '인생, 마지막 편지를 보내고 싶은 당신에게'라는 편지글이 쓰이기도 한다.

우리가 헤어진 지 몇 해가 되었는지 모르오. 아니, 형이 살았는지 혹은 어떤지도 나는 모르오. 그 몇 해 전 전화로 가늘게 들려오던 목소리. 떳떳하게 내게 모습을 나타낼 수 있을 때, 그때를 기다려달라고 하던 목소리.

도대체 이 모든 일들이 어떻게 가능한 것인지, 그저 인생이란 것에 탄식을 보낼 뿐이오. 더군다나 엊그제 수인선 열차가 다시 개통된다는 뉴스를 듣자 지난 일들이 와락 달려들어 나를 우리의 그 공간과 시간 속으로 데려가는 것이었소. 새로 개통된 수인선이 비록 여느 열차라고 할지라도 그것은 여전히 우리의 협궤열차이기 때문이오. 협궤열차가 바라보이고 기적 소리가 들리는 공간이 우리의 독립된 왕국이었지요. 그곳에서 우리의 만남이 독특한 문화를 이루었음을 오래전부터 알고 있었기에 더욱 그 시절이 그립소. 형이 내게 들려준 인용구 '눈물은 시간을 적시지만 시간은 눈물을 마르게 한다'를 늘 잊지 않고 있었으니, 이제 그 말을 형에게 되돌려줘도 좋겠다 싶은 심정인 것이오.

산과 호수와 바다가 어울려 있는 그곳은 서울 변두리 땅으로서 우리나라 문화의 한 축도를 이루고 있었지요. 모든 밥벌이가 서울에 있던 그 무렵 우리는 몸부림치며 서울로 나가곤 했습니다. 그리고 몇 푼 챙겨서 돌아와 양식을 마련한 다음, 버려진 논밭, 버려진 웅덩이, 버려진 모래언덕을 거쳐 마지막 포구로 가곤 했소. 온통 죽은 듯한 잿빛 포구의 갯고랑을 타고 바닷물이 들이차오고 마침내 깃발을 꽂은 통통배들이 숨을 고르며 들어오는 것이오. 오젓거리 육젓거리 새우들이 염전의 소금 더미처럼 쌓이면 망둥이 서대 장대에 상괭이 시육지도 미끈거렸지요.

문화의 축도라는 건 먹고살기에 팍팍했던 팔십 년대식 삶을 말하기도 하는 것입니다. 우리는 생활이 아니라 생존에 시달리면서도 오로지 문학을 향한 일념만으로 삶을 버티어나갔습니다. '고원에 달이 떴다'는 동료 소설가의 문장을 반추하며 먼 꿈을 가까이 끌어당기던 날은 포장마차의 술잔에도 꿈이 찰랑거렸지요. 그러면 문학은 꿈을 현실과 맞바꾸는 힘이 되었지요.

'무엇이든 일단 보았다면 작가에게는 자료'라며 형은 내게 많은 지혜를 가르쳐주었소. 외국문학 공부로 앞선 안목과 절도 있는 자세는 나 같은 어중된 인간에게는 늘

귀감이 되었소. 하물며 낚시 미끼 꿰는 손길조차 섬세하여 나는 형이 눈치채지 않게 훔쳐보기를 즐기곤 했지요. 그 움직임이야말로 형이 말하던 '프랑스 섬세주의'가 아니고 무엇이겠소.

그러니, 그 겨울 내가 아무 연락도 없이 프랑스 파리의 신근수네 호텔에 도착했을 때 보졸레 누보를 마시고 있던 형을 만난 뜻밖의 조우에 대해서 우리는 좀 더 많은 시간을 할애해야 하지만, 그러나 어찌하여 우리는 조금씩 제각기 다른 운명 속으로 빠져들어가고 있었단 말이오. 중국이 홍콩을 접수했다고, 세기의 큰 사건이라고, 그걸 글로 쓰지 않으면 안 된다고 형은 홍콩으로 필리핀으로 유랑의 길을 떠나고 말았으니…… 생에 대해 내가 말할 수 있는 건 차라리 작은 액자에 불과함을 절감하오. 그곳에서 생계수단으로 삼았다는 형의 기타 연주 솜씨가 원망스러운 것이오. 거기에 흐르는 선율 〈알함브라 궁전의 추억〉은 이제는 지나간 우정의 편린 아닌 역린이 되고 말았소.

그곳에서 잠깐 돌아온 형이 내게 보여준 필리핀 원주민의 《타갈로그어 사전》처럼 이제 나는 형에 대한 모든 것이 낯선 까막눈이오. 형이 모습을 감춘 이 나라에서 나는 무엇인가 여전히 글자들을 짜 맞추고 있소만, 형이 내 퍼즐을 해독해주지 않는 한 나는 내 글에 역시 까막눈이 될 것만 같소.

형이여, 그대는 어디에 살아 있기라도 하단 말이오? 여러 벗들이 가고 만 이제 허위적거리며 묻노니, 그대 어디에……

파도가 치는 갯바위에서 내 글은 이어진다. 역시 '우회로'일 수밖에 없다. 치열한 전투가 있었다는 서해 섬들은 이제 평화롭기만 하다. 순간, 갯바위는 어느 암자의 작은 밥상으로 바뀐다. 내 생애에 과연 그런 밥상이 있었는지 나는 지금 내 기억을 의심한다. 그러나 그 밥상은 그림처럼 나타난다. 환영이나 신기루가 아니다. 옆의 계곡에서 시냇물 소리가 졸졸 들려오기도 하는 그림이다. 그때까지 절에서 먹은 밥이 그리 많지는 않아도 그런 밥상을 앞에 놓고 앉을 줄이야 미처 상상하지 못했었다. 거창하고 엄숙하게 줄지어 앉아 죽비 소리에 맞춰 먹는 '여법한 공양'을 예견한 것은 아니었다. 그러나……

그해 여름, 나는 여러 곳을 거쳐 해인사에 딸린 그 암자에 이르렀다. 이름 하여 지족도솔암. 며칠째 굶다시피 하여 몸 상태는 말이 아니었다. 각오가 충분히 되어 있는가. 나는 내게 묻고 있었지만, 그 부분은 여전히 확답이 나오지 않았다. 견디면서 확답을 얻을 수 있기만을 바라는 심정이었다. 소유에의 욕망을 버릴 수 있는가. 나는 과연 무소유의, 불립문자의 자유를 얻기 위해 이 오솔길을 오르고 있는가.

그리하여 나는 큰스님을 만났다. 시냇물이 내려다보이는 마당에 나무 의자를 내놓고 마주 앉는 것부터가 내게는 의외였다. 나는 쓰러질 듯한 몸을 가누며 간신히 자초지종을 말했다. 입산. 진의를 알아보려는 듯 내 얼굴을 살피는 큰스님의 눈길이 부드럽다는 느낌이었다. 며칠 머물며 결정하라는 말씀. 나는 사실 그것마저 거절당하면 어쩌나 걱정에 진땀을 흘리지 않았던가. 시냇물 옆의 큰스님 앞에서 과거를 드러낸다는 것은 누더기를 벗어버리는 일임을 나는 경험하고 있었다. 그러나…… 확답은 아직 멀리 있음을 나는 알고 있었다. 누더기를 벗은 알몸도 무언가로 가리고 있는 게 우리들 삶이다.

그때부터 나는 암자의 불목하니 소임을 맡게 되었다. 보통 불목하니는 땔감도 구해 와야 할 것인데, 쟁여 있는 땔감을 아궁이 넣는 게 일이었다. 밥을 짓기 위해서였다. 새벽 일찍 예불을 올리기 전에 법당의 촛불을 켜는 일도 내 일이었다. 그것도 '불'의 일이니 '불'목하니 역할일까. 여름에 아궁이에 불 지피는 일은 상당한 괴리감을 맛보게 한다. 밥을 지으려면 당연한 일이건만, 덩달아 뜨거워진 방 아랫목을 내 자리로 해야 한다는 것이었다. 나보다 고참자들이 셋이나 있어서 차등이 있을 수밖에 없었다. 절절 끓는 아랫목에 누워 '소유냐, 무소유냐'를 생각하는 여름밤을 상상해보라.

마당의 나무 의자에서의 첫 만남보다도 더 의외인 것이 첫 밥상이었다. 부엌 옆 공간이 식당이었다. 그리고 큰스님과 우리 조무래기들이 의자를 놓고 앉는 서양식 식탁이었던 것이다. 접혀 있는 다리를 펴서 놓는 나무 식탁. 어, 이게 절집의 공양?

말했듯이 나는 굶주린 상태였다. 하지만 큰스님 앞 가까이 놓인 반찬으로 젓가락질을 할 수가 없었다. 네 명이 둘러앉으면 꽉 차는 식탁이었다. 큰스님은 도무지 까다로운 '여법'은 버린 듯 보였다. 자유롭게 이어가는 이야기도 일상적이기만 했다. 그런데도 내 수저는 자유스럽지도, 일상적이지도 못했다. 내 수저는 내 밥그릇의 맨밥에서만 맴돌았다. 나는 하루 종일 진땀, 식은땀에 젖어 울력까지 하지 않으면 안 되었다. 암자는 그 무렵 마당을 넓히고 길을 바로 내는 등 공사를 하는 중이었다.

결국 나는 어떻게 되었는가. 내일이면 머리를 깎자는 큰스님의 말씀이 있은 그날 밤, 나는 캄캄한 비탈길을 더듬어 구르며 절 밑 동네로 내려오고 말았다. 여전히 확답이란 없었다. 숨한 번 제대로 쉬지 않고 술병을 '나발 분' 나는 그 자리에 쓰러졌다.

　그 절이, 그 절밥이 실제의 내게 있었던 것일까. 일찍이 손가락 불태워 공양 올리신 큰스님 돌아가시고, 그 다비식에 갔다가 그렁그렁한 눈물 혹시 남한테 보일까 공연히 두리번거리며 들러본 그곳은 예전과는 또 다른 풍경이었다. 부엌 아궁이는 어디로 가고 싱크대가 있는 주방에 놓여 있는 전기밥솥…… 이젠 불 때는 일도 하지 않겠지. 뜨거운 아랫목도 달리 없겠지.

　내가 쓰러질 듯 울력에 동참했던 마당귀에 서니, 그 절밥이 나의 환생을 위한 절밥이라는 다짐 아래 이제껏 살아온 속인의 길이 속절없게 다가왔다. 큰스님은 이제 계시지 않고 마당귀에는 나무 의자도 보이지 않았다. 이것이 과연 내 길이었을까, 나무 의자 아래쪽으로 흐르는 시냇물가의 풍경 속으로 나는 한없이 잦아들기만 했다.

　단오기념관이 남대천 냇물 건너 세워져 있었다.

"다들 어디로 갔나요?"

나는 찻집에 들어서도 난데없는 말이 나왔다.

"네?"

"아니, 단오를 알아보러 오는 사람이 없나 해서요."

나는 퍼뜩 정신을 가다듬었다. 올해는 메르스로 어수선해서
단오는 행사를 접었다고 했다. 그 대신 곧 동해안의 이름난 굿
만으로 마무리를 하기로 했다고 신문은 알리고 있었다. 전체
행사를 맡아서 진행한다는 관동대학교 황루시 교수의 말도 인
용하고 있었다. 본행사가 열리지 않는다는 사실은 미리 알고
있으면서도 나는 둑길에 올라 회상에 젖고 싶었다. 강릉단오제
라는 큰 축제는 한마디로 굿임을 나는 알고 있었다.

서울의 세종문화회관에서 열리고 있는 '백남준 10주년' 기념
전시회에 써 있던 '호랑이는 살아 있다'가 떠오른 것은 그때였
다. 며칠 전, 세종로를 걸어가다가 광장의, 세월호의 침몰로 많
은 어린 학생들이 희생당한 추모 집회에 묵도를 보내면서, 백
남준 전시회가 열린다는 사실을 알았다. 자세히 보니 그가 세
상을 떠난 지 벌써 10주년이 된다고 했다. 십 년 전에 인사동에
서 본 김금화의 굿에 내걸린 백남준의 사진처럼 주먹 쥔 두 손
을 양쪽에 치켜든 의지를 보여주는 전시회인 듯했다. 나는 이

끌리듯 전시장으로 들어갔다. 낯익은 브라운관들에 흐르는 영상들과 함께 오토바이가 세워져 있고, 그 바닥에 '호랑이는 살아 있다'라는 글자가 보였다. 전쟁의 기억 밑바닥에 있던 방공호처럼 도사리고 있는 '호랑이는 살아 있다'라는 글자는 조금씩 크게 나타났다. 비디오아트의 창시자인 백남준에게 호랑이가 살아 있다니? 그것은 백남준의 생각 안에서만 그럴 뿐일 터였다. 그러나 전시회 팸플릿으로 조금만 더 알아보면 '호랑이는 살아 있다'의 세계는 보다 큰 파장을 갖고 있었다. 2000년 새해를 맞아 전 세계 87개 나라에 생방송된 이 작품은, 인공위성을 이용한 그의 네 번째 작품으로서 DMZ의 공간에서 철조망을 불태우고 남북한이 새로운 미래의 통일을 이루기를 염원하는 내용이었다. 그는 북한에서 제작된 동물 다큐멘터리에서, 호랑이와 다른 맹수가 겨루어 호랑이가 이기는 것을 보고 큰 영감을 얻었다고 했다. 그는 자신을 서구 한복판에 떨어진 호랑이로 지칭하며 미디어아트의 승리자로 규정했다. 호랑이를 시베리아를 중심으로 한 북방 아시아 일대를 호령하던 가장 힘센 신화적 동물로 상정하여 오늘날의 토테미즘으로 불러오는 작업이라는 것이었다. 나는 그가 우리의 굿으로 나타내려 한 북방 민족의 생명력을 느끼려 애썼다. 그의 동료 요제프 보이스에의 추모굿을 '우랄 알타이의 꿈'이라 부른 것이나 요제프 보이스와 함께한 '유라시안 웨이'의 작업까지 한 고리에 꿸 수 있는 것이었다. 요제프 보이스는 백남준과 떼려야 뗄 수 없이 붙어 있는 이름으로 그의 중절모와 부츠는 인상적이었다. 어느 전시회에서 그의 작품, 벽에 가려 하반신만 나타내고 있는 노동자 차림의 사람을 본 뒤부터 그 이름은 내게 강렬하게 남아 있었다. 전시장을 둘러보다가 화장실을 찾다보니, 웬 사람이 상반신을 기둥에 가리운 채 잠든 듯 누워 있었다. 아직 마무리 공사가 남았는데 전시가 시작되었군. 나는 그 뒤를 돌아 살금살금 걸음을 옮겼다. 그 사람은 그대로 누워 있었다. 그것이 인형 작품인 줄은 화장실에서 나와서야 알아차렸다. 이름만으로 알았던 요제프 보이스를 나는 그렇게 만났다. 그의 부츠와 전시 작품이 신었던 구두는 전혀 다른 형태였음에도 불구하고 나는 같다고 보았고, 그것이 만남을 인증해주고 있다고 나는 믿었다.

'호랑이는 살아 있다'는 이번 전시에서 월금(月琴)이라는 중국 악기에 담겨 있는데, 전통 악기인 비파 모양 월금은 백남준의 설치 작품으로 세종문화회관 1층 로비에 전시되어 있던 것이었다. 그러나 나는 몇 번 지나쳐 보았을 뿐이었다. 그 악기가 이제 다시 내 앞에 호랑이를 보여주고 있는 것이었다. 강릉단오제를 굿이라고 한 것처럼 백남준은 박수무당이라고 나는 단정하고 있었다. 그러는 사이에 어느 틈에 백남준의 호랑이가 대관령 산신당에 그려져 있는 호랑이와 강문마을에 세워져 있는 돌호랑이로 내 눈에 다가왔다. 서울 대학로의 오채현 조각가의 호랑이도 함께였다.

'메콩 강'을 뒤돌아선 나는 단오기념관을 거쳐 다시 둑길을 걸어갔다. 호랑이가 내 옆을 따르고 있었다. 나와 호랑이는 함께 어디론가 가고 있었다. 냇물은 흐르고 어릴 적 내가 방공호에서 기어나와 둑길을 걷고 있었다. 호랑이의 발걸음은 무겁고도 날렵했다. 어릴 적 나와 이제 나이 먹은 나는 하나가 되고 호랑이도 하나가 되어 있었다. 내 품에는 언젠가처럼 처녀의 머리도 안겨 있었다.

단오장이 열려요. 사람들이 오고 있어요.

나는 어디선가 들려오는 소리를 듣고 있었다. 눈을 뜬 처녀가, 아니 처녀의 머리가 속삭이는 말이었다.

죽은 사람도 살아 있어요.

아무렴, 그럴 리는 없었다. 그러나 처녀는 틀림없이 말했다. 호랑이의 영검이라는 것이었다.

호랑이의 영검……

그럼요. 저도 살아 있어요.

처녀의 따뜻한 온기가 내게 전해져 왔다. 실은 처음부터 느
끼고 있었음을 뒤늦게 안 것이었다. 내가 호랑이와 함께 걸어
가고 있는 사이, 어디선가 사람들이 하나둘 모여 함께 발걸음
을 맞추고 있었다. 어디에서 온 누구들일까. 나는 둘러보았다.
몰려오는 사람들 가운데는 언젠가 사라진 사람의 모습도 있
다고 했다. 보고 싶은 모두가 있다는 것이었다. 어머니도 있다
고 했다. 사라진 친구들도 있고 패, 경, 옥이라는 이름의 소녀
들도 있다고 했다. 메콩 강의 친구 아버지도, 포장마차에서 일
하던 연변 계순 아줌마도, 전쟁 때의 이웃집 소꿉놀이 소녀도,
백남준과 요제프 보이스까지도, 게다가 세월호 아이들도 있다
고 했다. 아니 그보다도 러시아에서 헤어진 탈북자 '핀란드 역
의 소녀'도 물론 있다고 했다. 모두들 반갑게 살아 있었다. 아
닌 게 아니라 소녀의 모습도 눈에 띄었다.

여기까지 왔군요. 어쩐지……

나는 사람들을 헤치고 핀란드 역의 소녀에게 가까이 가서
말을 건넸다.

강원도에서 왔다 했잖아요. 시베리아호랑이의 도움을 받았
단 말입니다.

소녀의 야무진 얼굴이 나를 쳐다보았다. 나는 소녀가 고마웠다. 나는 소녀에게 머리를 끄덕이며 미소를 보냈다. 러시아에서 헤어질 때도 느꼈지만, 폴란드 화가가 그린 〈워비치의 소녀〉를 닮은 모습을 다시 확인하기도 했다.

보세요. 호랑이도 살아 있으니, 우리도 살아 있어요.

품속의 처녀가 말했다.

우리도 살아 있다고? 죽은 사람도…… 살아 있다고?

그럼요.

처녀가 환한 얼굴로 대답했다.

아, 보고 싶은 모습들 모두가 살아 있다니……

내 얼굴도 밝아져 있으리라. 나는 벅찬 가슴으로 둑길을 디뎠다. 그리고 몰려오는 사람들과 함께 둑길을 걸어가고 있었다. 곧 축제가 열릴 것이었다. 모두들 살아 있음을 서로에게 알리는 축제였다. 가슴 가득 어떤 물결이 밀려오고 있었다. 살아 있음을 알고 알리는 주체할 수 없는 벅참이었다. 숙소를 찾아가야 하는 일도 잊은 채, 나는 남대천의 물길을 바라보며 '보세요' 소리와 함께 삶의 축제를 향해 둑길을 걸어가고 있었다. 우리 모두가 지금 살아 있는 것이었다.

산역(山役)

"여길 파야겠군요."

그녀가 발뒤꿈치로 짚은 곳을 가리키며 말했을 때 산역꾼들은 도무지 신빙성이 없어 보이는 그녀의 말을 어떻게 받아들여야 좋을까 망설이는 눈치였다. 두 사람은 삽자루를 어깨에 을러메고 있었고 나머지 한 사람은 곡괭이를 거꾸로 들고 있었는데, 그들은 마치 자신을 잃은 채 공성(攻城)을 머뭇거리는 옛날 병사들의 모습과 흡사했다. 그녀는 바다를 바라보며 심호흡을 하고는 다시 한 번 말했다.

"여기라구요. 내가 분명히 알고 있어요. 어서 파야지 시간이 없어요."

그녀는 숨을 몰아쉬었다. 머릿속에서 배어나온 땀이 목줄기를 흘러내리며 차갑게 식고 있었다.

"도대체 어딜 어떻게 파란 말요, 아가씨?"

아직도 신뢰할 수 없다는 뜻이 노골적으로 담긴 말이었다. 그녀 자신도 그녀를 믿을 수 없었으니 어쩌면 당연한 노릇이기도 했다. 곧 해가 떠오르려는지 사방이 환해지고 있었다. 나뭇잎들이 연녹색으로 밝아지며 아침 골바람에 팔랑거렸다.

"자 보세요. 저기 바다가 보이죠?"

그녀는 말했다. 그러자 모두들 그녀의 손가락이 향한 쪽으로 고개를 돌렸다.

"쪼금 뵈누만."

곡괭이를 든 산역꾼이 가늘게 실눈을 뜨고 시큰둥하게 대답했다.

"됐어요. 그럼 그 바다를 향해서 일직선으로 파세요."

"바달 향해서 일직선으로?"

"예, 자 어서요. 여기예요."

사실 그녀는 올라오면서 내내 그렇게 해야 하리라고 다짐했던 것이다. 어떻게든 결단을 내려야 하지 않는가 하면서. 그제서야 산역꾼들은 느릿느릿 움직이기 시작했다.

산정에 이를 때까지 그녀는 아무 말도 하지 않았다. 그러나 뒤를 따라오는 산역꾼들은 그녀가 아무 말도 하지 않고 위로만 올라가는 것이 못마땅하다는 뜻을 노골적으로 나타냈다. 그것은 그들의 곡괭이와 삽이 돌투성이의 산길을 간헐적으로 내리 찍는 것으로 강하게 표현되었다. 그 소리는 해가 채 떠오르지 않은 산기슭을 둔하게 울리며 그녀의 귀를 이상하게 아리게 했다.

그녀는 막상 최씨 아저씨의 유언에 따라 산으로 오기는 했지만, 최씨 아저씨의 죽음은 오히려 그보다도 다른 두 가지 점에서 확실한 느낌으로 전달되었다. 한 가지는 최씨 아저씨의 영구(靈柩)가 먼 길을 달려와 그녀네 집에서 일단 머물러 사람들의 허기를 달래기로 되어 있다는 사실에 의한 느낌이었고, 다른 한 가지는 장례가 끝나고 나면 그녀네 식구들은 어떻게 되는가 하는 의구에 의한 느낌이었다. 왜냐하면 그녀네가 사는 집은 최씨 아저씨의 소유였기 때문이었다.

영구차로 오는 인원의 밥을 짓고 국을 끓이는 것도 큰일이었다. 그러나 역시 흥겨운 잔치를 준비하는 것과는 달리 그 과정은 죽음의 그림자를 끌고 다녔고, 그래서 일종의 경건함을 유지하고 있었다. 특히 일을 관장하는 그녀의 어머니는 시종 여사제(女司祭)처럼 얼굴이 이상하게 고양된 채 굳어 있었다.

그것은 그녀가 처음 보는 모습이었다. 새벽부터 그녀는 서두르지 않으면 안 되었다. 이웃집으로 돌아다니며 국을 끓일만한 큰 솥을 구해오는 것부터 일은 시작되었다.

그러나 그때부터 이미 장의사에서 온 산역꾼 셋은 그녀의 거동만 주시하고 있었던 것이다. 거기에는 그럴 만한 이유가 있었는데 교통사고로 갑자기 변을 당한 최씨 아저씨가 막 숨을 거두면서 이렇게 말했기 때문이다.

"새로 산 산꼭대기에 내 묏자리가 있어. 그걸 그 애가 알 걸세."

부음을 듣고 서울로 달려간 아버지가 임종한 사람으로부터 그 말을 전해듣고, 서둘러 준비하라는 전갈을 보내왔을 때 그녀는 어리둥절하지 않을 수 없었다. 최씨 아저씨가 그녀 자신에게 묏자리를 알려준 적이 있었던가조차 그녀는 기억할 수 없었다. 그러나 그것은 이미 죽은 사람의 말이므로 무언가 긍정적인 자세로 기억을 더듬어볼 수밖에 없는 일이었다. 그 결과 어렴풋이 윤곽은 떠올랐다. 하지만 어디까지나 어렴풋이었다.

"글쎄, 산꼭대기라고 하니깐 짚이는 데가 있기는 하지만, 그 얘길 정확하게 했던 것 같진 않은걸요. 최씨 아저씨가 저에게 무덤자리를 얘기할 필요부터 없는 것 아녜요?"

그녀는 안타깝게 말했으나, 무엇보다 중요한 것은 죽은 최씨 아저씨는 이미 그녀를 향해서 오기 위해 수의를 걸치고 있는 참이라는 점이었다. 그녀가 자신에게 맡겨진 일을 마다하려면 누군가가 그 수의를 벗겨야만 할 것이었다. 그러나 과연 누가 그럴 수 있을 것인가. 또 죽은 사람이 일임하고 갔다고 해서 아무 데나 묘혈을 파라고 지시하면 그뿐이라고 할 수도 없는 일이었다. 그 방면에 지식이 있을 리 없는 그녀였지만, 묏자리는 예로부터 까다로운 것이어서 좌청룡(左靑龍)이나 우백호(右白虎) 따위의 말까지 어른거리며, 손쉽게 마치 거름 구덩이 파듯 할 수는 없는 것임을 강박하고 있었다. 그녀가 난색을 표하자 산역꾼들은 화를 내다 못해 어처구니가 없다는 듯 마당귀에 쪼그리고 앉아 담배만 뻑뻑 빨아댔다. 피우는 게 아니라 학대하는 것처럼 빨아댔다. 마지 못하여 그녀는 산역꾼들을 데리고 떠날 수밖에 없었다. 산역꾼들보다 그녀가 더 시급한 문제였다.

이 나이에 주검을 안내하는 길라잡이가 된다는 것은 무척 걸맞지 않는다, 하고 몇 번이나 생각했지만 사태는 별수 없이 급했다. 영구차가 도착하여 최씨 아저씨의 유택(幽宅)을 아무 데서도 발견하지 못한다면 어떻게 할 것인가. 죽은 사람의 분노를 친구들이 대신 터뜨릴 것이 분명하며, 게다가 아버지도 어머니도 그 친구들 중의 하나가 아닌가, 또한 그녀가 마냥 그러고 있는다면 일당이라도 벌기 위해 왔던 산역꾼들은 그녀의 몸에다가라도 구덩이를 파려고 대들지도 몰랐다.

"제길, 이런 일은 처음이구만, 도대체 어쩌자는 게요, 아가씨?"

최씨 아저씨가 지칭한 그 새로 산 산이란 집으로부터 해안과 반대 방위에 있었다. 언젠가 그것을 매입하기 전 현지답사에 아저씨는 그녀를 동반한 적이 있었다. 그녀로서는 우연한 동행이라고밖에는 설명할 길이 없었다. 묏자리를 그녀가 알고 있으리라는 것은 분명히 그때의 일이 어느 부분에 자리 잡고 있었다.

사실 그녀가 최씨 아저씨와 제대로 대화를 나누었던 시간은 그때까지 통틀어 한 시간 남짓이나 되면 다행이었다. 최씨 아저씨가 일찍이 결혼에 실패하고 혼자 산다는 사실은 알고 있었지만, 그렇다고 해서 그녀가 시간을 할애할 아무런 까닭도 없는 것이었다. 어느 편이냐 하면 사업에 실패한 아버지를 위해 친구라는 입장에서이긴 했지만 집 한 채를 조건 없이 빌려주었다는 사실에 그녀는 상당히 불편한 감정까지도 품고 있었다. 그것이 알게 모르게 본의 아닌 독소대(毒素帶)를 형성하고 있는 것도 부인할 수가 없었다. 시집을 가도 좋을 만한 그녀의 나이가 또한 그런 나이였다. 아닌 게 아니라 새벽부터 큰 솥을 구하려 이웃집을 들락거리자 얘깃거리 없는 아낙네는 우선 그런 말부터 입초시에 올렸다.

"처녀가 시집이라도 가는가베. 국수를 삶을라는가?"

"벌써 무슨 시집이에요?"

"그럼?"

그녀는 사실대로 말을 해야 좋을지 어떨지 얼른 판단되지 않았으나, 뭐 숨길 것은 없다는 생각이 들었다.

"최씨 아저씨가 돌아가셨어요. 저희 집 주인이요."

"최씨가? 나이가 몇인데 벌써?"

"교통사고래요."

아낙네는 고개를 끄덕거리며 쯧쯧 혀를 찼다. 아낙네는 오래 묵은 무쇠솥을 들고 나오며, 그 무쇠 솥만큼이나 오랜 세월 저쪽을 회상하는 듯이 보였다.

"큰솥이라곤 이것뿐이야. 요샌 양은솥이 제격인데."

"아녜요. 새 솥 걸 자리도 없어서 마당에 아궁지를 만들 참이었으니 오히려 그게 제격이에요."

"그 최씨가 처음 왔을 때 내가 중매를 나섰지. 그런데 최씨 편에서 한사코 막무가내야."

"아, 네에."

그녀는 마음이 쫓기고 있었으나 솥을 빌린 대가로 아낙네의 이야기를 경청하지 않으면 안 되었다.

"나중에 들은 이야기로는 마누라가 어딘가에 있다고 하는 거였구만."

"아, 일찍이 헤어졌다니까요. 그 부인을 말하는 거겠죠."

"헤어졌다……"

아낙네는 무엇인가 조리 있게 말을 찾으려는 듯 잠시 말을 멈추었다가 계속했다.

"헤어졌다는 게 좀 복잡한 것인 모양이었어. 자세한 걸 어디 그 사람이 얘기하는 사람인가…… 아무튼 죽었다니…… 좋은 사람이었는데."

최씨 아저씨는 결혼에 실패하고 이 지방으로 내려와 자리 잡은 뒤 수산물 중개 없이 손을 대는 것으로 그 상처를 달래는 방편을 삼았다고 했다. 그것은 그녀가 최씨 아저씨와 함께 산을 답사하면서 최씨 아저씨로부터 직접 들은 말이기도 했다.

그녀네 식구가 최씨 아저씨의 구옥(舊屋)을 빌려 들어간 것은 아버지가 최후의 기대를 걸고 차렸던 작은 음료 공장이 문을 닫게 됨으로써였다. 최후의 기대라고 말하는 것은 아버지가 공직을 물러나 퇴직금으로 차린 보세 공장이 그보다 먼저 문을 닫은 적이 있기 때문이었다. 보세 공장의 재고를 헐값에 정리한 자금으로 소규모의 강정음료(强精飮料) 공장을 차렸던 것이 다시 도산했던 것이다. 그러자 담보로 잡혔던 집마저 남의 손으로 넘어가고 그녀네는 그야말로 알거지가 되어버렸다. 집달리들이 구둣발 그대로 안방까지 들이닥쳐 마구 들어내놓은 가재도구 옆에서 이틀 밤을 지새운 후 아버지와 어머니는 심각한 의논 끝에 드디어 최씨 아저씨의 도움을 청하기로 결정했던 것이다.

"안 돼요. 염치도 없지."

처음에 어머니는 머리를 설레설레 흔들었다. 침울한 거부의 모습이 어머니를 초라하게 보이게 했다.

"그럼 어떡하오. 앉아서 죽을 수는 없는 일이 아니오."

아버지는 넋을 잃은 사람처럼, 그러나 고통스럽게 말했다. 불행이란 결코 혼자서 오는 법이 아니라고 했으므로 아버지의 몰락이 가져온 불행은 어떠한 동료를 거느리고 오고 가는지 차츰 모습이 보이는 것 같은 분위기였다.

"좀 더 좋은 방법을 찾아볼 수도 있잖아요."

"무슨 좋은 방법? 이 꼴을 알면 빚쟁이들이 더욱 극성을 떨

텐데. 우린 야반도주라도 해야 된단 말요."

그 의논은 하루 종일 그런 식으로 계속되다가 어머니의 힘
없는 수락으로 일단락을 지었다. 무슨 일에서나 대안 없는 반
대란 그렇게 되는 것이다. 그때 그녀는 그것이 시골로 가는 것
을 뜻함을 처음 알았다. 지도에서 보면 바닷가와 꽤 가까웠으
나 바다를 보자면 몇 정거장 버스에 몸을 실어야 했다. 최씨
아저씨의 집에 도착한 며칠 뒤 그녀는 아버지와 함께 바닷가
로 갔었다.

새로운 생활을 시작한 불안과 그리고 씻을 수 없는 좌절감
을 조금이라도 털어버리기 위해서였다. 실상 바다의 냄새가
그립기도 했다. 바다에서 맡을 수 있는 것은 짭짤한 염분이 밴
바닷바람의 냄새만이 아니었다. 바닷바람에 몸을 맡기고 서
있으면 어디선가 저 용연향(龍涎香) 냄새 같은 것이 풍겨 왔다.
고래의 부패한 내장에서 분비되어 나오는 병적인 배설분의 향
료. 늙거나 병든 그 큰 젖먹이 동물이, 가라앉은 선체처럼 바다
밑에 몸뚱이를 가라앉힌 채 썩어간다는 상상은 황홀한 것이었
고, 거기서 나오는 무진장한 용연향으로 말미암아 그 해역을
항해하는 배의 외롭디외로운 선원이 마침내 질식한다는 환상
마저 가질 수가 있는 것이었다.

그날 그녀는 아버지의 뒤를 따라 걸었다. 해안은 사라센의 칼처럼 언월형(偃月形)으로 둥글게 굽어 있었다.

그들은 그 푸르게 벼려진 칼날 부분을 따라 걸었다. 커다란 칼날은 파도가 밀려오고 밀려감에 따라 무지한 살육으로 이가 빠진 것처럼 되곤 했다. 그러고 보니 아버지의 등도 그 실패한 인생을 표정하듯 굽어 있었다.

언젠가 "아버지는 어떤 꿈을 가지셨더랬어요?" 하고 물었을 때 아버지는 다소 부끄러워하는 듯했다. 아버지는 시대에 걸맞지 않게 무용에 뜻을 두었다가 좌절되면서 어른이 되었다고 했고, 그래서인지 거북이 딱딱한 갑골(甲骨)을 등에 지고 있는 것처럼 그 좌절을 인생의 등에 지고 있는 사람으로 보였다. 아버지는 남자로서 무용을 택할 수 없었던 상황을 변명하는 것으로 인생 전체의 실패를 변명하려고 했다. 아버지가 무용을 하려 했었다는 사실은 도무지 믿기지 않는 일이었고, 또 그것이 이루어지지 않은 것만을 따진다면 구태여 좌절이라고 말할 필요는 없는 것이라고 그녀는 생각했다.

그러나 아버지는 손을 대는 일마다 실패를 거듭했다. 최초의 좌절이 이를테면 수렁이어서, 빠져나오려고 몸부림치면 칠수록 더 깊이 빠져들어가는 것과 같았다. 그래서 귀중한 좌절의 경험을 밑거름으로 하여 꽃을 피우고 열매를 맺을 수 없게 하는지도 몰랐다. 다만 젊은 시절의 병든 결실이 만약 있다면 그것은 오래도록 두고두고 낫지 않는 관절염이었다. 아버지를 그런 식으로 무용과 결부시켜야 한다는 것은 왠지 서글픈 일이었다. 그것이 아버지의 독창적인 꿈이 아니라 시대적인 배경으로 인한 순간적인 감상(感傷)이었다고 하더라도 아버지는 백계(白系) 러시아인들의 폴카를 보고 강렬한 인상을 받았다고 했다. 어두워지려는 저녁 무렵, 모닥불을 피워놓고 발랄라이카를 켜며 유랑의 신세를 춤으로 달랬던 그들.

아버지의 어느 구석에 집시와 같은 무리를 받아들이는 감수성이 있었던 것일까.

모래톱이 끝나는 곳에 간이 횟집이 늘어서서 손님들을 부르고 있었다. 그녀는 플라스틱 용기 속에 갇혀 체념한 듯 헤엄치고 있는 물고기며, 꽁무니에 긴 창자를 매달고 있는 해삼, 여드름이 극심한 남학생 같은 멍게 따위를 들여다보며 잠시 우울을 달래려고 하였다.

"해삼은 위급을 느낄 때 창자를 빼낸다. 도마뱀이 꼬리를 자르는 것과 같아."

아버지는 무언가 설명하려고 애를 썼다. 해삼의 창자에 대해서가 아닌, 인생의 무엇인가에 대해. 아버지는 소주 한 병과 안주를 시키고서도 누군에겐가 쫓기는 사람처럼 불안해했다.

그런 아버지의 분위기가 바다의 향수에 젖으려는 그녀의 감관(感官)을 시퍼렇게 멍들게 할 뿐이었다. 그녀는 무디게 우울했다. 그러자 그녀의 시각에, 횟집 종업원이 물통에서 뱀같이 긴 것을 꺼내 땅바닥에 패대기치는 것이 들어왔다. 그놈은 온몸에 모래를 묻힌 채 꿈틀거렸다. 꿈틀거리는 놈의 대가리를 낚아챘는가 했더니 어느새 껍질을 홀랑 벗겨버리는 것이었다.

놈은 흰 살이 드러났으나 여전히 창피한 줄도 모르고 꿈틀거렸다. 그것은 무채 위에 놓여 나왔을 때 목화송이처럼 되어 순결해 보였다. 아버지는 그것을 안주로 쓴 소주를 조금씩 들이켰다.

"여기서 살면서 다시 서울로 나갈 길을 모색해보자. 한 일 년 지나면 채권자들도 잠잠해질 테고."

아버지는 담담히 말했으나 그 말은 플라스틱 용기 속에 갇혀 헤엄치는 고기처럼 무력한 지느러미를 움직이고 있었다.

"어떻게 되겠지요. 너무 낙심하시지 마세요."

"그래. 어떻게 되겠지. 너야말로 너무 낙심하지 말려무나."

아버지는 그 이상 아무것도 말하지 못했다. 그런 식으로 최씨 아저씨의 집에서의 생활은 어두운 막을 올렸던 것이었다.

최씨 아저씨가 갑자기 세상을 떠났다는 소식은 우체부가 500cc짜리 빨간 오토바이를 타고 사랑을 고백하는 소년처럼 달려와서 전했던 것인데, 대문 밖에 오토바이를 멈춘 그는 퉁명스럽게 "전보요!"하는 소리와 함께 쪽지를 마당으로 집어 던지고는 쏜살같이 되돌아가버렸다. 어찌나 급하게 가는지 올 때와는 달리 꼭 첫아이를 해산하는 아내를 둔 남편 같았다. 그가 쓴 빨간 헬멧은, 쉽게 얼굴을 보여주지 않는 아이 때문에 골이 잔뜩 나서 빨개진 것 같았다. 그 무렵 그녀는 가벼운 조증(躁症)과 울증(鬱症) 사이를 물개처럼 곤두박질치고 있었고, 따라서 우체부가 설혹 그녀의 사망 통지를 가져왔다고 해도 놀라지 않을 기세로 있었다. 기쁘면 기쁜 대로 기뻐할 테고, 슬프면 슬픈 대로 슬퍼할 테니까. 그녀는 슬리퍼를 질질 끌고 마당에 내려가 그 쪽지를 집어들고 마치 연애편지라도 되는 양 감미로운 기분으로 펼쳐 보았다.

쉽게 새겨지지가 않았다. 그녀는 고고학자가 그렇게 하듯 조심스럽게 판독하여 하나의 문장을 구성할 수가 있었다.

최씨 아저씨의 죽음은 집안에 싸늘한 기류를 몰고 왔다. 그 것은 단순히 싸늘한 것이 아니어서 몸의 어느 부분인지 모를 곳을 시리게 하고 있었다. 무엇인가 먹고 싶은데 그것이 무엇인지 모르는 것처럼 그랬다. 저녁 무렵에 전보를 받았으므로 다음 날 차편을 이용하여 아버지가 빈소(殯所)로 떠나자 집 안은 죽은 주인을 근조(謹弔)하는 듯 썰렁한 공기를 가득 채우고 있었다. 무언가 헤어날 길 없이 아득한 절망감. 최씨 아저씨는 살았을 때도 미상불 그런 기류를 몰고 다녔다.

언젠가 한번, 이사하고 얼마 뒤엔가 그는 집주인으로서 당연한 방문을 했었다.

"집이 워낙 낡아서 불편할 거야."

그는 이리저리 집을 둘러보며, 살 곳을 마련해주어 고마워하고 있는 아버지에게 말했다. 아버지는 하인처럼 옆에 붙어서서 "아니, 아니" 하고만 있었다. 그것은 실패한 사람만이 가질 수 있는 연약한 정직성을 드러내는 태도였다. 그럴 때 그녀는 최씨 아저씨에게 야릇한 적의 같은 것이 느껴졌다.

"이 집에는 벌레가 굉장히 많아요."

그녀는 그녀의 감정을 노출시키지 않으려고 짐짓 지적했다. 아닌 게 아니라 온갖 벌레가 많이 서식하고 있는 집이긴 했다.

"벌레?"

"네, 벌레요. 독충들이에요."

방아깨비니 여치 따위도 있으므로 모두가 독충이라는 표현은 틀리는 것이겠지만, 가래처럼 큰 집게를 가지고 기어다니는 것은 말로만 듣던 전갈인지도 몰랐고, 또 지네도 있었다.

그래서 한약방 같은 데서 말린 묶음으로 파는 그것이 살아서 벽을 기어갈 때는 처르륵처르륵 하는 쇳소리를 낸다는 사실을 알았다. 지네는 샛노란 페인트로 띠를 두른 캐터필러처럼 움직이면서 그런 소리를 냈다.

"산을 끼고 있어서 그렇겠지만 그리 심한 편은 아니었는데."

최씨 아저씨는 고개를 갸우뚱했다.

"지네도 있는걸요."

"지네?"

"그럼요. 큰 독지네예요."

갑자기 최씨 아저씨의 얼굴이 밝아지는 것 같았다. 최씨 아저씨는 자신만만한 태도로 입을 열었다.

"하아, 통닭을 좋아하는 모양이로군."

"통닭요?"

"음."

그렇다. 최씨 아저씨는 자수성가한 사람답게 박물학에도 견식이 넓다는 것을 보여주고 있었다. 지네가 나타나기 전날 그녀들은 닭을 볶아 먹었다. 그것이 축축한 돌 밑이나 낙엽 밑에 우글거리고 있던 지네들을 부르게 되었던 것임을 최씨 아저씨는 안 보고도 익히 알고 있는 것이었다. 지네가 닭고기를 얼마나 좋아하는지를 설명하기 위해 지네잡이에 닭뼈를 사용한다는 이야기도 곁들였다.

이야기 끝에 최씨 아저씨는, 새삼스럽게 내려온 뜻은 산을 하나 사려는 데 있으며, 현지 답사를 하기 위해 그녀를 동반해야겠다고 아버지에게 설명했다.

"자네는 관절이 아직도 나쁘질 않나."

최씨 아저씨는 서울에 근거를 두고 지방의 전원 안식처를 마련하려는 많은 여유 있는 사람들 중의 하나답게 차근차근 이야기했다.

"산은 사서 뭘 하게?"

"글쎄 꼭 뭘 하려구 하는 건 아닐세. 그냥 뭐라 할까, 잘 설명은 안 되지만, 사고 싶네."

그녀로서는 최씨 아저씨의 제안을 거절할 이유를 갖고 있지 못했다. 벌레 따위를 지적해야 하는 적의라면 그것은 차라리 경의에 가까운 것이라고 해서 과언이 아닐 터였다.

산은 돌이 많아 별로 쓸모가 없어 보였다. 그러나 쓸모라는 것처럼 사람에 따라 다른 것이 없다는 것은 그녀도 어느 정도 알고 있었다. 하물며 사람조차도 사람에 따라 쓸모가 전혀 다른 것이 아닌가. 최씨 아저씨는 땀을 뻘뻘 흘리며 앞장서 산을 올라갔다. 아무 말도 없이 오르는 일에만 열중했기 때문에 산을 사려는 목적이 혼자서만 등산하려는 데 있지나 않은가 의혹이 들 정도였다. 그러나 자기만의 등산을 하기 위해 산을 사야 한다면 결국은 세상 전체를 다 사야 하고 또 해와 달은 물론 별까지도 다 매점(買占)하지 않으면 안될 것이었다.

이윽고 산꼭대기에 이르러 최씨 아저씨는 더 올라갈 곳이 없는 것에 실망한 사람처럼 발길을 멈추고 주위를 둘러보았다. 문득 바라보니 뜻밖에도 바다가 보였다. 그것은 삼각형 쐐기처럼 앞의 산협(山峽) 사이에 박혀 있는 꼴이었다. 그래서 선뜻 바다라는 확신을 갖기가 어려웠고 그녀는 최씨 아저씨에게 확인하지 않을 수 없었다.

"저건 분명히 바다지요?"

최씨 아저씨도 어느새 그쪽을 향해 풀 위에 앉아 있었다.

"그래, 바다다."

오래전에 그것이 바다라는 사실을 알고 있는 사람의 가라앉은 어조였다. 아주 작게 갈라진 채 보였으나 분명히 깊은 해연을 가지고 있다는 것을 어떤 방식으로든 나타내고 있었다. 그것은 마치 완벽한 자아를 갖춘 소년을 보는 느낌이었다.

"바다를 좋아하나보군."

최씨 아저씨가 말했다.

"네. 그렇지만 무서워해요."

그것은 솔직한 표현이었다. 그래서 그녀는 바다에 투신자살을 하는 사람에 대해 결코 용서할 수 없다는 생각을 굳게 가지고 있었다.

최씨 아저씨가 사려는 산에서 바라보이는 그 바다는, 그토록 많은 고깃배와 어부를 통째로 삼킨 누범(累犯)이었음에도 불구하고 늘 미수(未遂)에 그친 것처럼 무언가 생생한 감동을 지니고 있었다. 가난과 슬픔과 아우성이 한데 어울려 녹아서 더욱 색감 좋은 해갑청(蟹甲靑)의 청록색을 띠는 것일까.

"여기서 바다가 보인다니 신기한 느낌이 들어요."

"그래, 그 점에 끌려서 살까 한다. 한 이십 년 전쯤 내가 이 지방에 처음 와서 자리 잡았을 때 왔던 적이 있지."

"그러셨군요."

"그 뒤로 왠지 잊혀지지 않는 곳이 되었어. 왜 그럴까."

"아무 일도 없었는데요?"

"그렇지. 나는 그저 우연히 올라왔다가 저 바다를 보았다. 그것뿐이었다. 그때 나는 인생에 회의를 느껴 죽을까 하고 생각하고 있었어."

어떻게 서슴없이 저런 말을 할 수 있을까 하고 놀랍게 생각되었으나, 최씨 아저씨는 진지한 표정이었다.

"왜요?"

"결혼에 실패했기 때문이지. 내가 결혼을 했을 때는 전쟁이 시작될 무렵이었다. 드디어 전쟁이 나서 나는 갑자기 길가에서 전쟁터로 끌려갔고, 실종이 되고 말았어."

"실종이 되다니요? 자기 자신이 실종되었다고 할 수가 있나요?"

그러자 최씨 아저씨는, 그럴 리는 없을 텐데 비웃는 듯한 웃음을 띠었다.

"아니, 바로 말하면 나는 포로가 되었는데 남들은 다 내가 죽은 줄로만 알게 되었지. 아무리 전쟁 때라도 소식은 전할 수가 있는 법인데, 내 경우는 그게 안 되었거든."

"예……"

"전쟁이 끝난 후 돌아와보니까 아내는 친구와 살고 있었어. 어쩔 수가 없었어. 그래서 나는 이 지방으로 와서 자리를 잡았다. 한동안은 술로 세월을 보냈다. 그러다 살아야겠다고 생각한 끝에 생선장사를 시작했지. 돈을 버는 것만이 내 유일한 안식이 되었어. 한가하게 있으면 절망, 그렇지 절망이라고 해야겠지, 그것이 어떻게든 비집고 들어왔기 때문에 열심히 일하지 않을 수가 없었다. 그때 유대인들이 지독하게 돈을 버는 이유를 알았다고나 할까. 하여튼 돈 버는 재미는 그것대로 있었어."

최씨 아저씨는 남의 이야기를 하듯 말했다. 지나치게 솔직한 고백이어서 그가 돈을 번 원동력은 열심히 일한 데 있는 것이 아니라 솔직히 말할 수 있는 방법을 터득한 데 있음이 분명해 보였다.

최씨 아저씨가 묏자리 이야기를 했다면 바로 그 뒤라고 할 수 있었다. 최씨 아저씨는 말했다.

"이런 데 묻히면 죽어서도 바다를 내려다볼 수 있겠군."

아마 최씨 아저씨의 묘혈을 파기 위해 산역꾼을 데리고 올 처지가 되리라는 것을 만에 하나라도 내다볼 수 있었다면 실례를 무릅쓰고라도 자세한 위치를 잡아두었거나 아니면 그때 미리 사양을 해두었으리라. 아마 후자 편이긴 했겠지만.

"이런 산꼭대기에도 묘를 써요?"

그녀는 일반적인 상식을 말하려 했을 뿐이었다.

"글쎄, 어떤지는 나도 모르겠지만, 제주도에 가면 바닷가 산 위에도 묘를 쓰지."

"제주도에서요?"

"그렇다."

제주도에 가본 적이 없는 그녀는 무엇이라고 말할 수가 없었다.

"하지만 죽어서는 누구도 바다를 볼 수가 없겠지요."

최씨 아저씨는 어느새 앉았던 곳에서 일어나 서성거리고 있었다. 최씨 아저씨가 앉았던 그곳은 정확하게 어디인 것일까. 그녀는 산역꾼들에게 파라고 지시한 곳이 그곳이었으면 좋겠다고 생각했다. 아무래도 괜찮은 일이다라고 그녀는 스스로를 안심시켰지만 열댓 걸음씩 왔다 갔다 하면서 바라보아도 바다는 언제나 낯설디낯선 쐐기꼴을 변형시키지 않아 쉽사리 안심이 되지 않았다. 내려다보이는 세상 모두가 선염(渲染)된 것처럼 몽롱하기도 했다. 그때 보았던 어떤 한 형태를 결정적으로 볼 수만 있다면 그곳은 틀림없이 최씨 아저씨가 죽어서도 바다를 볼 수 있겠다던 곳일 텐데. 그리하여 밤이면 최씨 아저씨는 촉루를 빛내며 바닷소리를 귀담아들을 수 있을 텐데.

그녀가 뛰다시피 산길을 내려와 집에 도착했을 때는 이미 영구차가 도착해서 그녀를 기다리고 있었다. 정확하게 말하면 부지런히 식사들을 하고 있는 중이었지만, 모두들 아직까지 산에서 소식이 없으니 낭패다 하는 분위기였다.

"그래 어디쯤이냐?"

숨을 헐떡이며 들어서는 그녀를 붙들고 어머니는 조급하게 물었다. 밤을 새우고 와서인지 초췌한 그 얼굴은 어느 거리에서 본 희미한 얼굴 같았다.

"산꼭대기라고 하셨잖아요? 아, 목말라."

그녀는 대답을 하는 둥 마는 둥 하고는 펌프로 달려가 입을 들이대고 물을 마셨다.

"그렇지. 그렇지만 그건 너만 아는 곳이니까 말이다."

"하여간 산꼭대기예요."

그녀는 어떻게 되어 최씨 아저씨의 죽음에 그녀가 그토록 깊이 개입되어버렸는지 몰라 울화까지 치밀었다. 더구나 새벽부터 부산을 떨어 몸도 지칠 대로 지쳐 있었다. 아버지는 그녀의 상황을 눈치채고 더 이상 묻지 않았다. 그녀가 돌아와서 모두들 흡족한 모양이었다. 밥을 더 달라는 사람, 국을 더 달라는 사람, 김치를 더 달라는 사람, 감자조림이 맛이 있다는 사람 등의 말소리로 식사의 대단원이 장식되고 있었다. 죽은 사람을 잘 보내기 위해서 산 사람은 그만큼 또 잘 먹어야 하는 것이었고, 그리고 죽는다는 것도 별수 없이 일상의 일이었다.

"여기서도 꽤 먼 모양일세?"

누군가가 아버지에게 묏자리의 위치를 묻기도 하였다.

"아니, 뭐 찻길이야 다 온 셈이지. 그치만 산꼭대기니까 든든히들 먹어두게."

이런 말이 오가는 중에 한편에서는 산으로 관을 메고 올라가는 데 상당한 어려움이 있음에 대한 논의가 오갔다. 좁은 집 안에 방이며 마루며 가득 찬 참례객들은 무슨 대회를 위해 임의로 차출되어 온 사람들처럼 우왕좌왕했다. 그녀의 어머니역시 우왕좌왕하고 있었다. 그녀가 산으로 떠난 이후 지금까지 내내 그들이 도착하기 전에는 그들을 맞을 채비에 바빴을 것이고 또 그들이 도착한 후에는 그들의 시중을 들기에 바빴을 것이다. 그녀의 어머니는 마당을 몇 번씩 가로지르며 눈코 뜰 새가 없어 했다. 그런 중에도 죽음의 그림자를 의식하는 사람들에 의해 행동 반경이 작아졌기에 그것은 이상한 축제의 마지막 같았다.

언젠가 밤바다를 배를 타고 여행할 때 3등 선실의 열기에 못 견뎌 갑판으로 올라가 데크에 기대고 망망한 어둠을 배경으로 했을 때 선실의 계단을 타고 들려오던 동떨어진 삶의 소리. 어둡고 묘막(渺漠)한 세계를 끝없이 항해하는 운명을 타고난 어떤 삶의 집단. 그 미끈한 향락의 소리…… 그리하여 마침내 하나둘 곯아떨어져버리면 그만큼의 정적이 무섭게 불어난다. 그것은 그녀에게는 참을 수 없는 외로움을 안겨주는 일이었다. 일종의 배반감 같은 외로움이었다.

축제는 끝났다. 어느덧 모두들 경건을 그들의 신발처럼 되찾으려고 서두르고 있었다.

"넌 밥을 먹었니? 안 먹었으면 빨리 먹어라. 니가 안내를 해야 다들 가시지."

아버지의 말을 듣자 그녀는 그제서야 배가 심하게 고파옴을 느꼈다.

"네. 뭘 좀 먹어야겠군요."

그녀는 머리를 끄덕였다. 모두들 이런 이야기 저런 이야기들을 나누면서 삼삼오오 짝을 지어 바깥으로 몰려나가고들 있었다.

"서둘러야겠네. 해가 중천이네그려."

"어서 감세."

그녀는 부엌 쪽으로 향했다. 서둘러 먹고 다시 주검의 길잡이가 되어야 하는 것이었다. 부엌은 언제나처럼 어두컴컴했다. 어머니는 부뚜막 앞에 서서 부엌에 머물러 길흉을 점친다는 조왕대신처럼 서성이고 있었다. 그녀는 부엌 바닥에 쭈그리고 앉아 아무 그릇의 밥이나 주워들고 국에 말아먹기 시작했다.

"묏자리는 어디다 썼니?"

"엄마두. 낸들 아우? 산꼭대기라기에 거기다 파게 했지 뭐. 이런 일 두 번 치르다간 생사람 잡겠네."

혼자 산까지 다녀온 것을 칭찬은 못 할 바에 꼬치꼬치 캐물어야만 하겠느냐고 그녀는 아버지에게 그랬듯이 일부러 뾰로통하게 대꾸했다. 그러자 어머니는 한동안 아무 소리도 없다가 다시 말을 이었다.

"산꼭대기라두 좋은 자리가 있을 거 아니냐?"

"내가 좋은 자리를 어떻게 알어? 암튼 바다가 보여."

"바다가?"

"응."

그녀는 다시 후루룩후루룩 밥을 먹기 시작했다. 모두들 차에 앉아 기다리는 것일까, 집 안은 삽시간에 무덤처럼 조용해졌다.

죽음의 그림자가 던지고 있는 그 고요 속에서 갑자가 가냘프게 흐느끼는 소리가 들여왔다고 생각되었다. 그 소리는 아주 먼 데서 들려오는 가냘픈 음률처럼 귀를 의심케 했지만 결코 놓칠 수 없는 소리였다. 그녀는 돌아보았다. 어머니였다. 그녀는 채 다 먹지 못한 밥그릇을 들고 일어나 어머니를 돌아보았다. 어머니는 부뚜막 앞에 서서 이쪽으로 등을 보인 채 울음을 참으려고 애쓰고 있었다.

"왜 그래 엄마? 곧 집을 내줘야 된대?"

그 말을 듣자 어머니의 흐느낌 소리는 갑자기 조율 안 된 악기처럼 불협화음으로 흘러나오기 시작했다. 그녀는 갈피를 잡을 수가 없었다.

"왜 그래 엄마. 응?"

"아무것도 아니다. 사람이 죽었으니까, 괜히 눈물이 나는구나. 너는 어서 가야지."

"엄마두 싱겁긴."

그녀는 먹다 남은 밥그릇의 밥을 다시 후루룩 먹고 빈 그릇을 설거지통에 집어넣었다. 이윽고 다시 떠날 준비는 완료된 셈이었다. 그녀는 혼자 집을 지키고 있을 어머니가 왠지 외로워 보였다. 부엌을 나오려고 하자 어머니는 기다리고 있었다는 듯 그녀 쪽을 보고 있었다. 언제 울었냐는 듯 창백한 얼굴이었다. 그녀는 자신도 모르게 몸이 굳어져 그 앞에 우뚝 서버렸다. 창백한 얼굴이 한 걸음 다가왔다.

"집은……"

어머니는 말을 꺼내다 말고 입술을 꼭 깨물었다.

"집은 이제 니 집이 됐어."

"집이 내 집이 돼? 왜?"

어머니는 다시 입술을 꼭 깨물었다. 얼굴이 백랍(白蠟)처럼 하얗게 되었는가 했더니 경련마저 파르르 일고 있었다.

"돌아가신 네 아버지가 너에게 남기셨어. 바다가 보이는 산도."

"돌아가신 아버지?"

그녀는 한꺼번에 밀려와 벼랑에 부딪치는 먼 파도 소리를 듣는 듯했다. 어머니는 석상처럼 무겁게 머리를 끄덕이는 것으로 모든 사실을 한꺼번에 설명하고 있었다.

쏴아쏴아 와르릉.

파도는 연실 밀려와 벼랑에 부딪치고 있었다. 그와 함께 그녀는 모든 사람이 알고 그리고 묵계해온 속에서 오랜 세월 자신도 모르게 견뎌야 했던 무서운 고립감이 비로소 한 마리의 비굴한 짐승처럼 꿈틀거리며 그녀의 내부를 가로지르는 것을

느낄 수 있었다. 그렇다면 최씨 아저씨는 그 고립감과 그리고
아버지의 무덤을 그녀에게 남기고 간 셈이었다. 그녀는 부엌
의 문설주에 몸을 기댔다.

작가의 말

　소설가가 되기 위해 관문을 통과하기 위해 쓴 소설에 대해 나는 글도 썼고, 강연도 해왔다. 소설가가 될 무렵 이야기는 내게는 아픔의 이야기로 요약되는데, 무엇보다 나는 문학을 꿈꾼 이래 오래도록 살아 있으면서 내 삶과 세상의 풍경을 기록할 수 있기를 염원했었다. 소설가가 무엇인지 늘 화두인 게 소설가의 길이며 소설의 핵심이라고 해도, 어쨌든 나는 기록자였다.

　앞뒤 이야기는 지루하게 길지만, '전집'을 내면서 과거를 돌아보지 않을 수는 없는 일이다. 이 소설집은 강릉을 배경으로 하고 있으나, 어디인지 무엇인지 밝히지 않기로 한 마음이 짙었다. 나름대로의 보편성, 설득력 때문이었다. 구체적인 것과 추상적인 것을 함께 추구하고 싶었기 때문이었다. 그러나 이제 '전집'을 엮으면서, 이 소설집이 그 첫 권이므로 나는 이른바 데뷔작 소설을 여기에 놓기로 결정했다.

다음과 같은 강연 구절을 앞세워 설명을 돕고자 한다.

*

1977년 첫 시집을 내고 나서 막다른 골목으로 내닫게 된 나는 이듬해 더욱 악전고투하고 있었습니다. 문학에 대한 갈증은 해소되지 않았고, 나는 점점 그악스러워졌습니다. 위기를 스스로 불렀는지도 모릅니다. 다른 길을 뚫지 않으면 안 되었습니다. 이제까지의 모든 생활 기반을 깡그리 잃고서야, 홀로 된 그해 여름, 나는 소설가가 되기로 결심했습니다. 어지러운 상황, 캄캄한 상황에서 달리 돌파구는 없어 보였습니다. 막다른 골목에서 되돌아나오자면 새로운 삶을 바라보아야 했습니다. 새는 알을 깨고 나오지 않으면 안 된다. 하기야 낯간지러운 아포리즘으로 이겨나가기엔 현장은 너무 각박했습니다. 그러므로 알이고 새고 간에, 이른바 죽기 아니면 살기였습니다. 그해 안으로 신춘문예에 소설이 당선되지 못하면 이승에 하직을 고하리라 마음먹을 수밖에 없도록 나는 몰려 있었습니다.

죽음을 감행할 장소로는 제주해협이 꼽혔습니다. 그렇다면, 어둠의 바닷속으로 아무도 모르게 사라지고 말 것입니다. 그때 쓴 아주 모호하게 보이는 시 한 편이 있습니다. 물론 그 당시의 증언입니다.

비상(砒霜)을 머금고 시드는 마음처럼

잠 못 이루는 밤마다

먼 산동네 사내는

주린 아이를 위해 서속(黍粟) 한 됫박

그 몸에 지니고

녹슨 뇌를 어루만진다

슬픔에 맛들며

낡은 자루에 넣어온 삶

모두가 간 곳은 아득한데

어둠 속에서

보리쌀을 대끼듯 뇌를 대끼며

낟알을 헨다

거칠고 마디 굵은 손으로 만져야

불행도 제값일진저

다들 어디서 어떻게 살고 있는가?

　'빈자(貧者)의 자장가'라는 제목이 붙어 있지만, 구체적인 모습은 드러나지 않습니다. 선명하고 명확한, 아름다운 선(線)의 시를 피해가려는 버릇을 길들여온 때문일 것입니다. 흔히들 추구하는 시를 떠나 나만의 길, '잡목' 우거진 길을 걷고자 한 내 독선. 그러므로 모든 정보는 나만의 암호로 표현되어 있습니다. 나락에 떨어진 나는 '산동네 사내'가 되어 매일 비상, 즉 독약을 머금은 것처럼 하루하루를 견디고 있었습니다. 내가 책임진 '부모 가족'도 있었습니다. 그 나날들이 떠오르면 나는 지금도 가슴이 죄어옵니다. 끼니를 간신히 때우는 생활은 '서속 한 됫박'으로 옛 빈곤의 이야기처럼 처리됩니다. 서속은 기장, 좁쌀입니다. 좁쌀은 이어서 보리쌀로 오버랩되며, 그런 가운데 나는 '녹슨 뇌를 어루만'지며, 새로이 소설을 씁니다. 소설을, 한 글자 한 문장 쓰는 행위는 곡식 낟알을 헤는 것과 같습니다. 보리밥을 짓기 위해서는 먼저 보리쌀을 물에 불려 손으로 문지릅니다. 이를 '대낀다'고 합니다. 나는 백면서생에서 '거칠고 굵은 손'의 노동자가 되지 않으면 안 됩니다. 그래야 불행을 '제값'으로 쳐서 받아들일 수 있습니다. '다들 어디서 어떻게 살고 있는가?' 나는 외돌토리로 외롭고 괴로운 싸움을 벌이고 있었습니다.

그러니까 위의 시는 내가 소설가로 탄생하기 위해 몸부림치던 무렵의 상황을 읊고 있습니다. 나는 고등학교 때부터 시와 소설을 함께 쓰곤 했었지요. 그러나 시에 몸 바친 이래 소설에는 특별히 눈길이 가지 않았습니다. 다만, 신춘문예에 시가 당선되어 시인이 된 다음 해에 소설을 응모한 적이 있긴 했지만, 거기서 최종에 겨뤄 떨어진 뒤로는 한눈팔지 않고 시의 길을 걸어왔습니다. 그리고 첫 시집을 낸 뒤, 막다른 골목에서 소설가가 되는 배수진을 친 것입니다.

쓰고 또 쓸 수밖에 없었습니다. 봉천동의 산동네, 숨이 턱에 닿는 시간들이었습니다. 그 무렵의 견디기 힘든 굽이굽이를 나는 '모두가 간 곳은 아득한데/ 어둠 속에서/ 보리쌀을 대끼듯 뇌를 대끼며/ 낟알을 헨다'는 시 구절로 제법 의젓하게 남기고 있습니다. '보리쌀'의 생활과 '뇌'의 글쓰기를 병행하며 '낟알=낱말'을 헤아리는 내 모습에 고통은 감추어져 있는 듯 보이기도 하지만, 제주해협의 물결이 뇌리에서 떠나지를 않던 순간들이었습니다.

도대체 소설은 어떻게 쓰는 것인가? 소설가는 어떻게 되는 것인가? 내가 지금 쓰는 게 소설인가? 알 수 없었습니다. 내 삶에 이미 익숙해질 대로 익숙해진 시적 방법론이 문제인지도 몰랐습니다. 그렇다고 그냥 죽을 수는 없는 노릇이었습니다. 제주해협의 밤배 갑판에 나는 서 있는 것입니다. 훨씬 뒤에 어느 철학자가 실종된 지 여러 날 만에 울릉도 근해에서 시신으로 발견되어 제주 여객선에서 뛰어내린 사실이 알려진 일이 있었는데, 내가 소설가가 만약 되지 못했더라면!?

첫 번째는 원고지 오십사 매로 벽에 부딪혀 더 이상 한 줄도 나아갈 수가 없었습니다. 그것이 소설 쓰기였습니다. 누구에게나 특별한 숫자가 있듯이, 그 특별한 숫자의 나열이 인생이듯이, 오십사 매의 좌절은 너무 암담해서 그 숫자는 아직 내 머릿속에 박혀 있습니다. 시쳇말로 나이가 숫자에 불과하다면, 결국 인생은 숫자에 불과한 것인가. 지금 소설가 지망생들에게 '소설 쓰기는 쉽게 말해 매수 메꾸기'라고 가르치면서, 나는 망연히 '오십사'를 떠올립니다.

두 번째 몸부림도 여지없이 실패였습니다. 내가 봐도 설득력이 없었지요. 매수는 어떻게 어떻게 팔십을 넘겼으나, 눈물이 나도록 꾀죄죄한 몰골만 눈에 보였습니다. 거의 사력을 다해 밤을 지새며 지새며 쓴 결과였습니다. 술도 삼가고 있던 나는 달동네 언덕 아래 허름한 식당으로 내려가 혼자 탄식하며 막걸리를 마셨습니다. 새는커녕 '곤달걀'의 내가 그려졌습니다. 그렇다면 나는 소설을 쓸 수 없는가? 소설가가 되려 하는 것 자체가 오산인가?

아무런 해답을 얻을 수 없었습니다. 끼니를 잇기 위해서 출판사 임시직의 일도 놓아서는 안 되기에 시간은 절대 부족이었습니다. 그해 신춘문예에 당선하지 못하면 모든 것은 '무(無)'라는 데드라인의 짓누름. 6월부터 매달렸는데, 9월에 들어서서도 한 편 건질 수가 없었습니다. 지난 당선작들을 비롯하여 명작들을 읽고 방법론을 옮겨오려 해도 도무지 응용이 되질 않았습니다. 무엇인가 잘못되어 있음에 틀림없었습니다. 성립조차 안 된다는 사실을 직시하지 않으면 안 되었습니다. 말하자면 처음부터 작품이 붙질 않는 것이었습니다. 지금도 소설을 가르치자면 '붙는다'는 말은 내게 키워드가 됩니다. '붙는다'는 포괄적인 말을 한마디로 설명하기는 여간 어렵지 않습니다. 그것은 우선 설득력이 있느냐, 형상화가 되느냐, 하는 등등으로 표현할 수 있겠지만, 그보다 더 육화(肉化)된 상태를 일컫습니다. 또 다른 표현으로는 '녹는다'는 상태. 그리고 그것은 느낌으로부터 옵니다. 주체인 자기와 객체인 작품이 하나가 되는 상태. 그런데 나는 도대체 겉돌기만 할 뿐이었습니다. 소설 공부를 처음 하는 사람이 극복해야 하는 관문, 그것이었습니다. 그렇다면 그 관문을 돌파하는 비결은 어디에 있었던가. 누구에게나 자기만의 방법론이 있을 수 있습니다. 그러나 나는 '비결'이 아닌, 가장 평범한 열쇠를 생각해냈습니다. 그것은 이미 널리 알려진 열쇠이기도 했습니다.

네가 가장 잘 아는 이야기를 써라. 나는 이 금언을 뒷전에 놓고 그야말로 '소설'을 쓰고자 하지 않았던가. 소설가는 소설을 쓰려 해서는 안 된다. 오직 진실을 쓰려 해야 한다.

교훈은 충분했습니다. 나는 내가 가장 잘 아는 이야기가 무엇인지 곰곰 뒤져보았습니다. 그것은 내가 살아온 역정 속에 있을 것이었습니다. 좁게는 내 개인 이야기, 혹은 넓게는 내 집안 이야기. 여기에 소설가는 추억을 파먹고 산다는 말이 적용된다 하겠습니다. 그러므로 소설가에게 경험이란 금맥입니다.

나는 다시 원고지 앞에 엎어졌습니다. 쓰고 또 쓰는 수밖에 없는 노릇이었습니다. 그러나 모방에 표절까지 동원해도 점점 알이 곯아가는 것만 더 잘 느낄 뿐이었습니다. 그런 어느 날 한숨을 몰아쉬고 있을 때였습니다. 한마디 말이 화살같이 머리를 뚫고 지나갔습니다. 지나간 게 아니라 머리에 박혔습니다.

네가 가장 잘 아는 이야기를 써라.

여러 번 실패를 거듭한 끝이었습니다. 소설이라는 틀에 얽매여 그야말로 어거지로 '소설'을 만들려고 한 기본부터가 잘못되어 있는 게 아닐까. '소설'이 아니라 '내 소설'을 써야 하는 것이었습니다. 번쩍, 하는 섬광이 눈에 어렸습니다. 나는 내 고향의 이야기를 더듬기 시작했습니다. 태어남이 있었고, 전쟁이 있었고, 만남과 헤어짐이 있었습니다. 죽음이 있었습니다. 사랑과 미움이 있었고, 오랜 상처가 있었습니다. 과거와 현재, 시간과 공간이 얽혔습니다. 치유와 화해가 있었는가. 고향의 큰 산과 큰 바다가 눈앞에 펼쳐졌습니다.

쓰리라, 써야 하리라. 나는 꼭 써야만 할 것이 무엇인지 알 것 같았습니다. 그것은 내가 소설가가 되지 않더라도, 못 하더라도 꼭 써야만 할 것이었습니다. 삶을 전제로 한 어김없는 약속으로 쓰지 않으면 안 된다. 나는 볼펜을 그러쥐었습니다. 그리하여 〈높새의 집〉과 〈산역〉이라는 두 편의 단편소설을 완성했습니다. 첫 문장을 쓰는데, 벌써 붙는 맛이 달랐습니다. 이상하게도 이건 '필연적'이라는 생각이 들었습니다. 그러나 나는 서두르지 않고 원고지 칸칸에 꼭꼭 볼펜 자국을 눌러나갔습니다.

1979년 한국일보 신춘문예 당선작인 〈산역〉은 전쟁과 함께 내 고향 강릉의 큰 산과 큰 바다에 얽힌 어떤 사랑의 운명의 기록입니다. 나의 태어남을 배경으로 삶의 어느 편린에 스며 있는, 고래의 부패한 내장에서 얻을 수 있는 용연향(龍涎香) 같은 사랑 이야기, 〈산역〉. 작품을 쓰고 나서 나는 허청거리는 발걸음으로 눈물을 줄줄 흘리면서 막걸릿집으로 걸어 내려갔습니다.

응모할 때 나는 이어령 선생님이 단골로 심사를 도맡았던 신문을 피해야겠다고 판단했었습니다. 예전 출판사에서 《문장대백과》 일을 하면서 자주 만난 선생님의 눈으로는 내가 신인이 아니라 시인으로서 '구인'이 아니겠는가, 하는 생각이었습니다. 그리하여 고심 끝에 응모한 신문에, 그해따라 선생님이 새로 심사를 맡았으니, 가히 운명이라는 말을 해도 좋을 듯싶습니다. 아닌 게 아니라 당선이 되어 인사를 간 내게 선생님은 말했습니다.

"어, 그게 자네였군. 잘 썼어. 그렇더라도 자넨 줄 알았다면 뽑지 않았을 텐데. 시인으로도 얼마든지 소설을 쓸 수 있으니깐."

이상한 축하에 나는 적잖이 당혹스러웠습니다. 시인으로 행세한 지 십이 년, 어려운 소설가 행보였습니다. 어떻게 써야 소설인지 몰라 광야를 헤매기도 몇백 리, 아니 몇천 리였던가.

'심사평'에 '시적 감성'이 거론된 것을 보면 나는 여전히 시인으로서 소설을 썼음에 틀림없으리라. 그동안 나는 문학뿐만아니라 인생에서도 먼 이역(異域)을 떠돌아다녔습니다. 알코올을 휘감은 자멸파의 절규를 허공에 뿌리며 나는 내 생명을 압박하고 있었습니다. 그러나 이제는 글과 사투를 벌이지 않으면 안 되리라. 나는 문학이 내게 준 약속의 반쪽 거울을 품에안고, 소설을 지도 삼아 먼 길을 나서기로 한 것이었습니다.

*

그리하여 내가 소설가가 되기 전에 쓴 작품을 이 소설집에함께 엮기로 결정했다. 당연히 망설였고 또 다소 투박해지는부담도 있었지만, 이 소설집이 '전집'의 첫 권이 된다는 편집의방향이 그러도록 나를 부추겼다. '전집'의 '처음'을 '신작'으로하되, 소설가로서의 '처음'을 놓고 싶었다. '나는 이렇게 시작하여 여기에 이르렀다'는 한마디를 한자리에 아우르고 싶었다는 뜻이 될 것이다. 물론 강릉을 배경으로 한 작품들은 〈높새의 집〉을 비롯하여 〈귤〉 등등 달리 또 꽤 있긴 하다. 그들 또한여기에 합쳐지는 것은 나중의 편집이 되리라 기대한다.

*

 2년 전에 '전집'을 내자는 제의를 받고 이제야 첫 권을 낸다. 그렇게 늦게 진행된 것은 아니지만, 그동안 여건의 변화에 따라, 처음에 구성되어 회합을 가졌던 편집위원회의 편집 의도도 변형될 수밖에 없었다. 따라서 이 나라의 유수한 평론가 들의 명단을 여기에서는 노출시키지 않으며, 이 점은 완간이 되는 동안 어떤 형태로든 보완될 수 있으리라 여긴다.

 '강릉'은 나의 처음이자 마지막에 놓이는 어떤 것이다. '어떤 것'이란 그것이 동해안의 지명에서 비롯하였으나 단순한 지명에 머물기보다는 나라는 인간 존재와 철학까지를 일컫는다는 믿음을 포함하는 말이다. 꾸준히 말해왔던바 비록 소설가가 여러 소설을 쓸지라도 결국 '하나의' 소설일 것이기 때문에 여기에 그 영토를 마련한다는 뜻이 된다.

 만약 이 소설집에 다른 하나의 제목을 단다면 '강릉 호랑이에 관한 소설'이라고 할 수 있음을 덧붙인다.

2016년 4월
윤후명

작가 연보

1946년 강원도 강릉에서 태어났다.

1967년 〈경향신문〉 신춘문예에 시 〈빙하(氷河)의 새〉가 당선되며 시인으로 입
신했다. 그로부터 신춘문예 당선 시인들의 모임인 《신춘시》에 작품을
발표하다가 시 동인지 《70년대》의 창간 동인으로 활동하면서 시인에
의 길에 본격적으로 들어섰다.

1977년 그동안 여러 출판사들을 전전하며 써 모은 시들을 엮어 시집 《명궁(名
弓)》을 문학과지성사에서 펴냈다. 개인적으로 문학적 성과이기도 한
이 시집은, 동시에 문학적 갈증을 유발시켰고, 그 무렵 밀어닥친 가정
사의 문제와 뒤엉켜 소설에의 길을 모색하는 계기가 되었다.

1979년 〈한국일보〉 신춘문예에 단편소설 〈산역(山役)〉이 당선되며 소설가가
되었고, 이듬해에 다니던 출판사를 그만두고 소설가로서의 삶만을 살
기로 결심했다.

1980년 소설 동인지 《작가》의 창간 동인이 되었다.

1983년 거제도 체류. 중편소설 〈돈황(敦煌)의 사랑〉으로 녹원문학상을 수상했
고, 동명의 표제작으로 첫 소설집을 문학과지성사에서 펴냈다.

1984년 단편소설 〈누란(樓蘭)〉(뒤에 〈누란의 사랑〉으로 개작)으로 소설문학 작품
상을 수상했다.

1985년 단편소설 〈엉겅퀴꽃〉와 〈투구게〉를 중편소설 〈섬〉으로 개작, 한국일보
문학상을 수상했다. 소설집 《부활하는 새》를 문학과지성사에서 펴냈다.

1986년 단편소설 〈팔색조〉(소설집에는 〈새의 초상〉으로 수록), MBC 베스트극장
에서 드라마 방영.

1987년 산문집 《내 빛깔 내 소리로》를 작가정신에서, 중편소설 문고 《모든 별
들은 음악소리를 낸다》를 고려원에서 펴냈다.

1988년 중편소설 〈높새의 집〉이 국제 펜 대회 기념 《한국 소설집》에 번역(서지

문 옮김), 수록되었고, 〈모든 별들은 음악소리를 낸다〉가 무용가 김삼진에 의해 호암 아트홀에서 공연되었다.

1989년 소설집 《원숭이는 없다》를 민음사에서 펴냈다.

1990년 장편소설 《별까지 우리가》를 도서출판 둥지에서, 산문집 《이 몹쓸 그리운 것아》를 동서문학사에서, 장편소설 《약속 없는 세대》를 세계사에서, 문학선집 《알함브라궁전의 추억》을 도서출판 나남에서 펴냈다.

1992년 장편소설 《협궤열차》를 도서출판 창에서, 장편동화 《너도밤나무 나도밤나무》와 시집 《홀로 등불을 상처 위에 켜다》를 민음사에서 펴냈다.

1993년 《돈황의 사랑》이 프랑스 출판사 악트 쉬드(Actes Sud)에서 번역(최윤 옮김)되어 나왔다.

1994년 중편소설 〈별을 사랑하는 마음으로〉로 현대문학상을 수상했다.

1995년 중편소설 〈하얀 배〉로 이상문학상을 수상했다. 한국소설가협회 기획분과위원회 위원장에 선임되었다. 연세대학교, 동국대학교 국문학과 강사(~1997년).

1997년 소설집 《여우 사냥》을 문학과지성사에서, 산문집 《곰취처럼 살고 싶다》를 민족사에서 펴냈고, 한국소설학당을 설립했다.

1998년 추계예술대학교 강사(~2000년).

1999년 단편소설 〈원숭이는 없다〉가 독일에서 나온 《한국 소설집》에 번역(안소현 옮김), 수록되었다.

2000년 민족문학작가회의 이사로 선임되었다.

2001년 추계예술대학교 문예창작과 겸임교수가 되고(~2003년), 소설집 《가장 멀리 있는 나》를 문학과지성사에서 펴냈다. 한국소설가협회 이사, PEN 클럽 기획위원회 위원으로 선임되었다.

2002년 단편소설 〈나비의 전설〉로 이수문학상을 수상했다. 산문집 《그래도 사랑이다》를 늘푸른소나무 출판사에서 펴냈다. 중편 〈여우 사냥〉이 일본의 이와나미문고에서 나온 《현대한국단편선》에 번역(三枝壽勝 옮김), 수록되었다. 대한매일신보 명예논설위원, 연세대학교 동문회 상임이사(문화예술분과)로 위촉되었다.

2003년 산문집 《꽃》을 문학동네에서 펴냈다.

2004년 소설가협회 중앙위원이 되고, 2005년 독일 프랑크푸르트 도서박람회 주빈국(한국) 출품 도서 '한국의 책 100선'에 《돈황의 사랑》이 우리 소설 16편 중 하나로 선정되었다. 동화 《두부 도둑》을 자유지성사에서 펴냈다.

2005년 장편소설 《삼국유사 읽는 호텔》을 랜덤하우스중앙에서 펴냄과 함께 《돈황의 사랑》을 《둔황의 사랑》으로(문학과지성사), 《이별의 노래》를 《무지개를 오르는 발걸음》으로(일송북) 제목을 바꾸고 여러 곳 손을 보아 다시 펴냈다. 프랑크푸르트 도서전을 계기로 독일 순회 낭송회에 참가, 본 대학과 뒤셀도르프 영화박물관에서 작품을 낭송하고 해설하는 행사를 가졌다. 《The love of Dunhuang(둔황의 사랑)》(김경년 옮김)이 미국 CCC출판사에서 나왔다. 서울디지털대학교 초빙교수.

2006년 《敦煌之愛(둔황의 사랑)》(왕책우 옮김)이 중국에서 나왔다. 국민대학교 문예창작대학원 겸임교수(~현재). 시와 소설 그림집 《사랑의 마음, 등불 하나》를 랜덤하우스중앙에서 펴냈다.

2007년 단편소설 〈촛불 랩소디〉로 제12회 현대불교문학상을 수상했다. 소설집 《새의 말을 듣다》를 문학과지성사에서 펴내고, 이 책으로 제10회 동리문학상을 수상했다.

2008년 《21세기문학》 편집위원.

　　미술; 「티베트의 길, 자유의 길 전」(헤이리 '마음등불')에 참여했다.

2009년 중국 베이징 주중 한국문화원 개원 2주년 기념행사 '한중작가 사인회'(장편 《인민을 위해 복무하라》의 중국작가 옌렌커(閻連科)와 미국 LA 한인문인협회 세미나에 참가(강연)했다. 문학 그림집 《지심도, 사랑을 품다》를 펴내고(교보문고), 전시회와 낭독회(거제도)를 가졌다.

　　미술; 「독도 전」(전국순회전), 「어머니 전」(미술관 가는 길), 「구보, 청계천을 읽다 전」(청계천 광장, 부남미술관).

2010년 한국소설가협회 부이사장이 되고, 중국 난징(난징대학)과 타이완 타이페이(정치대학) '한국문학포럼'에 참가. 산문집 《나에게 꽃을 다오 시간이 흘린 눈물을 다오》를 중앙북스에서 펴냈다. 중편소설 〈하얀 배〉 〈모든 별들은 음악소리를 낸다〉 고등학교 교과서에 수록.

미술: '문인 자화상 전'(신세계갤러리), '한국의 길—제주 올레 전'(제주현대미술관, 포스터 채택), '이상, 그 이상을 그리다 전'(교보문고, 부남미술관선유도), '조국의 산하전'(헤이리 '마음등불'), '한국, 중국, 오스트리아 교류전'(헤이리 아트팩토리).

2011년 《한국소설》 편집주간을 겸임하고, '한국작가총서 문학나무 이 한권의 책 001' 《사랑의 방법》을 '문학나무'에서 펴내고 문학교육센터(남산도서관)에서 낭독회를 열었다.

미술: 한일교류전(헤이리 한길아트), '아트로드77'전(헤이리 리앤박 갤러리), 조국의 산하전(광화문 '광' 갤러리)

2012년 육필시집 《먼지 같은 사랑》을 지식을만드는지식에서, 시집 《쇠물닭의 책》을 서정시학에서 펴냄. 제1회 부산 가마골소극장 문학콘서트를 열고, 소설집 《꽃의 말을 듣다》를 문학과지성사에서 펴냄과 함께 첫 개인 그림전시회 '꽃의 말을 듣다'(서울 인사아트센터) 개최. 장편소설 《협궤열차》를 다시 펴내고(책만드는집), 《둔황의 사랑》이 러시아에서 출간됨(박미하일 옮김). 제1회 고양행주문학상 수상.

2013년 세계인문문화축제 '실크로드 위의 인문학, 어제와 오늘'(교육부, 경상북도 주최)에서 '실크로드의 문학' 발표. 시집 《쇠물닭의 책》으로 제4회 만해 '님' 작품상 수상.

2014년 **미술:** 개인 초대전 '엉겅퀴 상자'(길담서원 갤러리).

2015년 서울대통일평화원 인권소설집 《국경을 넘는 그림자》에 단편 〈핀란드역의 소녀〉 발표. PEN 세계한글작가대회 강연, 강릉 문화작은도서관 명예관장, 토지문학제 명예대회장, 몽블랑 문화예술후원자상 심사위원, 수림문학상 심사위원장, 이상문학상, 산악문학상 외 각종 문학상 심사.

현재 문학비단길, 문학나무 고문, 체코 브르노 콘서바토리 교수.

윤후명 소설전집 01

강릉

1판 1쇄 발행 2016년 4월 15일
1판 2쇄 발행 2017년 9월 11일

지은이 · 윤후명
펴낸이 · 주연선

책임편집 · 강건모
편집 · 이진희 심하은 백다흠 이경란 최민유 윤이든 양석한
디자인 · 김서영 이지선 권예진
마케팅 · 장병수 박혜화 최수현 김다은
관리 · 김두만 유효정 신민영

(주)은행나무

04035 서울특별시 마포구 양화로11길 54
전화 · 02)3143-0651~3 | 팩스 · 02)3143-0654
신고번호 · 제 1997-000168호(1997. 12. 12)
www.ehbook.co.kr
ehbook@ehbook.co.kr

잘못된 책은 바꿔드립니다.

ISBN 978-89-5660-997-3 04810
ISBN 978-89-5660-996-6 (세트)